KB075933

추리소설 읽는 법

Conan Doyle

1 리 2

추리 소설 읽는 법

소 3 설 4

Raymond Chandler

Umberto Eco

읽 5 는 6

법 7

Miyabe Miyuki

양자오

이경민 옮김

코넌 도일, 레이먼드 챈들러,
움베르토 에코, 미야베 미유키
로 미스터리 입문

유유

일러두기

— 본문 하단의 각주는 독자의 이해를 돕기 위해 역자가 달았다.
지은이의 각주는 따로 표시하였다.

여는글

탐정추리소설의 세계로 당신을 초대합니다

엘러리 퀸은『X의 비극』을 쓰고, 마찬가지로 은퇴한 셰익스피어 연극 배우를 주인공으로 한『Y의 비극』을 뒤이어 썼다. 퀸의 작품은 일본으로 전해졌고, 일본 소설가 나쓰키 시즈코는『W의 비극』과『M의 비극』을, 아토다 다카시는『V의 비극』을 썼다. 이 흐름은 퀸이『X의 비극』을 쓴 지 60년 가까운 시간이 지난 1991년, 노리즈키 린타로의 작품『1의 비극』으로 이어졌다.

'~의 비극'이라는 제목이 붙은 모든 작품은 서로 연관된다.『X의 비극』을 읽은 사람은『1의 비극』에서 죽은 사람이 사망 전에 범인을 가리키는 표시를 남기는 방식이 퀸이 만든 장치와 아이디어를 이어받았음을 알아챌 것이다.

이는 탐정추리소설이 전해지고 발전하는 과정에서 보이는 소소한 예에 불과하다. 셀 수 없이 많은 증거와 함께 '~의 비극'은 탐정추리소설에 방대한 장르 전통이 있고, 수많은 작품이 이 전통 속에서 풍부하면서도 미궁 같은 상호텍스트의 네트워크를 구성한다는 것을 보여 준다.

장르소설과 순문학소설의 가장 큰 차이는 장르소설은 단 한 권만 읽어서는 안 된다는 점이다. 무협소설을 단 한 권만 읽는 사람은 없고, 로맨스소설을 단 한 권만 읽는 사람도 없듯, 탐정추리소설을 단 한 권만 읽는 사람도 없다. 물론 탐정추리소설을 단 한 권만 읽어서는 안 된다는 엄격한 규칙이 있는 것은 아니지만 탐정추리소설의 재미는 각 소설 간의 호응과 간섭에 숨어 있기 때문이다.

무협소설을 단 한 권만 읽은 사람은 무슨 방이니 무슨 파니 하는 말의 의미를 알 수 없어 정신이 나갈 지경이 될 것이다. 이런 문제의 해결책은 단 하나, 다른 무협소설을 많이 읽는 것이다. 충분한 양을 읽으면 저절로 눈이 뜨이고 세상이 열린다. 작가가 누구든 소림사는 반드시 정파正派에 강직하고, 무당파는 반드시 검을 쓰며, 사천당문은 반드시 독과 암기暗器를 쓰고, 개방은 반드시 타구봉打狗棒을 지니며 짊어진 자루의 숫자로 방 내의 지위를 나눈다.

모든 무협소설은 '무림'이라는 서로 비슷한 상상의 세

계 속에서 만들어진다. 무협소설이 주는 흥분이나 비감悲感, 흥미진진한 긴장감을 읽어 내려면 이 상상의 '무림'으로 들어가야만 하며, 전에 읽었던 무협소설은 독자를 축적된 '무림'의 경험으로 한 걸음 한 걸음 이끈다.

탐정추리소설도 무협소설과 마찬가지로 각각의 작품이 상호 연결되는 장르의 기반을 따르는데, 그 상호 연결 기반은 크고 복잡하다. 19세기 후반 영국에서 시작된 이 분야의 전통은 벨기에, 프랑스, 미국, 일본, 이탈리아, 스웨덴 등으로 이어졌지만 모두 다른 흐름을 형성했다. 신기한 것은 각각의 흐름이 결국 원래의 기반을 따르고, 서로를 증명하고 대화를 나누기도 한다는 점이다.

이런 다층적이고 다원적인 미궁을 오가는 것이 바로 추리소설 팬이 얻을 수 있는 최고의 즐거움이 아닐까! 미궁이 아무리 정교하고 복잡해도 입구와 출구는 있기 마련이다. 탐정추리소설 읽기를 즐기는 사람은 최후의 답안, 그 합리적이고 유일한 해석에 흥미를 느끼고 집착한다. 그렇지 않은가? 탐정추리소설을 어느 정도 읽고 나면 더는 당장 손에 쥔 책을 읽기만 하지 않는다. 책 뒤에 자리한 장르문학의 미궁으로 들어가, 손에 쥔 책의 수수께끼를 푸는 동시에 미궁의 출구를 찾는 놀이를 하게 된다.

시체, 단서, 밀실, 명탐정, 알리바이 증명, 범죄 심리, 주고받는 대화 속 두뇌 대결, 나아가 궁극의 추리논리에 이르기까지. 이 소설은 과거의 저 소설(들)을 계승하거나 저 소설(들)에 도전하고, 이에 따라 독자가 이 소설을 이해하고 추측하는 데 도움을 주거나 훼방을 놓는다.

'『1의 비극』의 어디까지 읽고 『1의 비극』과 『X의 비극』 사이의 연결점을 알아냈습니까? 『1의 비극』에서 '1'이 무엇을 뜻하는지 정확히 아십니까?' 노리즈키 린타로는 『1의 비극』을 쓰면서 마음속의 독자에게 도전적인 미소를 지었을지 모른다.

●

아마 나는 적잖은 추리소설을 읽은 사람일 것이다.

우리 세대에게는 공통된 기억이 있다. 우리는 둥팡출판사에서 나온 노란색 표지의 책으로 아르센 뤼팽과 셜록 홈스를 알았다. 대도와 명탐정 이야기를 읽으면서 옆자리 친구와 대도가 매력적인지 명탐정이 대단한지 말싸움을 벌였다.

몇 년 후 할리우드 영화 덕분에 애거사 크리스티의 『오리엔트 특급 살인』을 읽었고, 비슷한 시기에 마쓰모토 세이초의 첫 중국어 번역 소설 『안개의 깃발』이 출간되었다. 시장의 반응이 썩 괜찮았기에 뒤이어 애거사 크리스티의 『나일 강의 죽음』, 『스타일스 저택의 괴사건』 그리고 마쓰모토 세이초의 『모래 그릇』, 『점과 선』, 『제로의 초점』이 속속 출간되었고 나는 책이 나오는 대로 찾아 읽으며 탐정추리소설에 대한 기본 이해를 얻었다.

그리고 일본 추리소설이 타이완에서 전성기를 구가했다. 린바이출판사를 시작으로 시다이출판사, 황관출판사에서 잇따라 번역서를 냈다. 매주 서점을 돌면 새로 나온 일본 추리소설을 찾을 수 있어서, 번역의 질이 좋든 나쁘든 책값이 싸든 비싸든 몽땅 사서 집으로 안고 왔다.

이때에 이르러 일본의 추리소설이 넓고도 깊은 보물창고라는 사실을 알았고 대응하는 방법도 배웠다. 책 살 돈을 아껴서 개장한 지 얼마 되지 않은 융한서점*에서 정선한 일본어 책을 읽었다. 도서대여점에서 추리소설을 빌릴 수 있게 되면서 각 출판사의 중국어 번역본은 더 이상 살 필요가 없어졌다. 한 권에 하루 오 위안**이었다. 군대에 갔을 때는 하루에 세 권을 마음 편히 빌릴 수 있었고, 빌린 책에는 추리도 무협도 니쾅***의 소설도 있었다. 제때에 다 읽고 반

* 일본어 서적을 전문으로 다루는 타이완의 서점 이름.

** 한국 돈으로 대략 이백 원 정도.

*** 홍콩의 대중소설 작가 니쾅(倪匡)은 과학소설부터 무협소설, 추리소설 그리고 괴담이나 귀신 이야기에 이르기까지 다루는 분야가 폭넓고 출간한 작품 또한 대체로 인기가 높다. 그의 작품 가운데 특히 과학모험소설 '웨슬리 시리즈'는 중국어권 문화에 한 획을 그어 장르문학에 관심 있는 사람이라면 거의 모든 사람이 읽었다고 해

납하는 경우 이십 위안이면 되었다.

미국에 간 뒤에는 도서관에 박혀 죽을 때까지 읽어도 다 읽을 수 없는 필독서를 밤낮없이 읽었다. 어쨌든 죽어도 다 읽지 못하는 것이었으므로 너무 자학할 필요는 없었다. 어느 정도까지 읽고 나면, 아침 일찍 마음에 드는 책장으로 가서 거기에 가득 꽂힌 영미 탐정추리소설 가운데 한 권을 뽑아 발걸음 가볍게 연구실 책상으로 돌아왔다.

탐정추리소설을 읽은 덕분에, 특히 애거사 크리스티의 작품을 읽으면서 나는 예전에 타이완에서 배우지 못한 능력을 익혔다. 영문 서적을 빨리 읽는 능력. 애거사 크리스티의 책에는 명쾌한 리듬, 명확한 묘사와 서술이 있어서 중간에 모르는 단어가 두어 개 있어도, 심지어 무슨 말인지 모르는 문장이 두엇 있어도 독서의 즐거움을 막을 정도에 이르지 않았다. 더불어 연구실 책상 앞에 앉아 이런 책을 읽자니 계속 이렇게 있으면 안 된다는 죄책감이 들었고, 시간을 낭비할 수 없어 자연스럽게 읽는 속도가 빨라졌다.

몇 달이 지나 수십 권의 탐정추리소설을 읽은 나는 아무리 복잡하고 어려운 논문이라도 한 자 한 자 읽지 않고 어떻게 문장을 파악할지 요령을 알게 되었고, 전처럼 각 글자와 구절을 일일이 이해하려고 들지 않으면서 마침내 필독서의 읽기 진도를 따라잡을 수 있었다.

도 좋을 정도이며, 대중적으로도 큰 인기를 구가해 여러 차례 드라마로 만들어지기도 했다. 무협소설가 진융(김용)과 함께 '홍콩 4대 재인(才人)' 중 하나로 꼽힌다.

이 년 전, 눈에 문제가 생겨 타이완대학병원의 유명한 안과 의사에게 갔다. 진찰하는 중에 의사가 문득 물었다. "평소에 일을 하지 않을 때는 어떻게 쉬십니까?" 나는 잠시 생각한 다음 사실대로 말했다. "제일 자주 하는 건 추리소설 읽기입니다." 의사가 눈썹을 찌푸리며 야단쳤다. "이제 알겠군요. 선생님은 쉬는 줄 아시겠지만 선생님의 눈은 쉬지 못하고 있어요. 오히려 일할 때보다 더 고생할지도 모르겠네요."

확실히 그렇다.

●

요 이 년 동안 눈의 휴식을 위해 추리소설을 마음대로 읽지 못했다. 다시 말하면, 추리소설을 읽는 즐거움을 누릴 수 있을 만한 특별한 이유와 핑계를 찾아야 했다.

다행히 나는 금세 성실하고도 알찬 이유를 찾을 수 있었다. 2012년 5월, 푸방강당에서 네 주 동안 열릴 고전 탐정추리 작품 네 권에 대한 강의를 받아들인 것이다. 깊고도 넓은 추리소설의 바다에 대한 강의가 네 번이라니 말도 되지 않는다. 강의 네 번, 책 네 권. 뭘 어떻게 골라도 옳을 리 없다. 오래도록 고민한 끝에 나는 몇 가지 원칙을 정해 책을 선정했다.

첫째, 탐정추리소설이 가진 '장르' 특성으로 돌아가, 장르에서 선구적인 의미가 있는 작품을 골랐다. 바꿔 말하면, 이후에 수많은 모방작이 나온 작품이다. 이런 작품을 읽으면 탐정추리소설의 규칙이 이루어진 역사를 거슬러 올라가 이해할 수 있고, 독자는 추리소설의 세계로 들어오기 위한 기초를 재빨리 닦을 수 있다.

둘째, 내가 다시 읽고 싶은 작품을 찾았다. 분량은 많을수록 좋았는데, 그러면 다시 읽기가 가져다주는 즐거움을 좀 더 늘릴 수 있기 때문이다.

셋째, 작품 안팎의 텍스트에 일정 정도 복잡함이 있는 작품으로 선택했다. 내부 텍스트가 충분히 복잡해야 자세히 분석할 만하고, 겉으로 봐서는 한눈에 알 수 없는 깊거나 모호한 정보를 캐내는 맛이 있다. 외부로 연장된 복잡함은 한 시대, 한 사회의 특징과 연결 지을 수 있으며 다른 수많은 책, 다른 문화 현상으로 확장시키는 것이 가능하다.

이런 원칙에 따라 네 권의 책을 고르고 강의 방식과 내용을 정했다. 수업 준비를 하는 과정에서 무슨 말을 해야 할지, 어떻게 말해야 할지 모르는 상황을 만난 적은 거의 없다. 각 수업이 진행된 두 시간은 편안하고 자연스럽게 흘러 압박감을 느낄 새도 없이 끝났다.

유쾌했던 수업 경험 덕분에 힘을 얻어 내친김에 강의 내용을 정리해 책으로 내기로 했다. 수업은 오월 한 달간 이루어졌고 칠월 말 이 책을 쓰기 시작해, 시월 십일 국경일에 마쳤다. 반년 가까운 시간 동안 탐정추리소설로 즐거웠던 시간을 다시 정리했다.

이러한 즐거움이 독자에게 문자로 전해지기를 바란다.

호기심의 시작

코넌 도일

백여 년간 추리소설은 하나의 장르를 형성했다. 이 영역에 들어간 창작자는 장르의 규범과 게임 법칙을 존중해야 한다. 그렇지 않으면 추리소설 읽기에 익숙해진 독자에게 버림받을지 모른다.

추리소설이라면 내용에 범죄 사건이 있어야 하며, 범죄 과정이나 범죄 동기 그리고 가장 중요한 범인을 알 수 없어야 한다. 그것이 미스터리(mystery)다. 범죄만 있고 '수수께끼'가 없다면 그것은 범죄소설이지 추리소설이 아니다.

의[6]추[1]리[2] 고[4]사[7]전[5] 와[3]이[8]

추리와 고전의 사이

십여 년 전 지식인이자 편집인인 잔훙즈✱는 위안류출판사에서 방대한 규모의 총서를 기획하고 '살인 전문점'이라는 이름을 붙였다. 이 총서는 형식으로 본다면 잔훙즈가 생각하는 고전 추리 전집이지만 좀 더 정확하게 말한다면 '잔훙즈가 생각하는 고전 추리 가운데 저작권이 없는 서적 묶음'이다. 목록에 오른 작품의 대부분이 비교적 오래되어 출간하기에 편했다. 다소 늦게 나온 작품은 저작권을 얻기 어렵거나 비용이 높아서 잔훙즈가 사랑하고 숭배함에도 '살인 전문점'에 들어가지 못했다. 저작권 문제만 아니라면 잔훙즈는 일이백 종쯤은 '살인 전문점'에 뚝딱 입고시켰을 것이다.

추리 팬이라면 기억할지 모르겠는데 '살인 전문점'은 일찍이 논쟁을 불러일으킨 적이 있다. '편집 서문'에서 잔훙즈는 자신이 '영어 중심'을 원칙으로 작품을 선별했다고 밝혔다. 그는 우선 겸손하게 말했다. "작품을 고르는 과정에서

✱ 타이완의 유명한 작가이자 편집자, 출판인 그리고 영화제작자이기도 한 지식인 잔훙즈(詹宏志)는 국립 타이완대학교를 졸업하고 신문사에서 일하다가 미국 뉴욕으로 옮겨 가 일했다. 귀국 후 그는 음반, 드라마, 잡지, 영화 제작과 기획, 인터넷 사업까지 손을 댔고, 출판문화그룹 청방문화공사를 설립하여 타이완의 대형 온라인서비스 픽스넷을 만들었다. 타이완의 3대 포털서비스 업체 가운데 하나인 피씨홈온라인(PChome online)의 창업자이기도 하다.

거의 영어권을 중심으로 삼았다. 그 가운데에는 프랑스 작가나 스웨덴 작가의 작품도 있지만 비율은 꽤 낮은 편이고 모두 영어 번역본을 통해 알았다. 이는 다른 언어권의 걸작까지 아우르지 못하는 엮은이의 능력 부족에 따른 것으로 고수의 보완을 기다리는 수밖에 없을 듯하다." 그러나 그는 곧 말투를 바꿔 거침없이 말했다. "현재 국내에서 성행하고 있는 일본 추리소설은 내 얕은 견해로 볼 때 영어권 작품의 개성이나 풍요로움에 비교하자면 사실 크게 칭찬할 만하지 못하다. 기껏해야 쓰치야 다카오의 작품 정도나 목록에 넣을 수 있을 것이다."

그러니까 '살인 전문점'에 일본 작품이 없는 이유는 '다른 언어권의 걸작까지 아우르지 못하는 엮은이의 능력 부족' 때문이 아니라 일본 추리소설이 기준에 미치지 못했기 때문이며, 그리하여 그는 몇십 년 동안 활발하게 발전해 엄청난 출판 서적수를 자랑하는 일본 추리 전통을 간단하게 무시해 버린 것이었다.

나는 잔훙즈의 단호한 평가에 동의할 수 없다. 탐정추리소설 총서를 엮으면서 방대한 일본 작가와 작품을 배재한다는 건 무슨 핑계를 대도 심각한 누락이다. 물론 잔훙즈를 대신해 변명을 할 수도 있긴 하다. 그가 엮은 것은 그에게 익숙한 영미 탐정소설이고 일본 소설을 선택하지 않은 데에는 나름의 이유가 있을 것이라고. 그러나 잔홍즈는 일본 추리소설의 수준이 높지 않아 한 권도 고르지 않았다고 고집을 부렸다. 이런 태도는 아무리 좋게 보려고 해도 일본 추리소설에 지나치게 불공평하다.

공평하게 일본 추리소설의 전통을 포함해서 고려한다면, 여기에 조르주 심농* 같은 걸출한 작가를 배출한 프랑스 추리소설의 전통을 더한다면, 편한 대로 집어도 일이백 종은 '고전 추리'의 숲에 들어갈 수 있을 것이다. 다시 말해, 진지하게 잔홍즈의 프로젝트를 따져 본다면 적어도 삼사오백 종까지 확충되어야 진정으로 백여 년간의 일류 추리 작품을 포괄할 수 있게 된다.

추리소설과 '고전'의 개념 사이에는 선천적인 긴장이 한 겹 깔려 있다. '고전'에는 적어도 두 가지 핵심 기준이 있어서 그중 하나도 부족해서는 안 된다. 하나는 '필독'이다. 만약 이 분야의 아름다움을 몸소 겪고 이 분야의 최고 성취를 즐기고자 한다면 '필독'으로 선정된 고전은 일단 읽어야 한다. '고전'의 높이를 통해 우리는 취향의 기준을 세워 다른 작품을 평가하고 가늠할 수 있게 된다. '고전'의 두 번째 기준은

* 조르주 심농(Georges Simenon, 1903~1989)은 벨기에 소설가로 평생 사백오십 편이 넘는 추리소설을 창작해 20세기에 작품 생산량이 가장 높은 작가 가운데 하나이다. 수많은 작품이 영화나 드라마로 각색되었다. 그의 작품 중에서 가장 유명한 탐정은 쥘 메그레 반장이다. 작가 앙드레 지드, 헨리 밀러와 역사학자 에릭 홉스봄은 심농의 작품이 고르게 높은 수준을 유지했다고 평가했다.(지은이)

다시 읽을 수 있어야 한다는 것이다. 다시 읽기를 통해 신선한 즐거움과 깨달음을 끝없이 찾아낼 수 있다.

두 번째 기준은 추리소설에 불리하다. 추리의 핵심은 수수께끼 그리고 수수께끼 풀이이며, 수수께끼를 풀기 전의 의혹과 추측, 수수께끼를 푼 다음에 오는 깨달음은 추리소설을 읽는 근본적인 기쁨이다. 내 오랜 친구인 소설가 장다춘✖이 내게 이런 이야기를 해 준 적이 있다. 두 사람이 함께 살인 사건을 다룬 추리영화를 보러 갔다. 예전에는 극장에서 영화를 보기 전에 국가를 불러야 했다. 다들 일어나 국가를 부른 다음 자리에 막 앉으려는데 갑자기 한 사람이 다른 한 사람의 귀에 재빨리 속삭였다. "남자의 부인이 범인이야." 이 얼마나 악랄한 짓이란 말인가! 말하는 데 몇 초밖에 걸리지 않는 짧은 문장이지만 그 말을 들은 사람이 자리에 앉아서 영화를 볼 수 있겠는가? 여러분이라면 어떻게 하겠는가? 남자의 부인이 범인이라는 답을 안 채 순식간에 아무 재미도 없어진 이야기를 볼 것인가, 아니면 국가 부르기도 끝났으니 영화표 한 장 날렸다고 한탄하며 즉시 극장을 나설 것인가?

✖ 타이완의 소설가 장다춘(張大春)은 일찍이 신문과 잡지 기자와 편집자, 논설위원을 지냈고 대학에서 강사로 교단에 서기도 했다. 현재 라디오 프로그램의 진행을 맡고 있기도 하다. 그의 소설은 마술적 사실주의 경향을 띠는 것으로 알려져 있으며, 순문학뿐 아니라 무협소설, 역사소설 같은 분야까지 아우른다. 또한 산문과 평론 외에도 번역과 영화와 드라마 각본, 희곡, 가사 등 다양한 글을 쓰고 있으며, 왕자웨이의 영화『일대종사』각본의 고문을 맡기도 했다.

이 이야기는 결과를 미리 아는가 모르는가의 여부가 감상에 엄청난 차이를 가져오는 추리 작품의 한계를 선명하게 지적하는 동시에 우리에게 한 가지 주의 사항을 알려 준다. 추리 작품을 소개할 때에는 결말을 말해서 그 작품을 처음 접하는 사람이 느낄 즐거움을 빼앗아서는 안 된다는 특별한 도덕적 책임 말이다. 가장 중요한 사실은 이 이야기가 어째서 다른 문학 분야보다 추리소설에서 '고전'을 만들어내기 어려운지 설명한다는 점이다. 수수께끼, 눈이 핑핑 돌 정도로 화려하고 복잡한 실마리, 마지막에 이르러 극적으로 수수께끼를 푸는 장면 등 추리소설이 독자를 끌기는 어렵지 않다. 그러나 독자가 한 번 즐거움을 얻은 뒤 다시 읽으면서 그런 즐거움을 얻지 못한다면 어디에서 독자에게 다시 읽을 동기를 부여할 것인가?

이 점에서 추리소설의 정반대에 있는 분야가 시다. 여러분은 시를 읽을 때 누군가에게 이 시가 이러이러한 내용으로 마무리된다는 말을 듣는 게 두려운가? 그렇지 않을 것이다. 시에는 결말이 없다. 시는 처음부터 끝까지 과정으로 이루어져 있으며, 우리는 시를 읽는 동안 일어나는 영혼의 울림을 즐기지, 읽은 다음에 어떤 해답을 얻고자 하지 않는다. 설령 소설이라 하더라도 도스토옙스키의 『카라마조프씨네 형제들』 같은 소설의 결말을 내가 당장 여기서 말한들

여러분이 그 책을 읽는 데 영향을 미칠까? 그렇지 않다. 결말은 그저 소설의 마지막에 놓인 작은 부분일 뿐이다. 소설의 앞부분도 결말을 끌어내기 위한 내용이 아니며, 자기 나름의 독립된 가치를 갖는다.

추리소설은 상대적으로 '다시 읽기'라는 기준에 부합하는 고전을 찾기가 어렵다. 그러나 설령 그렇다 하더라도 우리는 삼백에서 오백 권 정도의 고전 목록을 작성할 수 있다. 이는 백여 년간 출간된 추리소설의 양이 얼마나 많은지, 나아가 추리소설이 수수께끼 풀이 이외에 다원화한 의미와 가치를 얼마나 많이 개발했는지 보여 준다.

누구도 방대한 추리소설의 전통을 단 네 권으로 개괄할 수 없다. 이는 마치 해양 생물 네 마리로 바다를 이해하려는 것과 같다. 그 해양 생물이 얼마나 대표성을 띨지 몰라도 네 마리로는 바다를 이해할 수 없다. 우리가 할 수 있는 건 그저 해양 생물 네 마리를 보는 사람에게 호기심을 불러일으키는 정도이다. 어떤 환경에서 이렇게 각자 다른 생물이 태어날 수 있었을까? 그 환경이 이런 생물을 품을 수 있다면 또 다른 것을 많이 길러 낼 수도 있지 않을까? 핵심은 호기심을 일으키는 것이지 해설과 묘사에 있지 않으며, 전체를 내려다보는 항해 지도를 제공하는 데는 더더욱 있지 않다.

리[2]추[1]소[3]의[5]설[4] 건[7]조[6]

추리소설의 조건

중국에 늦게 나타난 '추리소설'이라는 표현은 일본에서 수입되었다. 일본에서도 원래는 없던 표현으로, 제2차 세계대전 전에는 이런 유형의 소설을 '탐정소설'探偵小說과 '미스테리'ミステリ라고 불렀다.

'탐정소설'과 '미스테리'는 모두 서양에서 왔다. '미스테리'는 영어의 'mystery'를 가타가나 'ミステリ'로 적은 것이고, '탐정소설'은 영어 'detective story'를 일본어로 옮긴 말이다. 중국에서는 보통 탐색하고 조사한다는 뜻의 동사 혹은 이 일에 종사하는 사람을 가리키는 명사를 '偵探'(전탄)이라고 쓴다.

'추리'라는 말은 제2차 세계대전 이후 일본에서 유행한 새로운 이름으로 영문으로는 적절한 표현이 없으며, 이 점 역시 일본인이 이룬 중요한 공헌이다. 일본인은 미스터리 작품에서 얻은 새로운 결론을 '추리' 정신에 결합시켰다.

일본인이 쓴 세 단어 '탐정', '미스터리', '추리'가 이 장르의 기본 조건에 잘 들어맞는다는 사실은 참 재미있다.

'탐색하고 조사하다', '탐정' 같은 말은 추리소설이 기본적으로 범죄와 관련된 소재를 다루지만, 범죄를 조사하는 사람과 범죄를 조사하는 행위를 통해 범죄에 접근한다는 점을 알려 준다. 추리소설은 범죄소설이 아니다. 그러나 범죄라는 요소가 없으면 추리소설은 성립하기 어렵다. 추리소설은 보통 하나의 범죄에서 시작된다.

추리소설의 기원은 어째서 19세기일까? 이 시기의 유럽에서 범죄는 더 이상 개인의 일이 아닌 사회 현상이 되었기 때문이다. 이 부분은 영어로 설명하면 좀 더 분명해질 것 같다. 이 시기에 사람들의 시선은 'sin'(죄악)에서 'guilt'(죄악감)로 옮겨 갔다. 이전에는 '죄'에 대한 징벌이 인간 세상의 법률이 아닌, 죽은 뒤에 하느님과 마주했을 때 받는 것이었다. 이는 기독교 전통의 핵심 개념과 근본 가치인 동시에 교회를 없어서는 안 되는 기구로 존재하게 하는 토대였다. 죄를 지은 사람은 반드시 고해와 참회를 하고자 했고, 이로써 하느님의 용서를 구하고자 했다. 인간 세상에서의 사실 확인과 처벌은 상대적으로 다음 문제였다. 죄를 짓지 않은 사람은 죽은 뒤 천당에 갈 수 있다. 죄를 지었더라도 죽기 전에 참회하고 죽은 다음 '연옥'에 들어가 충분한 벌을 받으면 천당에 조금씩 다가갈 수 있다. 죄를 짓고도 참회하지 않으면 죽은 후 지옥에 떨어지고 영원히 고통을 받는다. 단테의 『신곡』에서는 이런 원리를 분명하게 알려 주었다.

교회의 지위가 추락하고, 기독교가 여러 방면에서 의

심과 공격을 받으면서 더는 숭고한 진리라는 지위를 누리지 못하게 되었다. '죄'는 더 이상 개인 양심의 문제이거나, 죽은 후 천국에 가거나 지옥으로 떨어지는 것을 결정하는 요소가 아니게 되었다. '죄'는 '이 세상'에 있으며, 현실 세계에서 사회의 수단으로 해결되어야 한다고 인식이 바뀐 것이 19세기에 완성된 거대한 변화였다.

또한 19세기의 유럽에는 도시화가 폭넓게 일어났다. 시골에서 도시로 이주한 사람들이 친족이나 이웃과 단단한 유대를 맺지 않는 생활로 들어서면서 범죄가 발생할 여지도 늘었다. 누가 누군지 서로 잘 알고, 피차의 생활상을 훤히 아는 농촌 생활에서는 범죄 행위가 다른 사람의 이목에서 벗어나기 어려운 까닭에 범죄 욕망을 억누를 수 있었다. 그러나 도시 이주가 시작된 후 누구도 나를 모르고, 누구도 내가 언제 어디에서 무엇을 하는지 신경 쓰지 않는 상황은 죄를 저지르고 처벌을 피하고자 하는 욕망을 부추기는 것과 다름없었다.

두 번째 조건인 '미스터리'에 대해 살펴보자. '미스터리'는 추리소설이 성립하는 다른 조건인 'there is something mysterious'(뭔가 이상하다)를 알려 준다. 추리 용어로 말하자면, 소설에는 반드시 '수수께끼'가 있어야 한다. 소설이 시작되면 이상한 일이 발생하는데 그것은 희귀한 일이 아니라 이해할 수 없고 설명할 수 없는 이상한 일이다. 사건의 전체 혹은 일부가 일반 상식으로는 설명되지 않는 것이다.

코넌 도일의 '셜록 홈스 시리즈'의 영어 원문을 보면, 여러분은 금세 익숙하지 않은 단어가 거의 몇 단락에 한 번씩 거듭 나타난다는 사실을 알 수 있다. 그 단어는 'singular'다. 현대 영어에서는 자주 볼 수 없는 단어로 '이상하다' 혹은 '불가사의하다'라는 뜻이며, '어떻게 이런 일이 일어날 수 있지?'라는 놀라움과 감탄을 담고 있는데 이것은 추리소설이 성립하는 두 번째 조건이 된다.

상식으로 이해할 수 없는 '미스터리', 즉 제2차 세계대전 후 일본에서 점차 널리 쓰인 명사 '수수께끼'가 세 번째 조건인 '추리' 앞에 놓인다. '수수께끼'는 소설 안에서 반드시 풀려야 하며, 이성적인 추론 방식으로 풀려야 한다. 신비한 분위기로 끝까지 가도 안 되고, 갑작스럽게 나타난 어떤 인물이나 힘으로 해결돼서도 안 된다. 반드시 일정한 논리를 따라 한 걸음 한 걸음 답을 찾아가야 하며, 이런 과정이 있어야 비로소 추리소설이라고 할 수 있다.

작[1]묵[7]가[2] 와[3]자[5]의[6] 독[4]계[8]

작가와 독자의 묵계

'탐정', '미스터리', '추리'가 가리키는 세 가지 조건은 우리에게 추리소설이 무엇인지, 추리소설을 읽을 때 무엇에 신경을 써야 하는지, 나아가 추리소설을 읽기 전에 어떤 준비, 즉 '독자의 약속'을 해야 하는지 알려 준다.

탐정소설과 추리소설은 백여 년의 시간 속에서 거대한 장르로 발전해 '장르소설'의 하나가 되었다. 그럼 '장르'란 무엇인가.

간단하게 말해 장르소설에는 작품을 만드는 작가와 작품을 읽는 독자 사이에 이미 약속된 특수한 사항이 있다. 장르가 만들어지면 작가와 독자는 장르의 관습에 따라 무엇을 써야 할지 무엇을 읽을지 예상한다.

예컨대 일반소설에서 교사가 교단에서 수업을 하다가 갑자기 몸을 살짝 흔들고는 방금 한 말이 학생들의 귀에 닿기도 전에 사라졌다고 상상해 보자. 두리번거리던 학생들은 순간적으로 교실 뒷문으로 날아가 몰래 수업에서 도망가려는 학생을 막아선 교사를 발견한다. 여러분은 이 서술을 읽고 어떤 기분이 드는가?

로맨스소설로 다시 예를 들어 보자. 교실에서 남학생과

여학생이 서로 눈짓으로 애정을 주고받다가 교사에게 들켰다. 교사는 그들을 심하게 야단치고, 남학생은 홧김에 교사에게 덤빈다. 교사가 화가 나 회초리로 남학생을 때리는데, 이때 여학생이 침착하게 남학생의 손을 잡고 산뜻하게 말한다. "가자!" 그러고는 남학생의 손을 잡은 채 창문에서 뛰어올라 순식간에 맞은편 음악실 지붕으로 내려앉는다. 여기까지 읽은 여러분의 감상은 어떤가?

가장 가능성 높은 반응은 '이게 대체 무슨 짓이야!'라는 거부감일 것이다. 그러나 완전히 똑같은 줄거리의 내용을 무협소설로 옮기고, 자신이 읽고 있는 작품이 무협소설임을 알고 있다면 여러분의 반응은 또 어떨까? 아마 별 이견이 없을 것이다. 무협소설이란 당연히 그런 것이고 이런 내용이 나와야 한다는 것을 알기 때문이다.

이제 모두 알 것이다. 차이의 핵심은 소설에 무엇이 쓰였느냐가 아니라 독자가 소설에서 무엇을 읽을 준비가 되었는가, 그러니까 소설을 읽기 전에 이런 소설에서 무엇을 읽게 되리라는 점을 알고 있는가에 있다. 그리고 작가는 소설을 쓸 때 자신의 소설을 읽을 사람이 어떤 예상과 기대를 하고 있는지 알아야 하고 가늠해야 한다. 이것이 바로 장르에 초점을 맞춰 만들어진 작가와 독자 사이의 묵계다.

장르소설이 아닌 순문학 계통의 소설은 작가와 독자 사

이에 묵계가 거의 없다. 달리 말하면 묵계의 구속을 받지 않는다. 독자의 예상과 기대는 작가가 구사하는 여러 가지 다른 서술 방식, 기발한 아이디어나 실험을 만나는 데 있으므로, 작가는 소설을 쓰면서 독자가 자신의 작품을 어떻게 읽을지 파악하는 데 상대적으로 그렇게 신경 쓰지 않아도 된다.

장르소설이 공유하는 특징 중 하나는 한 장르 안의 소설은 같은 묵계와 규칙을 거치며 서로 연관된다는 점이다. 어떤 장르소설을 읽다 보면 독자는 그 장르의 규칙에 익숙해지고, 같은 장르의 다른 소설에 좀 더 쉽게 접근하고 이를 받아들이는 데 도움을 얻는다.

무협소설을 읽을수록 독자는 강호의 여러 문파, 각 문파의 무공과 초식에 대해 지식을 쌓게 된다. 이상하지만 또 이상하지 않게도, 서로 다른 작가가 쓴 무협소설인데 등장하는 문파와 무공은 비슷하다. 그리하여 독자가 전에 읽은 무협소설은 나중에 읽을 무협소설을 위한 준비가 된다.

마찬가지로 추리소설을 읽을 때마다 독자는 '수수께끼'의 구성과 해법에 대한 지식을 쌓게 된다. 이런 지식은 독자가 다음 추리소설을 어떻게 읽을지에 영향을 준다. 같은 추리소설이라도 추리소설을 전혀 읽지 않은 사람과 이미 이백 권의 추리소설을 읽은 사람이 얻는 재미와 즐거움은 엄청난 차이가 있다.

유[4]정[2]의[3] 형[5]탐[1]

탐정의 유형

백여 년간 추리소설은 하나의 장르를 형성했다. 이 영역에 들어간 창작자는 장르의 규범과 게임 법칙을 존중해야 한다. 그렇지 않으면 추리소설 읽기에 익숙해진 독자에게 버림받을지 모른다. 추리소설이라면 내용에 범죄 사건이 있어야 하며, 범죄 과정이나 범죄 동기 그리고 가장 중요한 범인을 알 수 없어야 한다. 그것이 미스터리mystery다. 범죄만 있고 '수수께끼'가 없다면 그것은 범죄소설이지 추리소설이 아니다.

범죄는 '수수께끼'와 묶인다. 우리는 범죄 현장을 봐도 누가 무슨 동기로 범죄를 저질렀는지, 또 어떤 방식으로 들키지 않고 의심받지 않는지 알 도리가 없다. 초기에 추리소설 혹은 탐정소설은 'whodunit'(후더닛)이라는 은어로도 불렸다. 'who done it?'이라는 문장을 줄여서 하나의 단어로 만든 것인데, 이 단어는 '누가 했는가?'를 추적하고 조사해 답을 찾는 이런 소설의 핵심을 분명하게 보여 준다.

이상한, 심지어 공포스러운 사건이 발생한다. 하지만 누가 그랬는지는 아무도 모른다. 그리하여 탐정이 등장하고 그 사람을 찾아낸다. 탐정의 유형은 다양한데, 그중 하나는

‘명탐정’이다. 보통 사람보다 훨씬 뛰어난 지혜와 안목을 갖춘 ‘명탐정’은 우리가 보기에 얽히고설켜 이해하기 어렵고 혼란스러운 ‘수수께끼’와 사건의 핵심을 한순간에 파악하고, 진상을 밝혀 줄 단서를 찾아 곧바로 핵심으로 파고든다.

다른 하나는 ‘하드보일드 탐정’이다. 그들도 보통 사람은 보지 못하는 미미한 정보를 찾을 줄 알지만 그것은 그들이 보통 사람보다 똑똑하기 때문이 아니며, 보통 사람보다 정직하고 도덕적이기 때문은 더더욱 아니다. 상처투성이의 인생 여정을 겪은 덕에 우리보다 범죄를 잘 알고, 세상과 인간 본성의 어두운 부분을 대하는 방법을 알기 때문이다. 그들은 범죄와 위험한 선 하나를 사이에 두고 있는 까닭에 탐정이 된다.

그리고 딱히 빛나지도 않고 어둡지도 않은, 그저 업무와 책임에 따라 탐정이 되는 이들이 있다. 바로 경찰청의 형사다. 그들은 매일 범죄와 범죄자를 마주한다. 이따금 이상하고 애매하고 신기하기까지 한 현장을 맞닥뜨리면 경험과 의지와 책임감으로 어둠 속에 숨은 범인과 지혜를 겨루고 그들의 주변을 맴돈다.

명탐정은 높은 곳에 있다. 그곳에서 우리가 보지 못하는 것을 본다. 하드보일드 탐정은 우리보다 낮은 바닥에 있다. 범죄자와 같은 곳에 있기에 우리에게는 없는 시야를 가졌다. 형사는 우리와 가장 가까워서 우리처럼 업무, 출근, 스트레스, 좌절을 겪는다. 그저 그들이 하는 일이 일반적이지 않고 우리에게 낯설 따름이다.

각각 다른 탐정의 각각 다른 사건 조사 과정은 각각 다른 추리소설의 갈래를 낳으며, 그럼으로써 추리소설에 다양한 가치를 만들어 낸다.

탐정이 수수께끼를 어느 정도까지 풀어내는가에도 중요한 차이가 있다. 초기의 탐정추리소설은 범인을 찾고 범죄 과정, 혐의에서 벗어나고자 시도한 수법을 설명하고 나면 사건을 해결한 것으로 쳤다. 그러나 어떤 작품은 '누가 했는가'라는 질문에 대답하는 데 만족하지 못하고 '왜 했는가'에도 대답해야 한다고 주장한다. 즉 동기를 조사하고 범죄 동기에서 범죄에 대한 정보, 나아가 범죄가 일어난 사회와 관련된 정보를 살펴보아야 한다고 말한다.

추리소설에서는 명탐정도 하드보일드 탐정도 형사도 반드시 추리로 범인을 잡는다. 이 배후에는 특수한 사회 가치가 반응한다. 범죄는 매일 일어나고 그중에는 기이하고 다채로운 사건이 넘쳐난다. 만약 매체의 요란한 기사만을 본다면 우리는 깊은 인상을 받을지언정 그 사건이 우리와 무슨 상관이 있는지는 느끼지 못할 것이다. 그 사건은 우리와 다른 이상한 사람이 벌인 이상한 일일 뿐이라고 생각하리라. 그러나 추리소설은 독자가 범죄를 나와 상관없는 일로 여기도록 두지 않는다. 범죄 현상은 기이하고 다양할 수 있다. 그러나 범죄 현상을 꿰뚫고, 범죄 행위를 해석하는 것은 보편적인 논리와 이치이며, 이는 우리 일상생활에 깊이 뿌리내리고 있고 일상 행동을 관할하는 것과 똑같은 논리와 이치다.

나[5]이[2] 물[3]요[9]신[1]야[6] 할[7] 필[8]러[4]

신이 물러나야 할 필요

이런 추리소설이 나타나려면 시대 조건이 필요하다.

첫째, 범죄의 은닉이 가능해야 하며 누군가 범죄를 은닉하고자 해야 한다. 앞서 말했듯, 신의 권위가 아직 존재했을 때 전지전능한 신은 인간 세상을 지켜보았고 모르는 일이 없었다. 범죄 행위가 일어나는 즉시 신이 알았으므로 숨길 것이 없었으며 숨길 수 있는 것도 없었다. 주요 징벌은 인간이 무엇인지 짐작할 도리 없이, 범죄자 자신도 예측할 수 없는 방식으로 신이 내리기 때문에 다른 사람이 알건 모르건 중요하지 않았다. 이러한 신앙 앞에서는 범죄 사실을 조사하고 밝힌들 어떤 큰 의의를 갖기 어렵다.

단테의 『신곡』이 중요한 고전이 된 데에는 이탈리아어를 확립한 공헌 외에 중세 이래 기독교의 '초월 세계' 등의 교리에 딱 맞춰 쓴 것이 꽤 컸다. 『신곡』은 베르길리우스가 단테를 안내하며 다니는 형식으로 독자에게 인간 세상 이외에 지옥, 연옥, 천당이 어떻게 배치되어 있는지 알려 주어, 당시(14세기) 독자를 두려움에 떨게 만들었다. 책을 읽으면서 독자는 살아서 어떤 잘못을 저지르면 죽어서 어떤 곳으로 가 어떤 일을 겪게 될지 짐작할 수 있었고, 자신이 죽으면 어디로 갈 만한지 검증하고 예상해 보지 않을 수 없었다.

『신곡』에서는 지옥의 일 층부터 끝없이 아래로 내려가면서 각 층에 어떤 사람이 있는지, 그들이 무슨 죄를 지었는지, 어떤 행위와 벌이 맞물리는지 하나하나 대응해 묘사한다. 『신곡』의 구조와 『신곡』이 반영하는 집단 심리에는 '징벌을 피하는 죄인'이 없으며, '범죄 사실을 숨길 수 있는 사람'도 없다. 존재하지 않는 정도가 아니라 생각조차 할 수 없는 것이다. 신은 안다. 어떻게 숨든 속이든 소용없다. 탐정이나 사건 조사 같은 것이 쓰일 자리가 있을 리 없다.

둘째, 오로지 도시라는 환경에서만 범죄 행위, 특히 범죄자의 신분이 '수수께끼'가 될 충분한 기회를 얻는다. 도시화 이전의 농촌이나 시골에서는 주민이 서로를 잘 알아서 오늘날 우리가 알고 있는 '사생활'이라는 것이 없었다. 설령 우리 집에서 일어난 일이라도 이웃이나 마을 사람들은 자기들이 그 일을 알 권리가 있다고 여겼다. 그 일에 대해 이러쿵저러쿵 평할 자격이 없거나 그러면 안 된다고는 생각지 않았다.

타이완의 소설가 리앙의 『남편을 죽이다』에는 살인 사건이 나오지만 추리는 나오지 않는다. 마을 사람들이 금세 부인이 남편을 죽였다는 사실을 알게 되면서 부인은 도망칠 방법이 없어진다. 이 점이 좀 더 과장된 작품으로 마르케스의 『예고된 죽음의 연대기』가 있다. 콜롬비아의 작은 마을에 살인 범죄 행위가 일어나기 전, 모든 마을 사람이 살인 사건이 일어나리란 사실을 이미 알고 있다. 이런 환경에서 범죄를 어떻게 숨길 것이며, 범죄가 어떻게 '수수께끼'가 되겠는가.

도시가 세워지면서 사람은 '이름 없이' 살아갈 수 있게 되었고, '이름 없는' 상태로 살아가는 시간이 대폭 늘었다. 이름이 있고, 신분이 있지만 중요한 점은 그것들을 다른 사람이 모른다는 사실이다. 우리를 보는, 우리와 스치며 지나가는 절대 다수의 사람은 그것들을 모르고 알 리 없고 알려고 할 이유도 없다.

도시 안에서는 골목 세 개만 지나면 다른 세계나 마찬가지다. 이에 따라 범죄 행위를 숨길 커다란 기회가 생기고 범죄자를 숨길 더 큰 공간도 만들어진다.

도시에서 사람과 사람의 관계는 다양하고 복잡하게 변한다. 남녀 간의 복잡해진 애정 관계는 로맨스소설이 발달하는 배경이 되었고, 사람 사이에 은혜와 원한 등의 범죄 동기가 늘면서 추리소설에 큰 영향을 미쳤다. 농촌에서는 사람 사이의 어떤 원한과 미움이 범죄 행위에 이르게 될까? 논밭에 물을 댈 권리, 농사일을 할 인력을 뺏고 빼앗기거나 제사 같은 의례에서 누가 누구를 존중하고 무시하는 문제, 그게 아니라면 시집간 딸이 시댁에서 구박을 받는다거나 하는 일에서 벗어나지 않는다. 대체로 상상할 수 있고 금세 떠올릴 수 있는 이유다.

그러나 도시, 특히 도시의 주요 에너지를 만드는 상업 지역에서는 그렇게 단순하지 않다. 조직이 끼어들고 돈이 개입하면서 범죄의 동기, 범죄를 숨길 필요가 늘어난다. 각도를 바꿔 보면, 이에 따라 범죄 행위도 다양해져 범죄를 이해하고 해석하는 일 역시 갈수록 어려워진다.

추리소설에는 수많은 살인 사건이 있지만 반드시 살인이 필요한 것은 아니다. 핵심은 범죄에 있지 살인에 있지 않다. 살인이 범죄에서 가장 시선을 끌고 극적이어서 상대적으로 수수께끼가 되기에 알맞을 뿐이다. 죽은 사람은 목격자 증언을 할 도리가 없어 범인이 더욱 쉽게 범죄 행위를 숨길 수 있고, 그와 범인의 관계를 설명할 수도 없어서 범죄 동기를 숨기기에도 편리하다. 초기 추리소설의 고전인 코넌 도일의 '셜록 홈스 시리즈'에서는 살인 사건이 아닌 다른 범죄 행위를 꽤 높은 비율로 다루지만, 대신 그것들은 모두 당시 세계에서 가장 큰 도시인 런던이기에 일어날 수 있는 범죄 행위다. 다시 잔훙즈에게 슬쩍 시비를 걸어 보자. '살인 전문점'이라는 총서에 선택된 고전이 모두 살인 사건을 다룬 건 아니다. 추리소설에는 백 퍼센트에 가깝게 범죄가 있지만 살인이 백 퍼센트 있는 것은 아니며, 추리소설은 살인

소설이 아니다.

추리소설이 19세기 후반에 나타나 19세기 말에 이룬 풍성한 흐름은 시대 조건의 존재와 성숙에서 비롯된 것으로 우연이 아니다. 다만 시대가 제공한 것은 필요조건일 뿐 필요충분조건은 아니었다. 이런 조건들이 없었다면 추리소설은 형성될 수 없었겠으나, 소수 인재의 창작과 발전 없이 이런 조건만 있었다면 우리는 추리소설의 찬란한 백 년 전통을 보지 못했을지 모른다.

그러므로 코넌 도일과 '셜록 홈스 시리즈'부터 이야기를 해야 한다. 이는 탐정소설과 추리소설의 시작점이며, 시대의 수없이 유리한 조건은 여기에서 결합해 문학의 필연을 만들었다.

리[10] 베[6] 이[7] 전[1] 커[8]
계[3] 인[4] 세[2] 의[5] 거[9]

전 세계인의 베이커 거리

홈스를 말할 때 어디에서 시작하면 좋을까? 물론 런던이다. 여러분이 런던을 가 봤든 아니든, 홈스를 읽거나 다시 읽은 사람에게는 런던에 가야 할 강렬한 동기가 생긴다.

2012년 겨울, 나의 가족과 친구의 가족이 함께 여행을 갔다. 두 집의 아이는 모두 셋이었는데 세 명 모두 런던행을 강력하게 요구했다. 세 아이는 '해리 포터'를 읽었고, 그 영화들을 본 까닭에 '9와 4분의 3 승강장'에 가고 싶어 했으며, 호그와트의 촬영 장소였던 옥스퍼드대학교에도 가고 싶어 했고, 조앤 롤링이 사는 집에도 큰 관심을 두었다. 우리는 아이들의 요청을 거절할 이유가 없었다. 과거에 우리도 같은 마음을 가졌던 적이 있었으니까. 런던에 가자마자 제일 먼저 베이커 거리에 갔고, 그 거리를 보고 나서야 빅벤과 웨스트민스터 사원으로 향했다.

런던에 가면 반드시 베이커 거리에 가야 한다. 베이커 거리에 가지 않으면 진정으로 런던에 갔다고 할 수 없다. 홈스 때문만이 아니다. 베이커 거리의 지하철역은 런던에서 가장 오래된 지하철역이고, 런던 지하철은 세계 최초의 지하철이다. 그러니까 베이커 거리 지하철역은 세계에서 가장 오래된 지하철역이다. 1863년, 내가 태어난 해보다 백 년도 전에 지어지고 쓰인 지하철역이 오늘날까지 건재한 것이다.

베이커 거리 지하철역 내부에는 아치형 들보에 무쇠로 만든 큰 문이 있다. 한눈에도 요즘에 만든 것이 아님을 알 수 있는데, 19세기에 만들어져 여태까지 남은 것이다. 그 옆을 자세히 보면 기념비가 있고, 그 위에 전쟁 중에 목숨을 잃은 베이커 거리 일대의 젊은이를 추도하는 글이 쓰여 있음을 발견하게 된다. 그들이 희생된 전쟁은 걸프전쟁도 아니고 제2차 세계대전도 아닌, 제1차 세계대전이다!

역 출구에서 나와 왼쪽으로 돌면 유명한 왕립음악원이 있는 말리본 거리다. 지하철역에서 대략 오 분 정도 걸리는데, 왕립음악원에 다다르기 전에 먼저 길에서 홈스를 만나게 된다. 그는 외투에 모자를 쓰고 있다. 물론 파이프도 잊지 않았다. 길가에 꼼짝도 않고 서 있는 그는 실제 사람보다 약간 더 큰 청동상이다. 홈스는 우리보다 십오 센티미터쯤 더 크다!

역에서 오른쪽으로 돌면 바로 그 이름도 유명한 베이커 거리다. 베이커 거리에서 오른쪽 첫 번째 건물을 올려다보면 문 입구에 '허버트 조지 웰스'라는 명판이 붙어 있는 걸

볼 수 있다. 이곳은 일찍이 『타임머신』, 『세계사 대계』The Outline of History를 쓴 대문호 웰스*가 살았던 집이다. 다음 문기둥에는 또 다른 작가의 옛집임을 알리는 명판이 붙어 있다.

그야말로 '옛집 거리'다! 그렇게 걷다가 백 미터 못 가서 길을 건너면 '베이커 거리 221B'가 나온다. 수많은 추리소설 독자가 보지도 않고 입 밖으로 술술 외울 주소, 그러니까 '홈스의 옛집'이다. 오늘날은 박물관이 되었지만 일 층의 상점에서는 계산대 옆에 누구나 가져갈 수 있도록 홈스의 명함을 두어서 마치 지금도 홈스에게 사건 조사를 부탁할 수 있을 것만 같다. 우리는 본래 일 층에 집주인인 허드슨 부인이 살았다는 사실을 알고 있지만 말이다. 그리고 이 층은 예전에 홈스가 살았던 모습을 그대로 유지하고 있다.

지금까지 내가 자연스럽게 말해서 듣기에는 제법 그럴듯하지만, 사람이 지나치게 자연스럽게 말하면 잠시 멈추고 질문을 해야 한다. '홈스의 옛집'과 '웰스의 옛집'은 같을까?

웰스는 작가이고 실제 인물이며 그 집에서 살았던 사람이다. 홈스는 소설 속 등장인물이고 코넌 도일이 쓴 소설에서만 사는 사람인데 어떻게 현실 세계에서 '베이커 거리 221B'의 이 층에서 살 수 있으며, 어떻게 아직까지 우리가

* 허버트 조지 웰스(Herbert George Wells, 1866–1946)는 영국의 소설가이자 기자, 사회학자, 역사학자이다. 그가 창작한 과학소설은 이후에 깊은 영향을 미쳤는데 1895년에 발표한 『타임머신』은 '과학소설의 탄생'이라고 일컬어지는 작품이다.(지은이)

그의 유물을 볼 수 있단 말인가.

이건 엄청난 거짓말이다. 여기에서 홈스가 살았다는 거짓말. 그런데 나를 포함해서 매년 수많은 사람이 열정을 가지고 이곳에 와서 스스로 이 엄청난 거짓말의 공범자가 되고자 한다!

정말이지 재미있는 일이다. 이 일은 코넌 도일이 이룬 엄청난 성과를 훌륭히 설명한다. 그는 홈스라는 등장인물을 창조해, 독자가 그 사람이 실제 사람이라고 믿을지언정, 그저 책 속의 환영이라는 사실을 받아들이고 싶지 않도록 만들었다.

[2]제[4]아[6]놀 [3]가[9]사
[7]라[8]운[5]닌 [10]건[1]실

실제가 아닌 놀라운 사건

어느 날 길에서 우연히 만난 친구와 이야기를 나누다가 내가 요즘 홈스에 관한 강의를 준비한다는 말을 했다. 그러자 그 친구가 이렇게 말했다. "나도 홈스랑 로버트 다우니 주니어 정말 좋아해요." 나는 그건 아니라는 표정을 감추지 못한 채 친구에게 말했다. "그거랑 이건 다른 얘기인데요."

내 말은 코넌 도일의 책에 나오는 홈스와 영화에서 로버트 다우니 주니어가 연기하는 홈스는 다르다는 뜻이다. 그것도 하늘과 땅만큼이나 다르다. 간단히 말해 보자. 영화만 보고 소설을 읽지 않는다면 우리는 홈스를 우리가 사는 이 세상에 있을 법한 사람이라고 여길까? 영화를 보는 순간 순간 내가 오늘 런던에 가면, 혹은 예전의 런던 거리에 가면 우연히 로버트 다우니 주니어가 연기한 그 사람을 만날지 모른다고 상상할 수 있을까?

물론 그럴 리 없다! 이 영화의 촬영 방식과 특색은 영화 속 등장인물과 현실 생활 사이에 절대 거리를 부여하여 한 편의 판타지 영화를 만든다. 영화의 시작 부분에서 홈스는 변장한 채 어떤 귀부인을 미행하다가 함정에 빠진다. 네

명의 악당이 튀어나오고 홈스가 네 악당과 혼자 맞서 싸우는데, 그 과장된 동작과 격렬한 화면은 전쯔단(견자단)이 나온 영화 『무협』과 다를 바가 없다. 홈스가 무협 인물이 된 것이다!

이런 촬영 방식은 우리에게 홈스가 다른 세계에 사는 사람이라는 사실을 깨닫게 한다. 그는 해리 포터와 마찬가지로 영화에서 만들어진 환상의 세계에 살 뿐이고, 그의 모험과 사건 조사는 그 세계 속의 기이하고 환상적인 경험이라, 우리는 그저 멀고 먼 다른 세계에서 그것을 바라볼 뿐이다.

영화를 원작 '셜록 홈스 시리즈'와 대조해 보면, 영화에 선별되어 들어간 이야기 요소가 원작에는 없거나 그다지 중요하지 않거나 원작에서 문제가 되는 것임을 발견하게 된다. 예컨대 '대협'大俠 홈스가 혼자 네 사람을 격퇴한 후 등장하는 왓슨은 마침 결혼을 준비하는 중이다. 원작에도 왓슨의 결혼이 나오고 그의 부인이 출현한다. 그러나 '셜록 홈스 시리즈' 전체에서 핵심이 되는 이야기의 전환은 홈스와 사악한 교수 모리아티가 산에서 벌인 결투다. 코넌 도일은 왓슨을 현장으로 보내 홈스의 유물을 목도하게 하고, 홈스가 모리아티와 함께 폭포로 떨어져 죽었음을 알게 한다. 그러나 '독자의 요청에 응해' 코넌 도일은 홈스가 돌아올 수 있는 방법을 생각해 내고 그렇게 하여 다음 이야기가 이어진다. 흥미로운 점은 홈스가 돌아오는 동시에 왓슨의 부인은 죽는다는 사실이다.

이런 배치는 나름의 이유가 있다. 왓슨의 역할에서 으뜸은 홈스의 곁에서 사건에 참여하고 사건을 관찰해 기록하는 것이다. 두 사람이 함께 살면, 누군가 베이커 거리 221B에 홈스를 찾아온 사실을 왓슨이 당연히 알고, 홈스가 언제 집을 나서든 당연히 함께 나갈 수 있다. 하지만 왓슨이 결혼을 하면, 그 당연한 일들이 당연하지 않게 된다. 왓슨이 어떻게 진료소 일을 포기하고 부인까지 노상 내버려 둔 채 홈스와 여기저기를 뛰어다닐 수 있겠는가.

코넌 도일은 이런 당연하지 않은 왓슨의 행동을 설명하다 지친 나머지 서둘러 왓슨을 홀아비로 만들어 버린 것이 분명하다. 다만 나중의 이야기에서는 어디서 나타났는지 모를 왓슨의 또 다른 부인이 등장하는데 정확한 모습은 묘사되지 않는다.

왓슨의 부인은 원작 소설 전체의 흠이 틀림없지만 영화에서는 중요하게 다뤄진다. 게다가 홈스의 형도 등장한다. 홈스는 왓슨을 자기 형의 클럽으로 데리고 가 왓슨의 총각파티를 열고자 하고, 거기에서 청룽(성룡) 영화 같은 격투가 또 한 번 벌어진다. 원작 소설에서 홈스에게 형이 있고, 형이 다니는 클럽이 있기는 하지만 그 내용은 시리즈를 통틀어 단 한 번 나온다. 그리하여 마니아 독자나 연구자는 코넌 도일이 홈스의 형으로 어떤 이야기를 구상했다가 나중에 까먹은 건 아닌지 호기심 어린 추측을 하곤 한다.

영화는 이런 중요하지 않은 요소를 골라 드러내어 우리가 홈스를 친근하게 느끼지 못하게 만들었다. 도리어 홈스에게 각종 믿을 수 없는 색깔을 덧발라 우리에게서 멀리 떨어뜨려 놓았고, 홈스가 우리 그리고 우리의 현실 생활과 어떤 관련이 있을지도 모른다고 느끼지 못하게 만들었다.

이런 영화는 뛰어난 오락성을 갖춘 작품이 될 수 있으며, 많은 관객을 불러 모으는 흥행 영화가 될 수 있다. 그렇지만 백여 년 전에 코넌 도일이 이런 방식으로 홈스를 썼다면, 감히 장담하건대 절대 오늘날 베이커 거리 221B라는 '옛집'은 생기지 않았을 것이다.

'셜록 홈스 시리즈'를 읽고 토론할 때 귀중히 여기고 탐색해 볼, 무시할 수 없이 중요한 점이 있다. 코넌 도일이 어떻게 독자로 하여금 이토록 홈스를 좋아하도록 했는지, 홈스를 실제 인물처럼 그들의 생활 속으로 밀어 넣었는지 하는 점이다.

홈스는 허구의 인물이며, 이웃 사람도 동네 사람도 아니다. 그러나 코넌 도일의 서술은 홈스가 동네 사람들 사이에 흔적을 남겼으리라 믿게 만들며, 그것은 홈스의 자리이자 홈스의 허구성을 더욱 돋보이게 하는 조건이 된다. 그리하여 그가 살았던 베이커리 221B는 분명히 있게 되는 것이다.

록[2]스[4] 일[6]관[7]의[5] 홈[3]셜[1]성[8]

셜록 홈스의 일관성

코넌 도일의 성공으로 홈스의 옛집은 누구나 안다. 그러나 아이러니하게도 코넌 도일의 집은 모른다. 난 소수의 사람이 갔을 코넌 도일의 옛집을 찾아간 적이 있다. 그가 안과 진료소를 냈던 곳이다. 그곳을 방문한 소수의 사람과 나는 아마 같은 생각을 했을 것이다. 코넌 도일이 여기에 안과 진료소를 내서 다행이다, 이 근처에 눈 아픈 사람이 많지 않거나 혹은 눈이 아파도 굳이 코넌 도일을 찾으려고 하지 않아서 다행이다, 그래서 그가 환자를 기다리는 시간에 지루함을 덜기 위해 홈스 이야기를 쓰게 되어서 다행이다.

코넌 도일은 어떻게 사람들이 그토록 홈스를 좋아하게 만들었을까? 그리고 어떻게 홈스를 그렇게 친근하게 느끼게 만들었을까? 우리는 '셜록 홈스 시리즈'에 수십 가지 이야기가 들어 있고 홈스가 이야기마다 새롭게 등장한다는 점을 잊어서는 안 된다.

아무리 성공한 소설이라도 주인공이 그 소설에만 나온다면, 주인공이 우리에게 깊은 인상을 남기더라도 금세 다른 사건과 사물이 나타나 우리의 주의를 분산시키고 유한한 기억을 잡아먹는다. 그러나 등장인물이 적당한 간격을 두고

한 번씩 나와서 우리가 잊기 전에 자신의 존재를 일깨운다면 당연히 그 인상은 더 오래갈 것이다.

코넌 도일은 장장 몇십 년간 수십 가지 이야기 속에 허구의 인물 한 명을 묘사하면서, 강한 인내심과 의지로 홈스의 일관성을 지켰다. 홈스의 외모부터 성격에 이르기까지, 어떤 사건에 연루되어 어떤 사건의 의뢰자나 용의자를 만나든 홈스의 생각, 태도, 반응은 기본적으로 일치한다.

이렇게 하기는 우리가 상상하고 이해하는 이상으로 어렵다. 멀리 갈 것도 없이 코넌 도일이 그린 왓슨만 봐도 알 수 있다. 많은 사람이 알다시피 왓슨은 코넌 도일 자신이 투영된 인물이고, 왓슨에 대해 쓴다는 것은 코넌 도일이 자기 자신에 대해 쓰는 것과 같다. 그러나 이 시리즈에서 앞뒤가 맞지 않는 빈틈은 거의 모두 왓슨에게서 나타난다. 우리는 왓슨이 군의관을 지냈고, 전장에서 총상을 입은 탓에 퇴역해 런던에서 지낼 곳을 찾다가 홈스가 먼저 입주한 베이커 거리 221B를 알게 되었음을 안다. 그런데 왓슨이 총상을 입은 곳은 팔일까, 다리일까? 코넌 도일은 서로 다른 이야기에서 다르게 설명한다.

그에 비교하자면 홈스는 처음 나왔을 때부터 마지막 사건에 이르기까지 놀라울 정도로 일관된 모습을 보인다. 어째서 우리는 말리본 거리의 청동상을 멀리서 봐도 단번에 그것이 홈스인 줄 아는 걸까? 그 모자, 그 망토, 그 파이프 때문이다. 백여 년 동안 홈스의 삽화가 그려진 책은 얼마나 출간되었는지 알 수 없을 정도로 많다. 홈스는 정말 그리기 쉽다. 각각 다른 삽화가가, 심지어 각각 다른 나라의 삽화가가 서로 별 차이 없는 홈스를 그려 낸다. 뒤집어 말하면, 삽화가 그려진 책마다 비슷하게 표현된 홈스의 형상은 독자들 마음속의 홈스의 모습을 통합시킨다.

사람들이 머릿속에 떠올리는 홈스는 대체로 일치한다. 바이올린 켜기를 즐기고, 변장에 뛰어난데 특히 하층민의 노동자로 잘 변장한다. 중세의 양피지 텍스트와 독극물을 연구하며, 권투와 검술 수준이 무척 높다. 이것들은 홈스를 분별하는 몇 가지 외부 특질이다.

내부 특질은 더욱 중요하다. 홈스는 혼자 움직이는 사람으로, 항상 함께하는 사람은 왓슨이 유일하다. 그의 곁에는 가족이 없고 별다른 친구도 없다. 지능은 보통 사람보다 뛰어나고, 명민한 관찰과 추리 능력을 지녔다.

또한 홈스는 겉으로 보면 논리만 보고 이치만 믿는 추리 기계 같다. 그는 감정이 일처리를 방해하는 것을 용납하지 못한다. 소설에서 왓슨은 자기가 기껏 머리를 굴려 답이라고 말한 내용을 홈스가 비웃자 의기소침해한다. 홈스는 왓슨이 한 추리의 빈틈을 지적하지 않고 그가 감정적으로 구는 부분을 질책한다. 그러나 홈스가 정밀한 추리 기계이기만 하다면 우리는 그를 그렇게 좋아하지 못했을 것이다. 코넌 도일은 소설에 홈스의 부드러운 내면이 무의식중에 드러나는 자잘한 일화를 여기저기에 수없이 장치해 둔다. 홈스는 본인도 모르게 감정에 영향을 받는다. 홈스의 겉모습을 배신하는 속마음 탓에 우리는 이야기를 읽을수록 그것이 진실하다고 느끼고, '흘러나온 진심', '억제하지 못한 마음'이라고 받아들여 더 깊은 인상을 받는다. 홈스는 원래 마음이 부드러운 사람이지만, 바로 그렇기 때문에 냉정과 이성으로 무장한 겉모습을 유지해야 하는 것이다.

홈스를 묘사하는 내용을 스무 번, 서른 번, 쉰 번 읽고 나면 우리는 같이 사는 사람만큼 홈스에 대해 훤히 알게 된다. 심지어 나중에는 읽으면서 마음속으로 왓슨에게 잔소리를 하는 지경에 이른다. '아니 당신이 어떻게 홈스가 무슨 생각을 하는지 모를 수가 있어? 어떻게 홈스가 뭘 하려는지 짐작하지 못할 수가 있느냐고?'

우리는 안다. 우리는 짐작할 수 있다. 홈스는 그런 사람이기 때문이다. 달리 생각할 여지가 없다. 이것이 일관성이다.

예[1]없[5]었[6]던[7] 전[2]에[3]서[8] 사[9]는[4] 방[10]식[11]

예전에는 없었던 서사 방식

왓슨은 코넌 도일의 또 다른 돌파구이자 성과다. 코넌 도일은 추리소설뿐 아니라 소설의 역사에 독특한 서사 방식을 창조했다. 그다지 중요하지 않은 인물을 골라 주인공 곁에서 이야기를 말하게 하는 것이다.

코넌 도일의 시대에 가장 일반적인 소설 서사는 객관적인 전지적 시점이었다. 신처럼 모든 일을 다 아는 인물이 소설 속 이야기를 독자에게 들려주었다. 예컨대 추리소설 강좌가 있다면 교실은 어떻게 생겼는지, 조명은 어떤지, 수업 전에 수강생 두 명이 자리를 맡느라 다투었다든지 하는 일을 독자에게 말해 주고, 필요할 때는 강좌가 시작되었는데도 다툼을 벌였던 두 사람 중 한 사람이 좀 전의 분이 식지 않아 수업에 집중하지 않고 머릿속으로 계속 상대에게 어떻게 분풀이를 할까 궁리하는데, 다른 한 사람은 지금부터 얼마나 더 모아야 영국 런던에 갈 수 있을지 계산하고 있다는 이야기를 할 수도 있다.

그러니까 서술자는 모든 것을 알고, 알 수 있다. 그저 독자에게 말을 해 줄지 말지만 결정할 따름이다. 그러나 전지적 시점에는 문제가 있다. 객관적인 묘사와 서술로는 독자가 서술자와 자신을 동일시하고 화자에게 이입하기 쉽지 않아서 공감하고 느낄 상대가 분명하지 않다. 독자는 한 인물의 생각에 들어갔다가 잠시 후 다른 인물의 마음에 들어가게 되어 단순하고도 강렬한 느낌을 받기 어렵다.

이에 따라 전지적 시점에 대응하여 일인칭 시점이 생겼다. 독자는 한 인물의 시선과 느낌에 따라 모든 일을 인식하고 이해한다. 그는 강좌가 열리는 교실에 와서 강사도 수강생도 하나같이 이상하다고 생각한다. 강사의 말은 한 마디 한 마디 무슨 뜻인지 난해하기만 하고, 수강생은 몽땅 무슨 꿍꿍이가 있는 것 같고, 서로 악의나 음모를 주고받는 눈빛을 한다. 독자가 읽는 내용은 객관적인 현상이 아니라 주관이 강하게 섞인 묘사이며, 감정이 가득한 묘사를 따라 읽으면서 독자는 그 감정에 깊이 전염된다.

그러나 일인칭 시점에도 한계가 있다. 그중 한 가지는 극도로 특이한 인물에게는 일인칭 시점이 어울리지 않는다는 점이다. 만약 그 일인칭 서술자의 경험과 사고와 감정이 일반 독자와 멀다면 독자는 '이런 일이 가능해?', '어떻게 이런 생각을 할 수 있지?' 하고 '의심의 저항'을 하게 될 것이다. 일단 의심이 시작되면 동일시 효과는 사라지고 만다.

코넌 도일은 세심하게도 전지적 시점과 일인칭 시점 사

이, 객관과 주관 사이에 놓이는 신선한 서사 방법을 발명했다. 소설의 문장과 사건 기록은 모두 왓슨의 시점을 거친 것으로 주관적 판단과 강한 호불호가 뒤섞인 그의 정서가 독자에게 전달되어 독자의 마음에 스며든다. 이를 통해 우리는 홈스의 사건 조사와 모험 과정을 알게 되는 것만이 아니라 왓슨과 함께 경험한다.

왓슨은 우리에 가깝고, 우리처럼 평범하다. 적어도 홈스처럼 비범하지는 않다. 우리는 우리 자신을 왓슨과 쉽게 동일시할 수 있는 까닭에 홈스를 바라보는 왓슨의 관점을 알고 자연스럽게 받아들일 수 있다. 우리가 우리 자신을 홈스와 동일시하기는 힘들며, 코넌 도일 또한 우리에게 그러기를 바라지 않는다. 그는 왓슨을 중개자로 삼아 우리가 우리 자신을 왓슨과 동일시하고, 거기서 다시 간접적으로 홈스와 동일시하도록 한다. 그러면 일은 훨씬 수월해져 우리 마음속에 '의심의 저항'이 나타날 확률도 줄어들게 된다.

역[5]할[6]자[3]의[4] 방[1]관[2]

방관자의 역할

살인 사건이 발생한 현장에 남은 유일한 물증은 안경 하나뿐. 경찰은 이 안경을 홈스에게 보여 준다. 잠시 후 홈스가 경찰에게 종이 한 장을 주며 말한다. "이 사람을 찾도록 하세요." 종이에는 이렇게 쓰여 있었다. "사람을 찾습니다. 우아하고 단정한 옷차림의 숙녀로, 콧대가 다소 넓고 눈 사이가 좁습니다. 이마에는 깊은 주름이 있으며, 사람을 볼 때 종종 훔쳐보는 듯한 눈빛을 하고, 어깨가 둥그렇습니다. 이분은 지난 수개월 사이에 안과에 두 번 정도 갔습니다." 홈스는 경찰에게 런던에는 안과가 몇 곳 없으니 한 곳씩 탐문하면 이 인상에 맞는 사람을 금세 찾을 수 있으리라 따로 일러 준다.

안경 하나에서 어떻게 이런 정보를 알아냈을까? 어떻게 생김새와 사람을 보는 방식까지 알 수 있었을까? 정말 이 모든 걸 안경에서만 알아낸 걸까? 만약 소설이 순수하게 홈스의 관점에서 쓰였다면 그가 안경을 집어 들고 관찰을 시작하는 순간부터 그는 무엇을 보고 어떻게 추리하는지 하나하나 말해 주었을 것이다. 우리는 홈스의 방법을 알게 되겠지만, 그 과정에서 극적인 요소가 사라져 방관자의 경이를 잃게 될 것이다.

코넌 도일은 우리를 왓슨 곁에 세워 두고, 왓슨과 함께 홈스가 안경을 꼼꼼히 살피는 모습과 그가 쓴 글을 보게 한 다음 '우와, 홈스는 도대체 이런 걸 어떻게 알아냈지?' 하고 놀라게 한다. 이제 우리는 이 믿을 수 없는 극적 충격에 안절부절못하며 왓슨이 어서 가장 중요한 질문을 해 주기를 바란다. "자네는 이걸 어떻게 알았나?" 물론 왓슨은 우리를 실망시키지 않는다. 코넌 도일은 우리가 뭘 묻고 싶어 하는지 정확하게 알기 때문에 왓슨에게 그렇게 묻도록 시킨다.

홈스는 이렇게 설명한다. 첫째, 이 안경은 수공으로 만든 숙녀용 고급 안경인데, 이렇게 정교하고 고급한 여성용 안경을 쓰는 여성이라면 어떤 차림새를 할 것인가? 특히 19세기의 런던에서 고급 안경을 쓴다면 우아하고 단정한 숙녀가 아니리라고는 상상할 수 없다.

둘째, 홈스가 시험 삼아 안경을 쓰자 안경이 코에서 흘러내려 그 여성의 콧대가 남자보다 넓다는 걸 알 수 있었다. 그러나 렌즈 초점의 폭이 홈스의 눈 사이보다 좁은 점으로 미루어 보면 그 여성의 눈 사이가 좁은 게 분명했다.

이런 내용은 우리도 금세 알아들을 수 있다. 하지만 주름은? 그러자 홈스는 두꺼운 렌즈를 가리킨다. 근시가 심하면 평소 자기도 모르게 눈을 가늘게 뜨고 물건을 보게 돼 주름이 생기기 마련이고, 사람을 볼 때도 훔쳐보는 듯한 느낌을 주게 된다. 눈을 가늘게 뜨면 고개를 숙이는 버릇이 들어 그에 따라 어깨가 솟고, 오래되면 등이 굽게 된다.

그럼 안과는? 그 여성이 언제 갔는지 어떻게 아는 걸까? 안경의 코 받침이 각각 달랐기 때문이다. 좀 오래된 것은 쓴 지 몇 달쯤 된 것이니 상대적으로 새 것인 코 받침은 그 뒤에 다시 안과에 가서 바꾼 게 아니겠는가.

대단히 단순하다. 그렇지 않은가? 홈스에게는 모든 것이 일목요연하지만 왓슨에게는 금세 보이지도 이해되지도 않는다. 왓슨과 홈스 사이의 격차는 소설에서 연이어 극적 재미를 만들고 가장 중요한 부분이 된다.

이런 서사 방식은 추리소설에서 거의 고정되다시피 했다. 수많은 작품이 이런 방관자의 서사 방식으로 쓰였다. 심지어 추리소설이 아닌 작품에도 이런 서사 방식이 쓰여 독특한 효과와 성과를 얻었다. 유명한 예로는 피츠제럴드의 『위대한 개츠비』*가 있다. 피츠제럴드 또한 완전히 객관적이지도 않고 개츠비의 주관적인 시점도 아닌 각도에서, 개츠비 주변의 젊은이가 여러 복잡한 감정을 안고 개츠비에 대해 기록하게 함으로써 재미와 깊은 여운을 남겼고, 이 소설을 고전의 자리에 올렸다.

* 프랜시스 스콧 키 피츠제럴드(Francis Scott Key Fitzgerald, 1896–1940)는 20세기 가장 위대한 미국 작가 가운데 한 사람으로, 『위대한 개츠비』는 그의 최고 대표작이다. 이 작품은 1920년대 미국의 화려한 시절의 허상과 향락, 이상과 현실의 모순을 그려내 미국 사회를 투영한 고전으로 불린다.(지은이)

모[6]험[7]은[5] 숨[4]에[3] 일[1]상[2]

일상에 숨은 모험

'셜록 홈스 시리즈'의 시작은 『주홍색 연구』이며, 『네 사람의 서명』으로 이어진다. 비교적 긴 이 두 편 뒤로 일련의 단편으로 구성된 소설집 『셜록 홈스의 모험』이 나왔다. 이 소설집의 여섯 편에는 '~의 모험'이라는 제목이 붙어 있다. 홈스가 모리아티와 결투한 후 돌아와 활약한 열몇 편의 제목에도 '~의 모험'이 붙는다.

'셜록 홈스 시리즈'의 목록에서 가장 많이 등장하는 단어가 '모험'adventure이다. 이 단어는 19세기의 가치관과 이 가치관의 내부 전환을 반영한다. 19세기는 인간이 끝없이 경험의 확장을 추구하던 시대로, 누구도 가지 못했던 곳으로 나아가는 것을 긍정하고 추앙하였으며, 누구도 겪지 못한 경험을 탐색하고, 누구도 보지 못했던 사물을 찾았다. 'Adventure'는 이런 추구를 아울러 형용하는 핵심어다. '모험'을 한다는 것은 평온하고 안전한 생활을 버리고 병과 상처, 나아가 죽음의 위험까지도 기꺼이 감내하며 다른 사람은 찾지 못한 것을 찾겠다는 뜻이다. 19세기는 모험을 독려한 동시에 각종 모험 이야기가 가득했던 시기였다.

그러나 '셜록 홈스 시리즈' 이전에는 런던에서만 이루

어지는 '모험'이 달리 없었다.

19세기 대영 제국은 여전히 확대 발전 중이었고 '모험'은 당연히 먼 바다에서 벌어지는 것, 어떤 작은 섬이나 정글, 적어도 적이 점령한 구역에서 미지와 만나고 답을 찾고 경험과 지식을 가지고 돌아오는 것이어야 했다. 홈스가 하는 일은 위험과 적과 미지와 마주하므로 'Adventure'이지만, 이 위험과 적과 미지는 멀리 있는 것이 아닌 런던이라는 가까운 환경 안에 있다. 코넌 도일은 먼 곳의 '모험'을 독자 곁의 일로 전환시킨다.

평소의 런던은 모험이 깃든 어둡고 이질적인 공간을 숨기고 있어서 안내자가 있어야만 그곳을 볼 수 있다. '셜록 홈스 시리즈'에서는 왓슨이 바로 그 안내자다. 그는 홈스도 아니고 실제로 모험을 하는 사람도 아니다. 줄곧 런던의 평범한 주민이었던 그는 사건 때문에 이질적인 공간으로 들어가게 된다. 홈스는 그 공간에서 무엇을 볼지, 무슨 일에 부딪힐지 알지만 왓슨은 그렇지 않다. 그러므로 일상의 공간에서 이질적 공간으로 들어갈 때마다 왓슨을 놀라서 입을 다물지 못하고, 그 느낌을 우리에게 전해 준다. 우리는 홈스를 따라 모험을 하면서도 마음속에 홈스와 같은 확고한 자신이 없다. 우리에게 있는 것은 왓슨의 놀라움, 착각, 두려움과 무슨 일인지 알 도리가 없는 상황이다.

이것은『지혜의 일곱 기둥』의 T. E. 로런스*가 자신이 아랍에서 얼마나 대단한 일을 했는지, 독자와 저자 사이에 얼마나 큰 차이가 있는지 깨닫게 하여, 독자가 그저 숭배하고 경탄하게 되는 경험을 얻게 한 것과 다르다. 코넌 도일은 우리에게 평범한 사람이 평범하지 않은 사건과 마주하는 어떤 현장감과 참여감을 준다. 우리는 영웅이 모험을 마치고 돌아와 이야기를 들려주길 기다리는 게 아니라 그 현장에서 직접 보고 느끼고 이해한다.

왓슨이 있기에, 홈스는 우리에게 그의 모험이 얼마나 놀랍고 위험했는지 얼마나 대단했는지 말할 필요가 없지만 우리는 더 놀라고 더 위험하게 느끼고 더 대단하게 여기게 된다.

홈스가 있으면 왓슨이 있다. 그리고 여기에서 끝없이 대비가 일어난다. 왓슨이 스스로 보기에 뭔가 끝내주는 해결책을 생각해 냈거나 더 이상 합리적일 수 없는 아이디어를 떠올릴 때마다 그의 해결책은 달랑 두세 쪽이면 뒤집히고 아이디어는 오류임이 증명된다. 하지만 왓슨은 절대 광대 역할이 아니다. 코넌 도일도 일부러 왓슨에게 황당하고 어리석은 생각을 떠맡기는 게 아니다. 아니 왓슨의 생각은 대체로 우리가 떠올릴 법한 생각이기도 하다. 왓슨은 이렇

* 토머스 에드워드 로런스(Thomas Edward Lawrence, 1888–1935)는 영국의 군인으로 1916년부터 1918년까지 아랍 반란에서 영국 정보 장교로 복무하며 유명해졌다.『지혜의 일곱 기둥』은 자신이 참여한 아랍 반란에 기반해 쓴 자서전이다.(지은이)

게 대비를 통해 우리와 홈스 사이의 거리를 보여 준다.

'셜록 홈스 시리즈'를 읽는 대부분의 시간 동안 우리는 왓슨의 입장에 선다. 그러다 이따금 왓슨보다 훨씬 빨리 사건의 단서를 파악했거나 홈스가 입을 열기 전에 왓슨의 추리가 어긋났다는 사실을 알았을 때 우리는 왓슨과 홈스의 사이에 서게 되고, 그 순간 색다른 재미와 만족을 얻는다.

진어가 사건을 실거리 려운과 짓기

진실과 거짓을 가리기 어려운 사건

왓슨의 존재는 코넌 도일이 홈스라는 캐릭터가 마치 실제로 살아 있는 것 같은 환상을 만드는 데 큰 도움을 준다. 『셜록 홈스의 귀환』에 실린 한 이야기의 시작 부분을 보자.

> 벌써 몇 년이나 지났지만 나는 아직도 이 사건을 어떻게 표현하면 좋을지 자신이 없다. 기나긴 시간 동안 적당한 설명 방식을 찾지 못했다. 그러나 이제 이 사건의 주요 관련자는 모두 죽어 이미 인간의 법률이나 법칙의 영향을 받지 않게 되었다. 충분히 조심한다면 어떤 사람에게도 해를 끼치지 않을 것이다. 이 사건은 홈스와 나에게 특이한 경험으로 남았다. 글을 쓰면서 내가 날짜와 시간을 숨기더라도 여러분이 나의 고충을 이해해 주기 바란다.

왓슨은 우리가 뒤이어 읽을 내용이 완전히 사실은 아니라고 말한다. 관련된 인물을 보호하기 위해 시간과 날짜 등의 관련 자료를 바꿀 것이므로 독자에게 특별히 설명할 필요가 있었던 것이다.

왜 이렇게 설명을 해야 했을까? 만약 이 이야기에 '사실'이 있다면 이는 코넌 도일의 허구이기도 하므로, 왓슨이 하는 일은(왓슨이 정말 무언가를 할 수 있다면) 그 허구 위에서 열심히 시간과 날짜를 바꾸는 정도뿐이다. 아닌가? 핵심은 왓슨의 설명을 거쳐 독자가 정말 그런 '사실'이 있던 것처럼 느끼게 하는 데 있다. 이제 우리는 왓슨이 손댄 부분 외에 다른 부분은 사실이라고 믿는다.

코넌 도일은 들키지 않고 이야기의 시작 부분에 사실이라는 환상을 만들어 낸다.

다음 편은 영국 경찰청의 경감 레스트레이드가 해 질 무렵에 방문하는 일이 아주 드물지는 않다고 말하면서 시작된다. 홈스는 레스트레이드의 방문을 반긴다. 그는 여러 가지 소식을 가져와 홈스가 런던의 범죄 현황과 영국 경찰청의 동정을 파악할 수 있도록 돕기 때문이다. 홈스가 레스트레이드에게 보답하는 방식은 모든 세부 사항을 귀 기울여 듣고 지혜를 써 분석을 제공하는 것이다.

이 시작 부분은 레스트레이드가 처음 온 것이 아님을 드러내고, 뒤에 이어지는 이야기가 처음으로 혹은 유일하게 홈스가 레스트레이드를 도와 해결하는 사건이 아님을 말한다. 왓슨은 우리에게 수많은 유사 사건 가운데 하나를 알려주는 것뿐이다. 우리가 알게 된 한 건의 사건 뒤에는 우리가 모르는 수없이 많은 사건이 있는 것이다.

그다음다음 편의 시작 부분에서 왓슨은 이렇게 말한다. "내 눈앞에는 사건을 기록한 원고가 산처럼 쌓여 있다. 내게 가장 어려운 문제는 이 수많은 자료 중 어떤 사건을 말할지 고르는 것이다. 어떤 것이 좋을까? 사람들을 두려움에 떨게 한 붉은 거머리와 크로스비의 사망 사건? 아니면 영국의 오래된 애들턴 가문의 은원을 둘러싸고 일어난 비극? 유명한 '스미스-모티머 상속 사건'도 내 눈앞에 있는데 이걸로 할까? 아니면 홈스가 어떻게 불바르를 암살한 휴렛을 쫓고 체포했는지 과정을 이야기할까? 혹은 홈스가 프랑스 대통령에게 친필 감사 편지와 레지옹 도뇌르 훈장을 받게 된 사건이 좋을까?"

잇단 고민 후에야 왓슨은 그래도 역시 욕슬리 올드 플레이스 사건을 이야기하기로 한다!

이 말은 그렇게나 많은 사건이 일어났는데도 우리가 왓슨의 펜을 통해 볼 수 있고, 알 수 있는 것은 오로지 그중 작은 부분이라는 의미다. '셜록 홈스 시리즈'를 읽는 즐거움 가운데 하나이자 아쉬움은 왓슨이 언급은 했지만 우리는 어디에서도 내용을 찾을 수 없는 사건의 나열이다. "사람들을 두려움에 떨게 한 붉은 거머리와 크로스비의 사망 사건", "영국의 오래된 애들턴 가문의 은원을 둘러싸고 일어난 비극", "유명한 '스미스-모티머 상속 사건'", "홈스가 어떻게 불바르를 암살한 휴렛을 쫓고 체포했는지", "홈스가 프랑스 대통령에게 친필 감사 편지와 레지옹 도뇌르 훈장을 받게 된 사건"이라니 보고 싶지 않은가? 나는 보고 싶다!

우리는 영원히 이 사건들의 전말을 알 수 없을 것이다. 코넌 도일이 쓰지 않았으니까. 그러나 코넌 도일은 왓슨이 이런저런 사건을 줄줄 떠들게 함으로써 독자의 흥미를 돋우었고, 반복적으로 깊은 인상을 남겨 독자가 왓슨이 정말 눈앞에 쌓인 사건을 기록한 대량의 원고 더미에서 선택을 고민하는 중이라 믿게 하고자 했다. 그에 따라 우리는 홈스와 왓슨이 그렇게 많은 사건을 실제로 경험했다고 믿게 된다.

코넌 도일은 다양한 수법으로 독자를 그 분위기 속으로 끌어들여 홈스의 모험이 진실로 일어났던 사건이라고 믿도록 만든다.

하[3]위[5]요[8]한[6] 입[2]필[7] 물[1]기[4]

몰입하기 위한 필요

'셜록 홈스 시리즈'의 이야기는 모두 런던과 그 주변에서 일어난다. 그뿐 아니라 오늘날의 말로 표현하자면 각 사건이 발생한 지점은 기본적으로 구글 지도에서 찾을 수 있고 표시되는 곳이다. 그 지점들은 코넌 도일이 만들어 낸 거리와 구역이 아니며, 대충 둘러댄 이름도 아니다. 모두 구체적이고 확실하다. 어떤 소설 속 허구의 인물이 사는 주소가 '베이커 거리 221B'처럼 정확한가? 심지어 소설에서는 홈스가 베이커 거리 221B로 이사하기 전에는 대영박물관 근처의 몬터규 거리에서 살았다고 말하기까지 한다. 나는 처음 대영박물관에 갔을 때 우선 일 층의 이집트 전시실에 갔다가 뒤이어 가까이 있는 그리스 전시실을 보았다. 안쪽에 중국 전시실이 있어 그쪽으로 가려는데 문득 표지판이 눈길을 끌었다. 그 표지판은 작았고 시선을 모을 정도가 아니었지만, 박물관의 뒤편을 가리키며 "몬터규 거리로 가는 출구"라고 적혀 있었다. 나의 발은 아주 자연스럽게 그쪽으로 방향을 돌려 순식간에 박물관을 나와 뭐라도 씐 듯 반드시 몬터규 거리부터 보겠다고 움직였다.

거기에는 당연히 아무것도 없었다. 그저 허무하게 왕복

십 분을 날렸을 따름이었다. 하지만 내가 '셜록 홈스 시리즈'를 읽은 걸 어쩌겠는가? 코넌 도일이 그렇게 자세하고 정확하게 쓴 걸 어쩌겠는가? 홈스가 전에 살았던 곳마저 '대영박물관 근처의 몬터규 거리'라는 실제 거리와 위치를 부여할 필요가 있었단 말인가?

그렇지 않기도 하고 그렇기도 하다. 홈스가 전에 어디에 살았는지 알든 모르든 어떤 사건에도 영향을 끼치지 않는다는 점에서는 필요가 없다. 그러나 코넌 도일이 하나하나의 사건에서 런던의 세세한 지리에 신경을 쓴 덕분에, 이야기가 한번 발표되면 자신의 생활권에서 벌어진 일을 엿보고 있다는 느낌을 받는 런던의 독자들은 '몰입'하지 않을 수 없게 된다는 점에서 필요가 있다.

그러므로 런던에는 여기저기에 '셜록 홈스 시리즈'의 표시가 남아 있다. '셜록 홈스 시리즈'를 읽은 런던 사람은 어떤 거리를 걸으면 '아, 무슨 사건이 여기에서 일어났지', 어떤 항구를 지나면 '아, 홈스가 영국 경찰청의 경관들을 데리고 누구를 추격했을 때 한밤중에 마차가 이 항구 쪽에 멈췄지' 하고 생각할 것이다. 어디를 가도 홈스를 떠올릴 수 있다. 누가 홈스를 잊을 수 있겠는가?

영원히 사라지지 않는 즐거움

영원히 사라지지 않는 즐거움

코넌 도일의 최대 공헌은 추리소설과 독자 사이에 합리적이고 안정된 관계 형태를 만들어 낸 데 있다. 사실이라는 환상은 소설을 둘러싸고 틀을 만들어 독자가 비정상적인 범죄와 극적인 플롯에 의심을 품거나 거부하지 못하도록 한다. 냉정하게 생각해 보자. 홈스 한 사람이 희한하고 기이한 사건을 이렇게 많이 맞닥뜨린다는 것이 가능한가? 그러나 코넌 도일은 사실이라는 암시를 여러 차례 사용해 독자를 한 걸음 한 걸음 사건 파악의 현장으로 끌어들여, 의심을 밖으로 밀어내고 나아가 안심하고 믿으며 기이한 이야기를 즐기도록 한다. 코넌 도일은 기이한 이야기를 지어낸 것이 아니라, 사람들이 진실이라고 믿을 수 있고 믿고자 하는 기이한 이야기를 지어냈다.

만약 코넌 도일이라는 천재가 없었다면 사람들이 극단적인 범죄 행위가 널린 소설에 계속 흥미를 가질 수 있었을까? 대답할 자신이 없다. 그러나 역사에서 이 일은 이미 발생한 사실이다. 코넌 도일이 있기 때문이다.

문학사에는 문학 장르에 최초의 공을 세운 작품이 많

다. 그 작품들은 앞서서 길을 개척하고, 더 성숙한 작품이 나타나도록 이끈 후에 잊힌다. '셜록 홈스 시리즈'는 지금까지 건재하다. 후세에 나온 추리소설을 수백 권 읽은 후에 다시 '셜록 홈스 시리즈'를 읽어도 여전히 즐거움을 느낄 수 있다.

우리가 '셜록 홈스 시리즈'를 한두 편이 아닌 전편을 모두 읽었을 때 사라지지 않을 즐거움 중 하나는 수많은 이야기 속에서 점점 분명해지는 '나의 친구 홈스'의 모습이다. 우리는 홈스를 알게 될수록 왓슨과 마찬가지로 이 사람에게 탄복하고, 이 사람을 좋아하고, '나의 친구'로 여기게 된다.

또 다른 즐거움도 있다. 홈스가 쓴 추리 수법은 기본적이고 일반적이다. 코넌 도일에게 추리의 기본 게임 규칙을 세울 자유가 있었던 덕분이다. 나중에 추리소설을 쓴 사람은 모두 코넌 도일이 세운 규칙을 지키는 한편 추리 수법에서 홈스를 뛰어넘을 아이디어를 궁리해야 했다. 따라서 이후의 추리소설에는 '셜록 홈스 시리즈'에서 보이는 어떤 단순함을 담기 어려웠다. 그 단순함이란 일반 과학 원칙과 경험 법칙에 의지하며, 지나친 기교를 부리거나 독자를 헷갈리게 하기 위해 연막탄을 피울 필요가 없고, 이야기의 흐름이 간결하며, 작가가 스스로 생각한 수수께끼에 의기양양함이 없고, 작가가 독자를 도발하거나 조롱할 일이 없는 것을 말한다.

이 점은 이후에 나온 수많은 추리소설을 읽은 독자가 오히려 잘 느낀다. 화려함에서 담담함으로, 산해진미에서 묽은 죽과 소찬 같은 소박함으로 돌아가는 즐거움이다.

세 번째 즐거움도 있다. 기본적이고 보편적인 추리는 우리의 마음속에 자연스럽게 충동을 불러일으킨다. 그럼 나도 주변의 사물에서 추리를 해 볼 수 있겠구나! 그리하여 누군가의 옷차림과 행동에서 그가 어떤 사람인지, 어디에서 왔는지, 지금 무얼하는지 추리해 보고, 주운 안경에서 안경을 잃어버린 사람이 어떻게 생겼는지 추리해 보려고 하는 것이다. 바꿔 말하면, 우리는 홈스가 얼마나 대단한 일을 하는지 멀리서 구경을 하고 끝내는 게 아니라, 소설에서 끝없이 전해 오는 '당신도 한번 해 보지 않겠습니까?'라는 초청을 받는다. 이런 강렬한 추리 세계로의 초청은 자주 만날 수 있는 것이 아니다.

코넌 도일에 대해

아서 이그네이셔스 코넌 도일Arthur Ignatius Conan Doyle은 1859년 영국 스코틀랜드 에든버러에서 태어나 1930년에 사망했다. 셜록 홈스라는 탐정 캐릭터를 훌륭하게 만든 까닭에 탐정소설사에서 가장 중요한 작가 가운데 한 명이 되었다.
코넌 도일은 17세가 되던 해에 에든버러대학교에서 의학을 공부하고 1881년 졸업한 후 승선 의사가 되어 서아프리카 해안에 이르렀다. 다음 해에 영국으로 돌아온 코넌 도일은 포츠머스 지역에 병원을 개업하고 환자를 진료하면서 글쓰기를 시작했다.
1887년, 코넌 도일은 『비턴의 크리스마스 연감』Beeton's Christmas Annual에 그의 첫 탐정소설 「주홍색 연구」를 발표했는데, 이 소설의 주인공이 이후에 큰 명성을 얻은 셜록 홈스다.
1891년에 코넌 도일은 빈으로 가서 안과 수업을 받고 일 년 후 런던으로 돌아와 안과 의사가 되었다. 동시에 글쓰기에 더 주력하는데, 홈스 이야기를 쓰는 데 너무 많은 시간을 쏟게 되자 1893년의 「마지막 사건」에서 홈스와 그의 숙적 모리아티 교수를 라이헨바흐 폭포에서 함께 죽도록 했다. 이로 인해 독자의 강렬한 항의에 부딪힌 코넌 도일은 1903년 「빈집의 모험」으로 홈스를 '부활'시킬 수밖에 없었다.
코넌 도일은 홈스 이야기의 시대 배경을 1878년에서 1907년으로 잡았는데, 가장 늦은 시점은 1914년이다. 모든 이야기는 줄곧 『스트랜드 매거진』The Strand Magazine에

실렸으며, 40년 동안 56편의 단편소설과 4편의 중편소설이 발표됐고, 그중 홈스의 일인칭 구술로 쓰인 두 편과 삼인칭 시점으로 쓰인 두 편을 뺀 나머지는 모두 홈스의 조수 왓슨의 시점에서 서술된다. 탐정추리 외에도 코넌 도일은 과학소설, 역사소설, 로맨스소설, 희곡, 시 등 다른 장르의 글을 다수 썼다.

코넌 도일의 '셜록 홈스 시리즈' 창작 연표

중편소설

1887년, 주홍색 연구 *A Study in Scarlet*

1890년, 네 사람의 서명 *The Sign of Four*

1902년, 바스커빌의 개 *The Hound of the Baskervilles*

1915년, 공포의 계곡 *The Valley of Fear*

단편소설

1892년, 셜록 홈스의 모험 *The Adventures of Sherlock Holmes*

— 보헤미아 스캔들 *A Scandal in Bohemia*

— 빨간 머리 연맹 *The Red-headed League*

— 사라진 신랑 *A Case of Identity*

— 보스콤 계곡 사건 *The Boscombe Valley Mystery*

— 오렌지 씨앗 다섯 알 *The five Orange Pips*

— 입술이 비뚤어진 남자 *The Man with the Twisted Lip*

— 푸른 석류석 *The Adventure of the Blue Carbuncle*

— 얼룩 끈 *The Adventure of the Speckled Band*

— 기술자의 엄지손가락 *The Adventure of the Engineer's Thumb*

— 독신 귀족 *The Adventure of the Noble Bachelor*

— 녹주석 보관 *The Adventure of the Beryl Coronet*

— 너도밤나무 집 *The Adventure of the Copper Beeches*

1894년, 셜록 홈스의 회고록 *The Memoirs of Sherlock Holmes*

— 실버 블레이즈 *The Adventure of Silver Blaze*

— 노란 얼굴 *The Adventure of the Yellow Face*

— 증권 거래소 직원 *The Adventure of the Stockbroker's Clerk*

— 글로리아스콧호 *The Adventure of the "Gloria Scott"*

— 머스그레이브 가문의 의식 *The Adventure of the Musgrave Ritual*

— 레이게이트 마을의 지주들 *The Adventure of the Reigate Squire*

— 등이 굽은 남자 *The Adventure of the Crooked Man*

— 입주 환자 *The Adventure of the Resident Patient*

— 그리스어 통역사 *The Adventure of the Greek Interpreter*

— 해군 조약문 *The Adventure of the Naval Treaty*

— 마지막 사건 *The Final Problem*

1905년, 셜록 홈스의 귀환 *The Return of Sherlock Holmes*

— 빈집 *The Adventure of the Empty House*

— 노우드의 건축업자 *The Adventure of the Norwood Builder*

— 춤추는 사람들 *The Adventure of the Dancing Men*

— 자전거 타는 사람 *The Adventure of the Solitary Cyclist*

— 프라이어리 학교 *The Adventure of the Priory School*

— 블랙 피터 *The Adventure of Black Peter*

— 찰스 오거스터스 밀버턴 *The Adventure of Charles Augustus Milverton*

— 여섯 점의 나폴레옹 상 *The Adventure of the Six Napoleons*

— 세 학생 *The Adventure of the Three Students*

— 금테 코안경 *The Adventure of the Golden Prince-Nez*

— 실종된 스리쿼터백 *The Adventure of the Missing Three Quarter*

— 애비 그레인지 저택 *The Adventure of the Abbey Grange*

— 두 번째 얼룩 *The Adventure of the Second Stain*

1917년, 그의 마지막 인사 *His Last Bow*

— 위스티어리어 별장 *The Adventure of Wisteria Lodge*

— 종이 상자 *The Adventure of the Cardboard Box*

— 붉은 원 *The Adventure of the Red Circle*

— 브루스파팅턴호 설계도 *The Adventure of the Bruce-Partington Plans*

— 죽어 가는 탐정 *The Adventure of the Dying Detective*

— 프랜시스 카팍스 여사의 실종 *The Disappearance of Lady Frances Carfax*

— 악마의 발*The Adventure of the Devil's Foot*

— 그의 마지막 인사 *His Last Bow*

1927년, 셜록 홈스의 사건집 *The Case-Book of Sherlock Holmes*

— 거물 의뢰인 *The Adventure of the Illustrious Client*

— 창백한 병사 *The Adventure of the Blanched Soldier*

— 마자랭 보석 *The Adventure of the Mazarin Stone*

— 스리 게이블스 저택 *The Adventure of the Three Gables*

— 서식스의 흡혈귀 *The Adventure of the Sussex Vampire*

— 세 명의 개리데브 *The Adventure of the Three Garridebs*

— 소어 다리 사건*The Problem Thor Bridge*

— 기어 다니는 남자 *The Adventure of the Creeping Man*

— 사자의 갈기 *The Adventure of the Lion's Mane*

— 베일을 쓴 하숙인 *The Adventure of the Veiled Lodger*

— 쇼스콤 올드 플레이스 *The Adventure of Shoscombe Old Place*

— 은퇴한 물감 제조업자 *The Adventure of the Retired Colourman*

1928년, 셜록 홈스 이야기 전집 *The Complete Sherlock Holmes Short Stories*

그리하여 그는 영웅이 된다

레이먼드 챈들러

챈들러의 마음속에는 말로에 대한 명확한 설정이 서 있었다. 그는 영웅을 그리고자 했다. 천상이 아닌 지상의 영웅, 그리스 신화 속 영웅이 아닌 로스앤젤레스 거리의 영웅, 구체적으로는 1930년대 후반에서 1950년대 후반의 미국 로스앤젤레스에서 살았던 영웅을 말이다.

뽐내지 않는 사람의 특징

일전에 중국 작가 한한✖은 처음으로 타이완을 방문하고 상하이로 돌아간 그날 밤, 자신의 블로그에 「태평양에 분 바람」이라는 제목의 글을 올려 타이완에 대한 인상을 기록했다. 글에서 그는 한 친구와 타이베이 거리에서 안경을 수리한 일과 택시에서 휴대전화를 잃었다 되찾은 과정을 말했다. 그가 타이완을 방문한 시기에는 몇몇 남자 고등학생이 부랑자에게 오물을 뿌려 소동을 일으킨 사회 뉴스가 있었다.

이 두 건의 뉴스는 강렬한 대비를 이룬다. 한편에서는 타이완의 우호와 선량을 보고, 한편에서는 타이완의 야만과 잔혹을 본다. 이 두 뉴스의 뒤이은 소식 또한 마찬가지다.

매체에서 한한의 휴대전화를 돌려준 택시 기사를 찾아갔더니 택시기사는 담담히 이렇게 말했다. "별일도 아닙니다. 제가 휴대전화를 잃어버리면 마음이 조급해질 겁니다. 다른 사람도 그렇겠죠. 그래서 서둘러서 돌려준 거예요. 그

✖ 한한(韓寒)은 중국의 '바링허우'(80後) 세대를 대표하는 작가 가운데 한 사람으로, 중학생 때부터 소설을 발표하기 시작해 중국의 교육과 입시 문제를 비판한 첫 장편소설 『삼중문』으로 명성을 얻었다. 그 후 그는 꾸준히 작품을 발표하며, 자신의 음반을 내고 영화에도 출연하는 등 활동 범위를 넓혔다. 현재까지 현역으로 뛰는 자동차 경주 선수이기도 하다.

뿐입니다." 반면 고등학생들은 스스로 뭔가 대단한 일을 했다고 믿고는 사진을 찍는 것으로도 모자라 재빨리 인터넷에 올렸다. 왜 올렸느냐고? 사람들에게 자기들이 아무나 할 수 없는 악질적인 장난을 할 수 있다는 걸 자랑하고 뽐내려 한 것이다.

한한에게 감동을 준 택시 기사는 해야 할 일을 했을 따름이므로 이렇게 요란하게 다룰 필요가 없다는 태도를 보였다. 약자인 부랑자를 괴롭힌 고등학생들은 스스로를 영웅이라 여기며, 자랑하고 요란을 떨 기회를 얻고자 같잖은 짓을 저질렀다.

내가 보기에 대척점에 있는 두 사건에서 나온 중요한 점은 '뽐내지 않음'이라는 태도의 숨은 가치와 힘이다. 그러니까 이렇게 봐야 한다. '뽐내지 않음'의 마음가짐을 갖고 있기에 택시 기사는 자연스럽게 휴대전화를 돌려줄 수 있었다. 빨리 뽐내고 싶고 자랑하고 싶은 나머지, 고등학생들은 궤도에서 벗어나 거리의 부랑자를 괴롭혔다.

이런 '뽐내지 않음'의 가치관은 '하드보일드 맨'의 특질 가운데 하나이며, 우리가 '하드보일드 탐정'을 이해하고자 할 때 명심해야 할 기본이다.

냐[3] 벽[1] 이[2] 냐[6] 이[5] 알[4]

벽이냐 알이냐

무라카미 하루키의 작품 가운데 중국어판 제목으로 『世界末日與冷酷異境』✖이라는 책이 있다. 중국어판 제목에는 번역 과정에서 원래 일본어 제목에 있는 중요 정보가 빠졌다.

무라카미 하루키가 지은 책 제목의 앞부분은 '世界の終り'이다. 엄격하게 말하면 '세계의 종말'이 아니며, 보통 '세계의 종말'이라고 말할 때 우리의 마음속에 떠오르는 인상과 달리 '세계의 끝'이라는 뜻이다. '세계의 종말'이라고 하면 우리는 세상의 멸망을 떠올린다. 거대한 재난이 세상을 덮쳐 모든 것을 소멸시키는 것을 상상한다. '종말'은 우리에게 이런 느낌이다.

무라카미 하루키의 책에서 말하는 것은 세상이 멸망하는 시간 혹은 세상이 멸망하는 상황 혹은 세상이 멸망하기 전의 위협이 아니라 '거리'街라는 특수한 공간이다. 이곳은 '세계의 끝'이다. 왜 '끝'일까? 여기에서 시간이 멈춘다. 이곳에서 시간은 사라지고 효과를 잃는다.

『사랑의 블랙홀』이라는 할리우드 영화는 갑자기 고정된 시간에 갇혀 빠져나오지 못하는 사람의 이야기를 그린

✖ 한국에 소개된 번역서의 제목은 『세계의 끝과 하드보일드 원더랜드』다.

다. 오늘이 끝나면 내일이 오는 것이 아니라 오늘이 다시 시작된다. 완전히 똑같은 일이 다시 벌어진다. 같은 버스, 같은 아침 식사, 상사의 같은 짜증, 여자친구의 같은 이별 통보. 학교 수업을 간다면 교사의 말조차 완전히 똑같을 것이다. 이렇게 멈춘 시간의 형태가 무라카미 하루키가 말하는 '세계의 끝' 개념에 가깝다.

무라카미 하루키의 책 제목 뒷부분을 번역자는 '冷酷異境'이라고 옮겼다. 원문은 'ハードボイルド・ワンダーランド'로, 영문 'Hard-boiled Wonderland'를 가타가나로 옮겨 썼다.

'Wonderland'는 'Alice in Wonderland'(『이상한 나라의 앨리스』)에서 가져온 것이 분명하다. 이 '이상한 나라'는 여러 가지 기이한 일과 사물이 나타나는 곳이며, 우리에게 익숙하지 않고 낯선 것이 나타나더라도 호들갑 떨 필요가 없는 곳이기도 하다.

그런데 'hard-boiled'는 무엇이고, 어떻게 'Hard-boiled Wonderland'가 있을 수 있다는 걸까? 중국어 역자는 'hard-boiled'를 '冷酷'로 옮겼지만, 'hard-boiled'의 의미는 좀 더 복잡하다. 무라카미 하루키의 'hard-boiled'는 우리에게 일반적으로 '하드보일드 탐정'hard-boiled detective이라고 알려진 미국 탐정소설 전통에서 왔다. 다만 '하드보일드 탐정' 또한 'hard-boiled'의 원래 뜻이나 내력을 충실하게 번역한 것은 아니다.

'hard-boiled'를 이해하기 위해, 미국식 아침 식사를 파는 가게에서 기본 아침 식사를 먹는다고 상상해 보자. 전형적인 '아메리칸 브렉퍼스트'에는 토스트, 버터, 오렌지 주스, 베이컨이나 소시지가 있어야 하는데, 여기서 중요한 것은 달걀 두 알이 있어야 한다는 점이다.

점원은 주문을 받을 때 "달걀은 어떻게 하시겠어요?"라고 반드시 묻는다. 선택지는 다양하다. 한 면만 익히는 것, 양면을 익히는 것, 스크램블, 삶은 달걀 등이 있고, 삶은 달걀은 다시 '칠 분'이나 '구 분' 달걀로 나뉜다. 모두 노른자가 완전히 익지 않은 상태를 가리키는 것으로 칠 분 익힌 노른자는 약간 흐르며, 구 분 익힌 노른자는 부드럽다. 그리고 마지막 선택지가 바로 'hard-boiled'라고 부르는 완숙이다.

'hard-boiled'는 보통 달걀을 익힐 때 쓰는 말로, 미국인은 이 단어를 보면 자연스럽게 아침 식사에 나오는 'hard-boiled egg'를 연상한다. 우리 타이완인의 생활 경험에 맞춰서 말해 보면 'hard-boiled egg'는 루단과 톄단*의 사이에 있는 달걀이라고 할 수 있겠다.

무라카미 하루키는 염소자리로 인내심, 지속력, 체제

* 루단(滷蛋)과 톄단(鐵蛋)은 타이완의 주전부리 가운데 하나다. 루단은 삶은 달걀의 껍질을 벗기고 술, 소금, 꿀, 간장 등의 재료를 담은 솥에 넣고 끓여 만든다. 톄단은 루단이 변형된 것으로, 루단과 재료도 만드는 과정도 비슷하다. 다만 솥에 끓이고 식히는 과정을 일주일가량 반복하면서 루단보다 작고 단단해진다.

구축가로서 타고난 본능을 포함해 염소자리의 개성을 강하게 품고 있다. 그는 겉으로 보기에 아주 다른 이야기를 결국 하나의 방대한 구조 안으로 편입해 적절한 자리를 마련해 준다. 어떤 작품의 어떤 요소라도 모든 것이 서로 관계를 맺도록 한다.

무라카미 하루키는 '벽과 알'이라는 제목의 달걀과 관련된 중요한 글을 쓴 적이 있다. 이스라엘에 가서 예루살렘상을 받으며 발표한 인사말로, 그는 이 글이 『무라카미 하루키 잡문집』에 실릴 때 글의 배경을 덧붙였다.

> 당시 가자 사태에 대한 이스라엘 정부의 태도에 비난이 집중되고 있었고, 내가 예루살렘상을 받으러 가는 일에 대해 국내외에서 격렬한 비판이 일었습니다. 솔직히 말하자면, 나로서도 수상을 거부하는 편이 편했습니다. 몇 번이고 그러려고 생각했습니다. 그러나 먼 곳의 땅에서 내 책을 읽어 주시는 이스라엘의 독자를 생각하면, 그곳에 가서 나 자신의 말로 나 나름의 메시지를 전할 필요가 있을 것 같았습니다. 그런 가운데, 이 인사말 원고를 한 줄 한 줄 마음을 담아 썼습니다. 무척 고독했습니다.

이스라엘 관중을 마주한 연설에서 무라카미 하루키는 솔직하게 말한다.

> 나는 이스라엘에 와서 예루살렘상을 받는 일에 대해 '수상을 거부하는 편이 좋겠다'라는 충고를 적지 않은 사람들에게 받았습니다. 만약 간다면 도서 불매 운동을 시작하겠다는 경고도 있었습니다. 그 이유는 물론 최근에 가자 지구에서 있었던 격렬한 전투 때문입니다. 지금까지 천 명이 넘는 사람이 봉쇄된 도시 안에서 목숨을 잃었습니다. 국제연합의 발표에 따르면, 그중 다수가 어린아이나 노인 같은 비무장 시민입니다.
>
> 나는 수상 소식을 받은 이래로 몇 번이고 나 자신에게 물었습니다. 이런 시기에 이스라엘을 방문해 문학상을 받는 것이 과연 타당한 행위일까, 그것이 분쟁의 당사자 한쪽이자 압도적으로 우위인 군사력을 가지고 힘을 적극적으로 행사한 나라를 지지하고, 사람들에게 그 방침을 시인하는 인상을 주는 게 아닐까 하고 말입니다.

무라카미 하루키는 자신이 그 '한쪽'의 자리에 설 수 없음을 강조하기 위해 정중하게 말한다.

단 한 가지 개인적인 메시지를 말씀드리게 해 주십시오. 이 말은 내가 소설을 쓸 때에 항상 머릿속에 새겨 두는 것입니다. 종이에 써서 벽에 붙여 놓지는 않았습니다만 머릿속 벽에 깊이 새겨져 있는 말입니다.

'만약 여기에 단단하고 큰 벽이 있고, 거기에 부딪쳐 깨진 알이 있다면, 나는 언제나 알의 편에 서겠습니다.'

그렇습니다. 아무리 벽이 옳고 알이 그르더라도 나는 알의 편에 서겠습니다. 옳고 그름은 다른 누군가가 결정할 일입니다. 또는 시간이나 역사가 결정할 일입니다. 만약 소설가가 어떤 이유로 벽의 편에 서서 작품을 썼다면 대체 그 작가에게 어떤 가치가 있을까요?

무라카미 하루키의 말은 결연하고 무겁다. 벽과 알의 대비로 이토록 선명한 비유를 만들었다. 이 글로 우리는 알의 성질을 좀 더 분명하게 알 수 있고, 'hard-boiled egg'의 의미를 더 쉽게 이해할 수 있다. 달걀을 삶아도 삶은 달걀의 본질은 여전히 달걀이다. '하드보일드 맨'으로 번역되는 중국어 '硬漢'은 무척 억세고 강해서 사람을 때려 길바닥에 쓰러뜨릴 정도의 건장한 사나이를 상상하게 한다. 그러나 'hard-boiled'라는 단어를 보면, 특히 달걀을 생각해 보면 '하드보일드 맨'의 강함은 그런 강함과 다르다는 사실을 알게 된다.

벽과 비교하면 'hard-boiled egg'는 여전히 약한 달걀일 뿐이다. 다른 점이라면 그렇게 약해 보이지 않는 척한다는 것이다. 날달걀과도 다르고 다른 알과도 다르다. 'hard-boiled egg'는 벽에 부딪힌 순간 흰자위와 노른자위를 쏟아내 참담하게 패배한 불쌍한 모습을 보이진 않지만, 그렇다고 정말로 벽에 대항할 수 있고 벽을 쓰러뜨릴 수 있는 것은 아니다.

다른 알과 비교해 'hard-boiled egg'는 단단하다. 그러나 우리의 '톄단'만큼도 단단하지 않은 달걀이 단단하면 얼마나 단단하겠는가. 스스로 꽤 단단하다고 여겨 이따금 벽처럼 단단한 상대에도 대항할 수 있다고 착각하지만 벽 앞에서 'hard-boiled egg'는 여차하면 강한 척하는 달걀로 돌아갈 뿐이다.

와[3]이[7]밍[5] 헤[4]로[2]말[1]웨[6]

말로와 헤밍웨이

'冷酷異境'은 원래 'Hard-boiled Wonderland'로, 소설에서 이곳의 모습은 엘리베이터와 함께 등장한다. 그 엘리베이터는 커다란 거실만 하고 내부도 마치 거실 같다. 그렇지만 동시에 그곳은 더도 덜도 말고 사람을 건물의 다른 층으로 옮기는 엘리베이터이기도 하다. 이것이 'Wonderland'다. 우리의 현실 생활에는 나타날 리도 없고 나타나서도 안 되는 것이다.

무라카미 하루키는 이 엘리베이터가 등장하는 장면에서 'hard-boiled'의 기본 정신을 표현한다. 이렇게 생각해 보자. 우리가 소설의 인물이고 업무 통지를 받아 한 번도 가 보지 않았던 곳에 갔는데 웬 엘리베이터의 문 앞에 안내되었고, 엘리베이터 문이 열리자 거대한 거실 같은 내부가 펼쳐진다면 어떤 기분이겠는가?

우리는 놀라고 당황하고 비명을 지를지도 모른다. 그러고는 당장 어떻게든 그곳을 빠져나가려 할 것이다. 그렇다면 우리는 달걀이지 'hard-boiled egg'는 아니다. 소설 속의 등장인물은 난생처음 보는 엘리베이터를 보고 몹시 이상하다고 여기면서도 어쨌든 이 세상에 거실처럼 생긴 엘리베이터도 있을 수 있다며 그 사실을 받아들인다.

다른 사람은 큰 소리로 떠들 만한 일을 놀라지 않고 조용히 받아들이는 이런 태도는 '하드보일드 탐정'의 전통에서 무라카미 하루키의 소설 속으로 온전하게 수용되었다.

'하드보일드 탐정'의 전형을 세운 작품으로는 우선 해밋*의 『몰타의 매』가 꼽힌다. 그러나 해밋 전에 '하드보일드 맨'의 인물 형상을 구축하는 데 무시할 수 없는 영향을 준 인물이 있으니 바로 헤밍웨이다. 헤밍웨이-해밋-챈들러는 명백하고도 공공연한 문학 계보를 이룬다. 그들은 각자 서로가 무엇을 쓰고 있는지 잘 알았고, 서로의 작품을 읽었으며, 서로를 이해하면서 영향을 주고받고 모방했다.

챈들러의 소설 『안녕, 내 사랑』에는 헤밍웨이가 독특한 방식으로 출현한다. 챈들러의 소설에서 가장 중요한 '하드보일드 맨'인 말로는 해변 도시에서 경찰 두 사람을 만나 대화를 나누다 문득 그중 한 사람에게 말한다. "이봐요, 헤밍웨이 씨, 내가 하는 말마다 반복하지 말아요."

이렇게 불린 경찰은 당연히 헤밍웨이가 아니다. 그는 헤밍웨이가 누구인지도 모른다. 그러나 말로는 고집스럽게 그를 헤밍웨이라고 부른다. 한참을 그렇게 부르고서야 내키지 않는 듯 경찰에게 설명한다. "헤밍웨이는 같은 말을 반복

* 새뮤얼 대실 해밋(Samuel Dashiell Hammett, 1894-1961)은 미국 작가로 냉혹한 하드보일드 추리소설의 창시자이다. 1930년에 발표한 『몰타의 매』의 주인공 샘 스페이드는 하드보일드 맨 캐릭터의 모범이 되어 추리소설 혁명의 바람을 일으켰다.(지은이)

하면서 그러면 사람들이 믿을 거라고 생각하는 사람이죠."

챈들러는 말로의 입을 빌려 헤밍웨이를 가지고 농담을 하는데, 이 농담은 헤밍웨이가 데뷔하고 이름을 얻으며 문단에 가져온 거대한 놀라움을 가리킨다. 우리에게 훌륭한 번역서가 정말이지 엄청나게 많더라도 헤밍웨이의 소설은 번역된 문장으로 읽어서는 안 된다. 아무리 훌륭한 번역본이라도 챈들러가 한 농담의 핵심을 느끼게 해 줄 수 없다. 헤밍웨이가 쓴 원문을 보자. 손 가는 대로 유명한 책의 앞부분을 펼치면 된다. 다음은 『무기여 잘 있거라』의 앞부분이다. 소리 내어 읽어 보길.

> In the late summer of that year we lived in a house in a village that looked across the river and the plain to the mountains. In the bed of the river there were pebbles and boulders, dry and white in the sun, and the water was clear and swiftly moving and blue in the channels. Troops went by the house and down the road and the dust they raised powdered the leaves of the trees. The trunks of the trees too were dusty and the leaves fell early that year and we saw the troops marching along

the road and the dust rising and leaves, stirred by the breeze, falling and the soldiers marching and afterward the road bare and white except for the leaves.

첫째, 여러분의 영어 실력이 아무리 부족하더라도 이 인용문에는 아는 단어가 꽤 많을 것이다. 심지어 겨우 중학교 수준의 영어 실력만 있어도 이 단락에서 모르는 단어가 몇 되지 않을 것이다. 헤밍웨이는 소설을 쓰며 이런 정도로 간단한 단어를 사용했다.

둘째, 괜찮다면 이 단락에서 'the'와 'and'가 몇 번이나 나오는지 세어 보시라. 가장 간단하고도 간단한 두 단어가 전체 단락에서 얼마나 큰 비중을 차지하는지. 'the'와 'and'를 이렇게 쓰는 사람은 없다. 적어도 헤밍웨이 이전에는 없었고, 적어도 헤밍웨이 전에는 이렇게 'the'와 'and'를 많이 쓰는 사람이 작가로 인정받을 수는 없었다.

셋째, 확실히 헤밍웨이의 문장에는 단어와 구절의 중복, 뜻의 중복처럼 중복되는 부분이 무척 많아, 번역자가 원문대로 번역하기가 민망한 나머지 번역을 하면서 약간씩 변화를 주어 우리가 보통 '문학작품'이라고 생각하는 모습과 닮게 하려고 노력해야 한다.

계속 반복되는 말을 듣던 말로가 그렇게 말한 사람을 '헤밍웨이'라고 부른 이유다.

그러나 헤밍웨이가 겉으로 보인 형식만을 보아서는 안 된다. 우리는 헤밍웨이가 이런 형식을 통해 무엇을 표현하고자 했는지, 어떤 혁명적인 변화를 끌어냈는지 탐색해야 한다.

헤밍웨이는 일찍이 파리에 가서 유럽 모더니즘의 절정을 목격하고 그에 참여했다. 모더니즘 소설의 대표 인물 가운데 한 사람으로는 제임스 조이스가 있다. 조이스를 읽은 적이 없고 심지어 그 이름을 들은 적이 없는 사람은 인터넷에서 구글로 검색하면 눈앞에 당장 다 읽지도 못할 만큼 많은 자료가 펼쳐진 모습을 보게 될 것이다. 감히 장담하건대, 어떤 글을 열어도 조이스를 소개하는 첫 단락이 끝나기 전에 반드시 그가 쓴 『율리시스』와 『피네간의 경야』가 거론되어 있을 것이다. 이 두 편은 소설 역사상 가장 읽기 어려운 작품이다.

지금까지 평생을 연구에 바친 교수를 포함해서 어떤 사람도 자기가 완전히 『피네간의 경야』를 이해했다고 말한 사람은 없었다. 이 책은 출판된 지 백 년 가까이 되었고, 20세기의 중요 고전으로 손꼽히면서도 아직까지 중국어 번역본이 없다.『율리시스』는 조금 '쉬운' 편이라 방대하고도 두터운 주석의 도움을 받아 느리게 한 구 한 구, 한 문단 한 문단, 한 쪽 한 쪽 읽으면 조이스가 무엇을 썼는지, 그 안에 얼마나 많은 인용과 은유를 담았는지, 또 얼마나 기묘한 소리 효과를 발명했는지 이해할 수 있다.『율리시스』는 중국어 번역본 두 종류가 있기는 하지만, 이 두 가지 번역본을 본들『율리시스』가 어떤 작품인지 진정으로 이해하기도 체감하기도 불가능하다. 기껏해야『율리시스』의 암시와 내용에 약간 다가갈 수 있을 뿐이다.

타이완에서 조이스를 이해하려면『율리시스』의 중국어 번역본을 보기보다 자발적으로 조이스 식 모더니즘 소설의 전통을 계승한 왕원싱의 소설을 읽는 편이 낫다. 먼저 그의『집안 문제』家變를 읽고 여유가 될 때 다시『바다를 등진 사람』背海的人을 읽는다면 비교적 명확하고 분명한 개념을 얻을 수 있을 것이다.

왕원싱이 구사하는 언어를 통해, 독자는 조이스가 자기의 언어를 만들어 특수한 모더니티의 경험과 정서를 표현하고자 했던 야심을 이해할 수 있다. 조이스는 극단까지 밀어붙여 창조한 '개인의 언어'를 자신의 소설을 표현하는 도구로 삼았고, '개인의 언어'가 얼마나 많은 사람에게 읽히고 이해될 수 있을지는 신경 쓰지 않았다. 그가 신경 쓴 것은 그

때까지 한 번도 기록되지 않았기에 전통적인 구시대 언어로는 기록할 도리가 없는 현대인의 의식의 흐름을, 오로지 자신의 언어로 효과적이고 정확하게 묘사하고 기록하는 것이었다.

모더니즘 소설의 또 다른 대표 작가는 마르셀 프루스트다. 다시 한 번 감히 장담하건대, 인터넷에서 구글로 검색하면 프루스트를 소개하는 모든 자료에서 첫 단락이 끝나기 전에 『잃어버린 시간을 찾아서』가 소설의 심리 묘사를 전에는 없던 차원으로 끌어올렸다는 점을 언급하고, 두 번째 단락이 끝나기 전에 '마들렌'을 말할 것이다.

'마들렌'이 중요한 이유는 프루스트가 소설에서 어떻게 미각 하나로 방대하고도 세밀한 기억 시스템을 거슬러 올라가 탐색하고, 과거의 기억을 이끌어 내는지 드러내기 때문이다. 기억은 현실에서 감각 기관이 받아들인 것보다 훨씬 완전하고 세밀하게 인간 심리에 저장된다. 그렇기에 과거의 기억이 그저 현실 경험의 불완전한 복제라는 관점을 뒤집을 수 있다.

이런 이야기를 하는 이유는 헤밍웨이 전에 모더니즘 소설이 어떤 상태까지 발전했는지 말하고 싶기 때문이다. 이런 발전의 성과가 바로 헤밍웨이가 반항하고 저항하기로 작정한 대상이었다. 헤밍웨이는 의도적으로 가장 간단한 문자를 사용해 조이스와 반대의 방향을 향해 나아갔으며, 프루스트와 같이 세밀한 심리 변화를 묘사하기보다는 오로지 겉으로 드러나는 행위에 대해서만 썼다.

'주[6]빙[1]'의[3] 서[4]산[2] 사[5]체[7]

'빙산'의 서사 주체

헤밍웨이의 독특한 소설 스타일을 가리켜 '빙산 이론'이라고 한다. 얼음의 질량은 물보다 가벼워 얼음덩어리를 물에 넣으면 십분의 구는 수면 아래로 가라앉고 십분의 일만 수면 위로 드러난다. 이는 초등학교에서 배우는 것으로 다들 계산해 본 적이 있을 것이다. '빙산'은 멀리서 보면 산처럼 보이지만 우리가 보는 '산'은 사실 전체 '빙산'의 십분의 일일 뿐 바닷물에 가라앉아 있어 우리가 보지 못하는 부분이 보이는 부분보다 훨씬 많다.

우리가 있는 세계, 특히 사람이 구성하는 범위는 이처럼 복잡해서 겉으로 볼 수 있는 것은 안에 숨겨져 드러나지 않는 것에 비해 훨씬 적다. 비유해 보자면, 소설가 프루스트는 잠수부다. 그는 보통 사람에게는 없는 특이한 잠수 실력으로 깊은 바다까지 잠수해 여기저기를 탐색하여 구십 퍼센트의 빙산이 어떤 모습인지 살펴보고, 뭍으로 올라와 우리에게 묘사해 준다.

이는 합리적인 추구이자 성취다. 우리는 세상 모든 사람의 심리와 감정의 움직임을 꿰뚫어 보고 싶다는 충동에서 벗어나지 못한다. 연인이 날 사랑하는지 아닌지, 회사 동료가 내게 왜 이렇게 말하는지 알고 싶어 한다. 나 역시 수업 시간에 학생들이 실제로 듣는 말은 무엇인지, 뭘 생각하고 있는지 알고 싶다. 우리 보통 사람은 깊이 숨겨진 현상을 잠수해서 볼 능력이 없으므로, 프루스트의 성취를 찬탄하며 그가 제공한 소중한 자료와 단서에 감사한다.

헤밍웨이는 다르다. 그의 작품은 '빙산'으로 형용된다. 그가 오로지 수면에 드러나 보이는 부분만을 썼기 때문이다. 어떤 관점에서 보면, 이 글쓰기는 가장 간단한 글쓰기다. 영양가 없는 내용만 써내지 않았는가. 그저 눈에 보이는 대로 묘사하는 것이 아무 특별한 능력이 없는 보통 사람, 소설을 쓰지 않는 사람이 세상을 바라보는 방식과 뭐가 다르단 말인가. 천진하고 어떤 통찰력도 없는 사람이 보는 세상과 마찬가지 아닌가. 우리가 어린아이를 걱정하는 이유가 무엇인가. 천진한 아이에게 누군가 사탕을 주면, 아이는 그 사람이 자기에게 잘해 준다고 여길 뿐 그 사람의 동기나 의도를 더 생각하지 않기 때문이다.

헤밍웨이가 빙산에서 노출된 윗부분만 쓰는 것은 무슨 능력도 아니고 특색은 더욱 아니다. 어떤 능력도 특색도 없는 아이조차 겉을 보기만 하거나 설명하는 법은 안다. 헤밍웨이의 대단한 성취는 모더니즘 소설의 세례를 거친 시대에도 겉으로 보이는 행위만 쓰고, 복잡한 표현 없이, 심리의 깊은 곳으로 들어가지 않으면서도 독자를 끌어들이고 비평가를 설득하는 소설 작품을 썼다는 데 있다.

헤밍웨이는 독자에게 이 사람이 무엇을 했다고만 알려 줄 뿐 왜 그렇게 했는지는 전혀 설명하지 않는다. 그에게는 서사와 대구對句를 골라 내용을 한정하는 독특한 재능이 있어서, 독자가 '이 일은 이게 다가 아닐 거야, 그저 이렇지만은 않을 거야'라고 생각하도록 만든다. 이 점이 중요하다.

조이스와 프루스트는 대단히 고생하는 작가다. 그들은 삶에서 수없이 풍부하고 섬세한 것을 캐내 독자에게 보여 주는데 독자는 그걸 다 받아들이지 못한다. 상대적으로 헤밍웨이는 무척 가볍고 게으르다. 그는 독자에게 무엇을 알려 주기보다 독자 스스로 추측하고 보충하도록 자극한다. 헤밍웨이가 어떤 현상의 일부를 설명하면, 그 뒤에 그가 말하지 않은 무언가가 분명히 있다고 느낀 독자가 흥미로운 눈빛을 하며 내용을 상상해 채운다. 헤밍웨이의 소설을 읽는 경험은 이렇게 완성된다.

그렇다고 해서 헤밍웨이의 소설이 조이스나 프루스트의 소설보다 쓰기 쉽다는 말은 아니다. 각 소설의 어려움은 서로 다른 방향과 성질에서 비롯된다. 헤밍웨이의 성공은 수많은 무형의 조건에 의지해야 했는데 그중 한 가지는 그가 '빙산' 유형의 화자를 고를 줄 안다는 점이다. 헤밍웨이의 화자는 보통 '말수가 적다.' 우리는 그들이 말하기를 그다지 좋아하지 않는다는 사실을 강렬히 느끼게 된다. 그들은 말하고 싶어 하지 않으며 차라리 숨기려고 한다. 우리나 다른 사람에게 말하고 싶어 하지 않을 뿐 아니라 자기 자신에게도 말하지 않으려고 한다. 그들은 자기 자신에게도 비밀을 가진 사람이다. 소설을 읽어 나가면서 우리는 그의 비밀에 호기심을 느끼는 한편, 그가 말한 내용에 자연스레 의심을 품게 된다.

헤밍웨이는 '빙산' 유형의 화자, 즉 '하드보일드 맨'에게 그가 본 세계를 말하게 하고, 자연스럽게 독자의 마음에 낯선 느낌을 불러일으킨다. 그에게는 우리에게 없는 강함이 있지만, 그 강함은 이 세계에 대해 우리가 가질 리 없는 한 가닥의 냉정을 가진 데서 나온다. 헤밍웨이의 펜 아래에서 만들어진 '하드보일드 맨'의 형상은 훗날 해밋과 챈들러에게 영향을 주었고, 두 사람은 거드름을 피우지 않으며 무슨 일에든 놀라지 않는 캐릭터를 그렸다.

이 캐릭터들에게는 항상 이상한 일이 일어난다. 객관적으로 말하자면 이런 식이다. '그가 아침에 일어나자 집에 낯선 사람 둘이 침입해 일언반구도 없이 집을 난장판으로 만들었다!' 문장 끝에는 마땅히 느낌표를 찍어야 한다. 우리는 이 문장을 보면서 만약 이런 일이 일어나면 얼마나 무서울까 상상한다. 그러나 헤밍웨이는 그렇게 쓰지 않고, 해밋이나 챈들러도 그렇게 쓰지 않으며, 무라카미 하루키도 그렇게 쓰지 않는다.

그들은 주인공의 관점에서 글을 쓴다. 아침에 일어나니 두 사람이 마침 그의 집을 엉망으로 만들고 있다. 그는 그들에게 묻는다. “왜 이런 짓을 하는 거요?” 두 사람은 아무런 말이 없다. 물어도 답이 없으니 왜 이런 일이 일어나는지 알 도리가 없다. 그는 답을 찾기를 포기하고 생각한다. 어쨌든 인생은 그런 거지. 아침에 일어나니 누군가 쳐들어와 집을 난장판으로 만드는 일이 발생하는 그런 거.

그는 놀라는 일이 없다. 우리라면 비명을 지르거나 도망칠 법한 일이 일어나도, 심지어 자기가 얻어맞아 쓰러지는 일이 있어도 그의 반응은 한결같다. ‘세상은 늘 그렇지. 항상 그래. 이런 일이 터지는 걸 피할 수 없어. 어차피 일어날 일이라면 호들갑을 떨어도 소용없잖아.’ 언제나 이런 태도와 말투다.

그들은 뽐내지도 않는다. 헤밍웨이의 걸작『노인과 바다』에서 팔십사 일 동안 물고기를 낚지 못한 노인 산티아고는 거대한 청새치를 낚았다가 바다 한가운데까지 끌려가고, 둘은 하루 밤낮이 넘도록 꼿꼿하게 버티며 싸운다. 산티아고는 겨우 청새치의 항복을 받아내지만 돌아오는 길에 상어의 습격을 막지 못하고, 항구에 돌아온 그에게는 청새치의 뼈만 남는다. 여기에서 핵심은 육지로 돌아온 산티아고가 바로 자러 갔고, 누구에게도 물거품이 된 분투 과정을 말하지 않았다는 사실이다. 자랑하지도 하소연하지도 않는다. 그저 우리만 그가 얼마나 대단한지, 얼마나 힘들고 괴로운

지 안다.

이야기 앞부분에는 그와 공감하고 그의 어려움을 이해하는 남자아이가 나온다. 이 아이는 이야기 끄트머리에서 다시 나타나는데 산티아고의 손에 남은 상처와 그가 끌고 돌아온 커다란 물고기 뼈를 보고 슬퍼하며 울음을 터뜨린다. 그러나 우리는 이 남자아이조차 산티아고가 바다에서 무슨 일을 겪었는지 모른다는 것을 안다.

우리는 이 사람들이 어떻게 무슨 일이 일어났는지 모를 수가 있느냐며 흥분할 수도 있다. 하지만 산티아고는 말하지 않고, 말할 리 없다. 말한다면 그게 자랑이든 하소연이든, 그는 이미 산티아고가 아니며 헤밍웨이의 주인공이 아니다.

한[6]정[8]벽[2]하[3] 완[1]못[5] 탐[7]지[4]

완벽하지 못한 탐정

'하드보일드 맨', 그중에서도 특히 '하드보일드 탐정'은 모두 '말수가 적다.' 챈들러는 말로를 주인공으로 하는 소설을 일곱 권 썼는데, 이 일곱 권 소설을 다 읽고 나면 말로의 말투와 그가 사건을 설명하는 습관에 익숙해지지만 그의 삶에서 일어났던 중요한 일을 자세히 알기는 꽤 어렵다. 우리는 그가 주 검찰관 사무실에서 일했고 나중에 해고되었다는 사실은 알아도 왜 해고됐는지는 모른다. 그가 말하려 하지 않기 때문이다. 말로가 아름다운 여성과 움직일 때, 우리는 그에게 예전에 연인이 있었는지 결혼은 했는지 궁금해하지만 그의 입에서 정보를 얻을 방법이 없다. 일곱 권의 책을 모두 읽어도 우리가 모르는 일은 너무나 많고, 우리 스스로도 그 사실을 잘 안다. 우리가 말로의 과거를 모르는 건 그에게 이야기할 만한 과거가 없기 때문이 아니다. 오히려 그와는 정반대로, 그는 분명히 다양한 사건과 풍랑을 거쳤을 것이다. 그러나 그는 말하고 싶어 하지 않고, 아무리 이상하고 곤란한 일을 만나도 늘 '이게 뭐 말할 만한 가치가 있어?' 하는 태도를 유지한다.

딱히 떠들 만한 것 없음. 헤밍웨이가 해밋과 챈들러에

게 물려준 '하드보일드 맨' 스타일이다. 우리는 이 딱히 떠들 만한 것이 없다는 태도를 보며 그가 뽐내지 않으려 하고 자랑하고 싶어 하지 않는 과거에 얼마나 요란하고 화려하며 웃고 울 만한 일이 있었는지 상상하고 추측하게 된다.

따라서 소설을 읽으면, 우리와 말로의 관계에는 챈들러가 드러낸 부분 외에 우리가 상상하여 참여한 부분이 존재한다. 이런 상상력을 갖추었거나 상상할 준비가 되어 있는지 여부가 독자가 챈들러의 소설에 들어갈 수 있는지, 얼마나 깊이 들어갈 수 있는지를 가른다.

헤밍웨이에서 해밋에 이르면서 '하드보일드 맨'은 '하드보일드 탐정'이 되었지만, 우리는 그 사이의 아이러니를 기억해야 한다. '하드보일드 탐정'에게 가장 눈에 띄는 동시에 사람을 매혹하는 부분은 '하드보일드 맨'의 모습 뒤에 숨겨진 연약함이다. '하드보일드 탐정'을 이해하는 방식 가운데 한 가지는 셜록 홈스와 비교하는 것이다.

첫째, 하드보일드 탐정은 홈스처럼 똑똑하지 않다. 달리 말해 보자. 그들은 19세기 과학, 과학적 방법, 과학 기술에 대한 강한 동경과 믿음 아래 만들어진 홈스와 다르다. 홈스는 우리가 모르는 일을 과학적으로 일사불란하고 의심의 여지없이 풀어 보여 준다. 홈스라는 캐릭터 뒤에는 19세기 과학관, 즉 과학이 계속 발전하여 언젠가는 모든 문제를 설명하고 해결해 주리라는 믿음이 있다. 홈스는 과학의 이데아를 대표하며, 과학 추리의 능력으로 안개 속을 헤치고 진상을 드러낸다.

과학은 남은 흔적으로 사건 현장을 복원할 수 있고, 현장에는 반드시 충분한 흔적이 남아 훌륭한 과학 추리와 과학 기술을 통하면 사건을 되짚어 갈 수 있다. 홈스는 완벽하며, 사실을 복원해 드러낼 수 있다. 그는 19세기 과학의 꿈을 대표한다.

하드보일드 탐정은 이런 조건이 없다. 그들은 베이커 거리 221B에 앉아 사건을 탐색하지 않는다. 조금도 과학적이지 않다. 우리는 그들이 물증을 수집하고 물건을 검사하는 모습을 거의 보지 못한다. 그들은 사람과 사람 사이의 관계를 관찰하고 조사하면서 수수께끼를 풀고자 동분서주한다.

둘째, 그들은 홈스처럼 범죄자보다 위에, 심지어 영국 경찰청의 경감 위에 있지 않다. 범죄를 마주하고, 사건과 관련된 누구와 마주하더라도 어떤 유리한 점을 쥔다는 보장이 없다.

사립탐정이 경찰을 만나는 상황을 떠올려 보자. 홈스의 경우, 난제에 부딪힌 영국 경찰청의 경감이 막다른 길에 이르러 공손히 협조를 청하고, 홈스는 그들을 도와 답을 찾아

낸다. 하지만 챈들러가 그리는 세계에서 경찰은 사립탐정을 막고 오도하며 이용하기도 한다.

하드보일드 탐정은 미녀를 만나도 좋은 점이 없다. 홈스는 어떤 미녀도 만난 적이 없지만 챈들러 이전의 통속 탐정소설에서는 언제나 미녀가 나왔다. 미녀는 보통 탐정이 해결하려는 사건의 약점으로, 탐정의 매력에 굴복해 실수로 혹은 일부러 사건 해결의 핵심 단서를 제공했다. 경찰은 어째서 사건을 해결하지 못하는가. 그들은 탐정만큼 똑똑하지도, 용감하지도, 남자답지도, 여성을 끌어들일 만큼 매력적이지도 않기 때문이다. 일단 탐정이 등장하면 그는 재빨리 어떤 미녀를 정복하고 사건을 해결할 열쇠를 만들어 낸다.

챈들러의 말로는 운이 없다. 미녀를 정복하는 것도 아니면서 매번 미녀를 만나면 일이 꼬인다.

셋째, 하드보일드 탐정 곁에는 숭배하는 마음으로 사건 해결 과정을 하나하나 기록하는 왓슨이 없다. 챈들러가 쓴 말로 시리즈는 모두 일인칭 시점으로 서술된다. 홈스는 하나의 현상이고 놀라운 광경이다. 우리는 왓슨의 눈을 통해 이 놀라운 광경을 우러러본다. 왓슨의 중요한 역할 가운데 하나가 특수한 관점을 제공하는 것인데, 그 관점은 처음부터 끝까지 우러러보는 앙각仰角이다. '하드보일드 맨' 소설의 일인칭 시점은 우리에게 '하드보일드 맨'의 생명관을 통해 그의 세계를 경험하고 인식하게 하며, 나아가 우리와 세계 사이의 다른 관계를 만들어 낸다. 우리는 왓슨을 통해 하나의 현상과 놀라운 광경을 객관적으로 보고 있다고 여긴다. 그러나 말로의 일인칭 서술을 읽으면서 우리는 말로의 주관과 편견을 피하지 못하고 받아들이게 된다. 그것은 그의 주관과 편견 속에서 정리된 한 덩어리의 경험, 즉 로스앤젤레스의 기이하고도 다채로운 세계다.

피[1]로[10] 물[8]이[4] 는[6]와[2] 살[3]있[5], 인[7]말[9]

피와 살이 있는 인물, 말로

챈들러가 쓴 글을 보자.

> 이곳은 향기로운 세상은 아니지만 당신이 사는 세상이다. 그런데 강한 마음과 무심하고 냉정한 정신을 지닌 어떤 작가들은 여기에서 대단히 흥미롭고 심지어 우스꽝스러운 양식을 만들어 낼 수 있다.

글에서 그는 앞선 미국 통속 탐정소설을 비판한다. 이들 소설에는 천편일률적인 공식이 있다. 비슷한 명탐정, 비슷한 살인 사건, 비슷한 수사 과정이 반복되는 상황 아래에서 사람이 살해되고 죽는 일은 의미 없고 가치 없는 일로 변질되어 사건 해결을 위한 오락의 기능으로만 존재한다. 이런 태도는 사실상 일본의 '본격파' 추리까지 이어져, 먼저 한 사람이 기이한 방식으로 죽으면 이 죽음은 그저 겹겹이 싸인 수수께끼를 넘어 답을 찾는 게임의 즐거움을 얻는 데 쓰인다.

챈들러는 이런 태도에 동의하지 않는다. "사람이 죽임

을 당하는 일은 재미있지 않지만, 그가 아주 하찮은 것을 위해 죽고, 그의 죽음이 우리가 문명이라 부르는 것의 증거가 된다는 점에서는 이따금 재미있다. 그러나 이것만으로는 충분하지 않다."

챈들러는 설령 소설에서라도 한 사람이 죽어 버리는 일이 오락이 되어서는 안 된다는 해밋의 생각에 찬성하고 호응한다. 한 사람의 죽음이 기록될 만하고 대답을 구해야 할 일이라면, 그 죽음은 우리를 곤란하게 하고 고심하게 할 만한 문명의 의제에 닿아야 한다.

그는 다시 말한다. "예술이라 불리는 모든 것에는 구원의 성격이 있다. 만약 수준 높은 비극이라면 그것은 순수한 비극일 것이며, 연민과 풍자가 있을 수 있고, 거친 남자의 왁자한 웃음이 있을 수 있다. 그러나 이 비열한 거리를 걸어야 하는 남자는 비열하지 않고 오염되지도 두려워하지도 않는 사람이다. 이런 이야기 속의 탐정은 반드시 이런 사람이어야 한다. 그는 영웅이며, 모든 것이다. 그는 완전한 사람이어야 하며, 보통 사람인 동시에 평범하지 않은 사람이어야 한다."

여기서 챈들러가 강조하려는 내용은 이렇다. 상상의 문학, 고상한 문학은 인간 세상에서 벗어난 평범하지 않은 행동을 쓸 수 있지만 만약 실제 거리, 실제 세상을 쓰려고 한다면 다른 전략을 써야 하고 다른 주인공을 써야 한다. 이 주인공은 평범하되 평범하지 않아야 하며, 진실한 동시에 이상적이어야 한다.

이런 사람이 있을 수 있을까? 챈들러는 계속 설명한다.

다소 낡은 표현을 쓰자면, 그는 반드시 존경할 만한 사람이어야 한다. 그러한 면모는 타고난 것이고 필연적인 것으로, 생각할 필요도 말로 표현할 필요도 없는 것이다. 그는 그의 세계에서 최고의 사람이며, 다른 어디에서도 썩 좋은 사람이다. 나는 그의 사생활에는 그다지 관심이 없다. 그는 지나치게 엄격하지도 호색하지도 않다. 나는 그가 공작 부인을 유혹할 수도 있다고 생각하지만 처녀를 범하지는 않으리라 확신한다. 그가 어떤 일에서 존경할 만한 사람이라면, 모든 일에서 그러할 것이다. 그는 비교적 가난한 편인데, 그렇지 않다면 탐정이 되었을 리 없다. 그는 평범한 사람이며, 그렇지 않다면 보통 사람과 어울리지 못했을 것이다. 그는 주제를 안다. 그렇지 않다면 자신의 일을 감당할 수 없었을 것이다. 그는 누구의 돈이라도 불성실하게 받지 않으며, 의무와 공정한 복수가 아니라면 누구의 모욕도 참지 않는다. 그는 외로운 사람이다. 그의 자부심은 우리가 그를 자랑스러워할 만한 사람이라고 보는 것이고, 그렇지 않다면 우리는 그를 알게 됐다는 사실을 유감스러워 할 것이다. 그는 그 나이대의 사람이 할 법한 소리를 한다. 저속하고 재치 있는 태도로, 기이함에 대한 활기 넘치는 감각, 허위에 대한 넌더리, 사소함에 대한 경멸 같은 것을. 이야기는 숨겨진 진실을 찾는 사람의 모험이다. 모험에 어울리는 사람에게 모험이 일어나지 않는다면 모험은 없다. 그의 경험은 우리를 놀라게 할 만큼 폭넓지만 그에게는 자신이 사는 세상에서 일어나는 일일 뿐이다. (따라서 그는 항상 냉담하며, 호들갑을 떨지 않는다. 이는 그가 모험을 하기 위한 중요 조건이다. 만약 그가 우리와 마찬가지로 폭넓은 경험에 놀란다면 그는 모험에 적합하지 않은 사람이며, 모험에 나서지도 않을 것이다.) 그와 닮은 사람이 있다면 이 세상은 안전하겠지만 그렇다고 너무 무료해서 살 만한 가치가 없는 곳으로 변하지는 않을 것이다.

이 글은 사실 챈들러가 자신이 창조한 하드보일드 탐정 말로가 어떤 사람인지 추상적인 표현으로 설명한 것이다.

영[1]웅[2]가[8]이[3] 엇[6]인[7]무[5]란[4]

영웅이란 무엇인가

왜 말로와 같은 사람이 있어도 세상은 안전해지고 무료해지지 않는 걸까? 말로는 영웅이되 쉽게 알아볼 수 없는 독특한 영웅이기 때문이다.

어떤 사람이 세상을 안전하게 만들 수 있을까? 우선 '슈퍼맨'이 떠오른다. 두 대의 기차가 부딪치려고 할 때 슈퍼맨이 때맞춰 나타나 위기를 해결하고 목숨을 잃을 뻔한 수십 수백 명의 사람을 구한다. 능력이 뛰어난 정치 지도자, 예컨대 처칠 같은 사람도 있다. 영국인의 용기에 호소해 히틀러에게 저항했으며, 전 유럽을 지배하려는 히틀러의 야심을 막고 좌절시킨 인물이다. 우리의 전형적인 영웅의 모습이다.

헤밍웨이에서 해밋과 챈들러까지, 그들은 '영웅이란 무엇인가?'를 다시 고민했다. 챈들러는 특히 진지하게 탐색했다. '지금 도시에서 살아가는 이들에게 영웅이란 무엇인가?' 챈들러의 마음속에는 말로에 대한 명확한 설정이 서 있었다. 그는 영웅을 그리고자 했다. 천상이 아닌 지상의 영웅, 그리스 신화 속 영웅이 아닌 로스앤젤레스 거리의 영웅, 구체적으로는 1930년대 후반에서 1950년대 후반의 미국 로스앤젤레스에서 살았던 영웅을 말이다. 그는 복잡하고 시끄러운 실재하는 환경에서 산다. 우리는 그의 이야기를 읽은 후 이 복잡하고 시끄럽고 실재하는 주변 환경에서 따뜻함, 안전한 느낌, 신뢰감을 갖게 된다. 자기 자신이나 다른 사람에게 분명하게 설명할 수는 없어도 마음속 깊은 곳에서 느낀다. 아, 이런 사람이 있기에 우리는 절망하지 않을 수 있겠구나.

이것이 챈들러의 설정이고, 그가 쓴 말로 시리즈 소설의 전제이자 사명이며 추구하는 과제다. 이러한 설정에서 우리는 말로가 '슈퍼맨'이 아니며 '홈스'가 아니라는 점을 쉽게 이해할 수 있다. 홈스를 베이커 거리에서 1930년대의 로스앤젤레스로 데려온다면 그는 살아갈 수 없을 것이다.

말로는 부와 권력을 가진 사람이 아니다. 그에게 부와 권력이 있다면 로스앤젤레스에서 탐정이 될 필요가 없다. 바꿔 말해, 만약 그가 부와 권력을 가졌는데도 탐정을 한다면 현실적으로 설득력이 없어진다. 말로는 특별한 사람이 아니다. 반드시 평범한 사람이어야 우리와의 선명한 연결이 끊어지지 않아 그에게 일어난 일을 어떤 머나먼 허구의 동화나 환상으로 보지 않을 수 있다.

여기에서 무라카미 하루키의 말을 인용하는 것을 이해해 주시기 바란다. 챈들러의 이러한 태도는 무라카미 하루키가 말한 '지대지地對地 시점'과 가깝다. 이 말은 무라카미 하루키가 『언더그라운드』 집필을 위해 어떻게 조사 방문을 했는지, 그 과정에서 배운 것이 무엇인지 설명하는 데 쓰였다. '지대지'는 무라카미 하루키와 그가 방문한 사람, 즉 사린 독가스의 피해자, 피해자의 가족 혹은 독가스를 살포한 옴진리교에 속한 사람 사이에 높이 차이가 없음을 가리킨다. 그는 객관적인 관점을 가진 기자나 사회 지위가 비교적 높은 변호사, 검찰관, 법관의 신분이 아닌 같은 시대, 같은 사회에 사는 '지대지'의 눈높이를 가진 사람으로서 그들을 만났다.

기자는 사건을 조감하며 보도한다. "여기저기에서 독가스를 흡입한 사람들이 병원으로 이송되었고, 사망자도 발생했습니다." 그들은 병상이나 영전 앞에 쪼그리고 앉아 있지만 여전히 위에서 내려오지 않은 채 독가스를 마신 사람들이 어떤 사람인지, 사건이 벌어졌을 때 무엇을 했는지, 무슨 생각을 했는지, 병원에 이송되고 죽음에 이르는 과정에서 피해자가 어떻게 반응했는지, 피해자와 그 곁에 있던 사람들이 이 사건에서 어떤 영향을 받고 바뀌었는지 묻고 말한다.

검찰관과 법관도 높은 자리에 서서 '옴진리교'를 믿고 이 종교에 참여한 이들을 비판하고 단정한다. 교인들은 공범이며, 범죄자일지 모르는 사람이 된다. 검찰관과 법관은 절대 그들과 같은 눈높이로 내려와 평등하게 그들을 보려고 하지 않으며, 진심으로 이해하려 하지 않는다. 그들은 누구일까? 어떻게 자랐을까? 언제 어떤 상황에서 '옴진리교'와 교주 아사하라 쇼코를 믿게 되었을까? 왜 믿게 되었을까?

무라카미 하루키가 옴진리교 교인을 만나고 쓴 『약속된 장소에서』를 읽은 독자는 어떤 독특한 감동을 느낄 것이다. 무라카미 하루키는 '지대지'의 평등한 관점을 가지고 있었고, 그들을 두렵고 기괴한 범죄자라고 보는 선입견이 전혀 없었기에 도리어 자신과 그들 사이에서 비슷한 점을 다수 발견했다. 그들은 무라카미 하루키 자신처럼 소년 시절에 학교를 싫어했으며, 자신과 주변 환경이 맞지 않는다고 느꼈다. 다른 사람이 대신 마련해 둔 길을 편히 받아들일 수 없었고, 다른 사람이 당연하게 여기는 현실 속에 자신을 둘 수 없었다. 일찍부터 학교, 가정, 현실 이외의 어떤 것에 강렬하게 끌렸다.

무라카미 하루키는 그들 속에 자신과 비슷한 점이 많다는 사실에 놀랐다. 이 점은 무라카미 하루키 또한 그들과 같은 사람이 될 수 있는 가능성이 높다는 말이 아닐까?

그는 인터뷰를 하면서 보통 기자는 물어보려고 생각하지도 못하고 생각할 필요도 없는 핵심 문제를 떠올렸다. 그들과 무라카미 하루키 자신이 다른 인생의 길을 걷게 된 결정적인 이유는 무엇일까? 바꿔 말하면 이렇다. 어떤 요소, 어떤 에너지가 무라카미 하루키를 옴진리교 교도가 되지 않도록 했을까?

무라카미 하루키는 진지하게 이 문제에 파고들었고, 특별한 답을 찾아냈다. 그는 한 사람 한 사람에게 이렇게 묻는다. 소설을 읽습니까? 자라는 동안 어떤 소설을 읽었는지 기억하십니까? 소설이 당신의 삶에서 중요한 역할을 한 적이 있습니까?

이 질문을 한 뒤 무라카미 하루키는 안심한다. 그와 옴진리교 교인 사이의 가장 근본적이고 절대에 가까운 차이가 소설이라는 사실을 확실히 알게 되었기 때문이다. 사건에 가담한 교인은 대개 이공 계열 출신이었다. 그들은 젊었으며, 자신의 학문 영역에서 훌륭한 성과를 이룬 '사회의 엘리트'였다. 이런 사람이 어째서 아사하라 쇼코를 믿고 숭배하고 따르게 되었을까?

그들이 소설을 읽지 않기 때문이다. 이것이 '지대지' 관점으로 힘들고 성실하게 얻은 결론이다. 어릴 때부터 소설을 읽은 사람은 안다. 소설이 아무리 멋지고, 마음을 잡아끌고, 우리 자신을 다른 세상으로 이끌더라도, 어머니가 밥 먹으라고, 숙제하라고, 자라고 말씀하시면 그 상상의 세계에서 나와야 한다는 것을. 어쨌든 표지를 덮고, 밥상의 밥과 반찬을, 무료한 물리 공식을, 어수선한 이부자리를 마주해야 한다.

소설을 읽는 사람은 매혹적인 상상의 세계와 지루하기 짝이 없는 현실 세계를 드나드는 데 익숙하다. 소설을 좋아하든 좋아하지 않든, 소설을 읽는 경험에는 이런 드나듦이 반드시 포함되며, 오늘 자기 전에 덮었던 책을 내일 방과 후에 열어 계속 읽어 나간다.

아무리 아름다운 허구와 상상의 세계라도 현실을 사라지게 하지는 못한다. 이는 소설을 읽는 사람이 자신도 모르게 받는 소중한 훈련이며, 소설을 거의 읽지 않는 이공 계열 출신의 사람은 받지 못한 훈련이자 보호다. 소설을 읽는 사람은 인류 문명이 창조한 가장 매혹적인 세계, 심지어 오늘날의 영화보다 훨씬 매혹적인 세계에 들어갔을 확률이 높다. 영화는 어쨌든 감독과 배우가 만들어 보여 주는 것이지만, 소설은 독자가 자신의 머릿속에서 스스로 고른 인물과 장면을 보여 준다. 소설을 읽는 사람은 이토록 멋진 장면을 몇 번이고 드나드는 경험을 풍부하게 쌓는다. 소설을 읽지 않는 사람은 이런 경험이 없다. 다시 말해, 그들은 매혹적인 허구 속에서 어떻게 하면 나올 수 있는지, 어떻게 하면 영원히 그 자리에 있는 현실로 돌아갈 수 있는지 알지 못한다.

소설을 읽지 않고, 경험이 부족한 사람은 아사하라 쇼코 같은 사람이 화려하고도 복잡한 신세대 선악과 생멸 관념을 말하면 미혹된다. 그들은 그런 주장과 현실 사이의 관계를 분석할 능력이 없어, 일단 들어가면 나오지 못하고, 현실에서 벗어나 아사하라 쇼코가 그려 낸 세계에서만 살게 되면서 실제로는 아사하라 쇼코의 노예로 변한다.

무라카미 하루키는 챈들러의 팬이다. 그는 챈들러의 소설을 다수 번역한 경력이 있다. 챈들러의 작품에 익숙하다면 무라카미 하루키의 작품을 읽는 동안 예상하지 못한 즐거움을 느낄 수 있다. 읽으면서 우리는 이런 혼잣말을 할지 모른다. "이상하네. 어떻게 꼭 말로가 말하는 것 같지?" 무라카미 하루키의 소설에는 '말로의 화신' 같은 인물이 자주 등장한다.

무라카미 하루키는 챈들러를 높이 평가한다. 그러니 무라카미 하루키의 '지대지' 개념에 챈들러와 가까운 부분이 있지 않을까?

저[2]기[9] 좋[3]이[7] 은[4]사[5]람[6] 되[8]면[1]

먼저 좋은 사람이 되기

홈스는 소설의 시작부터 끝까지 탐정이다. 범인이나 사건을 일으킨 사람과 섞여 들어가는 일이 없다.

말로 같은 하드보일드 탐정은 그렇지 않다. 그가 사건을 조사하면서 보고 만나는 용의자는 그 자신과 절대적인 차이가 없다. 말로는 그들과 함께 할리우드 거리에 살고 있고, 그들과 밀접한 상호 관계를 반복해 맺으며 사건을 조사한다. 그가 특히 똑똑해서 범인을 알아보는 것이 아니라 그와 범인, 범인일지도 모르는 모든 사람 사이에 '지대지'의 가까움과 익숙함이 있기 때문이다.

우리는 소설의 시작부터 끝까지 이쪽은 탐정, 저쪽은 범인 혹은 이쪽은 좋은 사람, 저쪽은 나쁜 사람이라고 분명하게 구별할 수 없다. 말로가 사고하고 행동하는 방식은 사건을 일으키고 사람을 죽인 이들과 본질에서 차이가 없다. '지대지'의 입장에서 사건에 관련된 모든 사람 각각의 세계 속으로 들어간 까닭에 마침내 범인을 끌어낼 수 있던 것이다.

말로의 이야기는 범인을 잡아서 해결되는 내용이 적다. 전체 사건의 맥락을 분명히 하고, 사건의 자초지종을 밝히는 일이 나쁜 일을 벌인 사람이 누구인지 밝히는 것보다 훨씬 중요하다.

그러나 '지대지' 관점과 챈들러가 말하는 소설의 목적 사이에는 한 가지 모순이 있다. 만약 하드보일드 탐정이 범인과 이렇게나 가깝다면, 범인 중 한 사람인 양 섞여 지낼 수 있다면 그는 무엇으로 영웅이 되는가? 그는 악당과 같은 눈높이와 시점으로 그들을 똑바로 바라보며 우리를 저 아래 세계의 어둠과 끔찍함 속으로 데려간다. 챈들러의 소설은 우리가 말로의 눈을 통해 보고 있음을 끊임없이 알려 준다. 말로는 꼼꼼하고 영리하게 눈앞에 보이는 인물이 어떻게 생겼는지, 어떤 특징이 있는지, 타인에게 어떤 인상을 주는지, 목이 얼마나 굵은지, 소맷단이 어떻게 생겼는지, 자신이 본 것을 하나하나 설명한다. 그는 우리를 이 악당의 어두운 세계로 이끌고 간다. 안내자 노릇을 할 수 있을 만큼 익숙한 세계로 말이다. 악당은 영웅이 될 수 없다. 그럼 그는 어떻게 영웅이 되는 걸까?

타이완의 독서가 탕눠*는 『빅 슬립』의 번역본에 쓴 글에서 이렇게 말했다.

* 탕눠(唐諾)는 스스로 전문 독서인이라고 말하는 타이완의 작가이자 지식인이다. 국립타이완대학교 역사학과를 졸업한 후 출판사 편집장을 지냈다. 하드보일드 추리소설, 특히 로런스 블록의 매튜 스커더 시리즈를 접한 뒤 로런스 블록의 소설을 번역하고 소개하는 일에 몰두했고, 그 과정에서 추리소설 안내서를 내기도 했다. 또한 국내에 소개된 『한자의 탄생』, 『마르케스의 서재에서』 같은 독서와 책에 관한 저작을 비롯해 『인간 공자』, 『지금: 『좌전』의 세계를 노닐다』처럼 시대를 아우르는 책까지 다양한 글을 쓰고 있다.

영웅에 대해 현실적이지만 자세히 언급하지는 않는 챈들러의 설명을 다시 확인해 보자. 그가 정말 보여 주고자 하는 부분은 이런 사람이 가진 날카로운 공격성이 아니라 그가 고집스럽게 방어하며 손에서 놓지 않는 어떤 것이고, 그 사람의 강함이 아니라 가장 연약하고 불안정하며 가슴 졸이게 하는 부분이며, '구원', '완벽한 사람', '평범하지 않음', '명예심', '가장 좋은 사람', '빈곤', '외로움', '성실', '오만' 같은 것이다. 챈들러 식의 강함은 (……) 적어도 인내, 희망 그리고 인간이 타고난 욕망에 꺾이지 않으려고 날마다 반복하는 저항을 포함한다. 해밋은 영웅을 현실 세계로 끌어들였고, 챈들러는 본래 그저 좋은 사람을 그리고 싶어 했다. 그러나 챈들러는 어쩔 수 없는 사실, 그가 우리에게 직접 말했던 사실을 발견한다. "좋은 사람이 되려면 먼저 영웅이 되어야 한다."

바꿔 말하면, 챈들러는 말로가 '평범하게 좋은 사람'이기를 바랐을 뿐이다. 말로에게는 좋은 사람이 보통 갖고 있는 기질이 있다. 그는 사람을 해치지 않고, 일부러 남을 다치게 하지 않는다. 자신에게 속하지 않는 것을 갖고자 하지도 않는다. 그가 가진 원칙의 마지노선은 상황이 다르다고 바뀌지 않는다. 말로는 어떤 사람인가? 그는 로스앤젤레스의 다채롭고 기이한 환경에서 사는 평범하게 좋은 사람이지만, 그 다채롭고 기이하며 비상식적인 환경에서 그저 평범하게 좋은 사람으로 계속 사는 데에는 영웅 같은 용기와 의지가 필요하다. "좋은 사람이 되려면 먼저 영웅이 되어야 한다."

사립 탐정인 말로는 사건이 얼마나 위험하든 조사가 얼마나 어렵든 사건에 얼마나 많은 이익이 걸려 있든 언제나 고객에게 하루에 이십오 달러를 지급하라고, 추가로 필요한 금액은 결산 때 보고하겠다고 말한다. 그리고 일하는 동안 그의 손에서 얼마가 나가든 일당 이십오 달러만 받는다. 사건을 맡기로 하면, 그는 나중에 어떤 변수가 나타나도 포기하지 않는다. 의뢰인이 죽어서 일당 이십오 달러를 받을 수 없을 것 같더라도 일을 완수해야 한다고 믿는다.

『안녕, 내 사랑』에서 말로는 두 가지 원인 때문에 커다란 위험에 빠진다. 그가 막 살인 사건을 목격했을 때 만난 의욕 없는 게으른 경찰이 그에게 말한다. "내 대신 조사 좀 해 줘요. 조사한 대로 인정해 주고 귀찮게 하지 않을게요." 다른 원인은 이렇다. 말로는 보기에 무척 간단해 보이는 사건을 맡는다. 의뢰인이 그에게 백 달러를 주고 자신과 함께 약속 장소에 나가 달라고 청한다. 백 달러를 받은 말로는 의뢰인과 이동하지만, 의뢰인은 살해되고 그 역시 혼절한다. 그는 깨어난 후 물러나지도, 도망가지도 않고 백 달러를 위해 이 사건을 추적하기로 한다.

말로는 자신의 별것 아닌 신분으로 타인을 다치게 하지 않는다. 또한 자신이 가난한 사립 탐정이란 사실을 알면서도 정해진 이외의 것이나 분수에 어긋난 것을 추구하지 않는다. 여기에는 사건과 관련돼 갑자기 나타난 미인도 포함된다. 그 여성이 얼마나 아름답든 얼마나 좋은 사람이든, 나아가 얼마나 믿을 만한 사람이든 그는 바라지 않고 바라지 못한다. 가난한 사립 탐정으로서 앞으로 딱히 나아질 것 같지 않으므로, 그와 결혼하고 싶어 하는 여성이 있어도 고집스럽게 거절한다. 그는 타인을 다치게 하지 않기 때문이다.

'어[6]그[1] 았[5] 럴[2]알[4]줄[3]'

'그럴 줄 알았어'

챈들러가 말로를 주인공으로 삼아 쓴 일곱 편의 소설은 모두 로스앤젤레스에서 일어나며, 급속도로 변화하는 대도시이자 다채롭고도 기이한 환경 속에서 화려하고 놀라운 생활을 하는 부유한 사람을 대상으로 한다. 그는 우리 삶과 동떨어진, 우리가 매혹되고 놀라고 부러워하고 질투하고 두려워하고 연연해하는 세계로 우리를 데리고 들어간다. 하지만 말로는 항상 '놀랄 일이 뭐가 있어?' 하는 태도를 유지한다.

만약 말로가 아닌 다른 통로(예컨대 패션 정보나 가십 잡지)로 이런 다른 세상을 접한다면 그렇다, 우리는 당연히 매혹되고 놀라고 부러워하고 질투하고 두려워하고 연연해하는 마음을 가질 것이다. 그리고 이런 감정이 떠오르는 순간, 실제로 우리와 그 세계에는 계층 관계가 생긴다. 우리는 우리 자신을 더 높은 곳에 두면서 그 세계를 비판할 수도 있지만, 아마도 무의식적으로 우리 자신을 상대적으로 낮은 자리에 둔 채 들어갈 수 없고 올라갈 수 없는 세계를 올려다보는 경우가 더 많을 것이다.

그러나 우리가 읽는 것은 챈들러가 쓴 말로 이야기다. 우리는 말로라는 '하드보일드 맨'의 눈으로 그 세계를 보는 까닭에 우리의 안내자가 보여 주는 '지대지'의 태도에 물들지 않을 수 없다. '여신 카카가 바로 우리 이웃에 산다. 그녀의 차는 매일 우리 집 앞으로 지나간다. 이 얼마나 멋진 일인가!' 본래 이런 반응을 보일 법한 우리는 말로의 눈을 거침으로써 냉정해질 수밖에 없다. 그저 어떤 사람이 다른 사람과 마찬가지로 매일 지나가야 하는 길을 오가며, 이웃집 문 앞을 지날 뿐이다. 놀랄 일이 뭐가 있는가.

'그럴 줄 알았어.' '그렇군. 이제 잘 알겠다.' 더욱 이상한 일은 하드보일드 맨은 대단히 좋은 일과 대단히 나쁜 일을 한결같이 이런 태도로 대한다는 점이다.

『빅 슬립』의 시작 부분을 보자.

> 시월 중순, 아침 열한 시 즈음, 햇빛은 나지 않았고 선명하게 보이는 산기슭의 언덕에는 큰비가 내리는 듯했다. 나는 짙은 청색 셔츠에 연한 청색 양복을 입고 넥타이를 맨 다음, 손수건을 꽂고 짙은 청색으로 수를 놓은 검은색 모직 양말에 검은 가죽 구두를 신었다. 나는 단정하고 깔끔했으며, 면도도 했고 머리도 맑았지만, 누군가 이걸 알든 말든 신경 쓰지 않았다. 나는 세련된 사립 탐정이 갖춰야 할 모든 것을 갖췄다. 나는 사백만 달러를 만나러 갈 예정이다.

그 시대에 사백만 달러는 얼마나 큰 금액인가! 말로는 사백만 달러가 지은 호화 저택에 들어가 열기로 가득 찬 온실에서도 모포를 뒤집어쓰고 있어야 하는, 그렇게 기이하게 죽음을 향해 가는 노인을 보고도 줄곧 냉담에 가까운 평정을 유지한다. 그는 놀라지도 않고 거들먹거리지도 않는다. 이렇게 과장되게 호화로운 저택을 짓는 부류에게는 돈으로 상대를 숨 못 쉬게 압박하고자 하고, 돈 앞에서 당황해 어쩔 줄 모르거나 위축되도록 만들려는 의도가 있으며, 그리하여 상대가 놀라 호들갑 떨기를 기대한다는 걸 잘 알기 때문이다. 말로는 냉담하고 조용한 태도로 사백만 달러에게 우리를 안내하고, '지대지'의 평등한 시선으로 사백만 달러를 마주함으로써 자신의 존엄을 유지하며, 사실상 우리가 우리 자신의 존엄을 유지하도록 돕는다.

이는 오늘날 타이완에서 쉽게 이해하기 어려운 존엄으로 '가십 잡지를 읽지 않아도 괜찮겠다'라고 생각하는 종류의 존엄이다. 우리가 가십 잡지를 읽지 않는다면 정치, 사회의 유명인, 부자, 연예인이 뭘 하는지 알 수 있겠는가. 우리는 그들이 우리와 동떨어진 생활을 하고, 화려하고 다채로우며 사치스럽고 문란한 생활을 한다는 걸 안다. 가십 잡지를 보지 않으면, 그런 내용을 모를 수 있지 않을까? 말로의 태도는 이렇다. '이 모든 현상은 로스앤젤레스에서, 할리우드에서 보려고 하면 모두 볼 수 있다. 하지만 그럴 가치가 있을까? 보고 호들갑을 떨 가치가 있을까? 볼만한 가치가 없다고 여기기에, 호들갑을 떨 가치가 없다고 여기기에 나는 운수는 나쁘지만 직업 정신은 투철한 사립 탐정에 어울리는 것이다.' 우리는 말로를 보고 깨닫는다. 비교하자면, 말로는 항상 운이 없지만 언제나 직업 정신에 걸맞은 '하드보일드 맨'의 태도를 지킨다는 점에서 다른 어떤 화려한 것보다 훨씬 더 사람을 매혹하지 않는가.

우리는 이 속에서 어떤 해탈 같은 깨달음을 얻고 감동할 수도 있다. '그래, 어째서 우리가 그 사람들이 어떻게 사는지 신경 써야 하는 거지? 어째서 이렇게 자존감도 없이 감탄이나 욕 같은 걸로 우리의 부러움을 드러내는 걸까? 그 사람들은 그저 다른 방식으로 살고 있을 뿐이잖아.'

아이의 별픔

챈들러는 1888년 미국 일리노이주 시카고에서 태어났다. 그의 부모는 모두 아일랜드의 후예로 퀘이커 교도였으며, 아버지는 철도 회사의 엔지니어였다. 챈들러의 부모는 일찍 이혼했는데, 주된 원인은 아버지의 알코올 중독 문제였을 것이다. 챈들러의 기억에 아버지는 거의 항상 집에 없었고, 집에 있을 때는 언제나 술에 취해 엉망이 되어 있었다.

챈들러가 일곱 살이 되던 해, 그의 어머니는 그를 데리고 영국으로 떠났고, 그 후 챈들러는 아버지와 연락을 끊고 다시는 연락하려 하지 않았다. 그의 어머니가 전 남편의 일을 결코 입에 올리지 않았던 까닭에 챈들러의 실제 삶 속에 아버지는 없었고 그의 생에는 '아버지'라는 개념이 결핍되었다. 챈들러에게 아이가 없던 데는 아마도 이런 연유가 있지 않았을까 싶다. 그는 알코올 중독이 심했던 아버지가 화제에 오르면 '돼지 같은 남자'라고 표현했지만, 자신 또한 알코올에 빠지는 습관과 고통에서 벗어나지 못했다.

챈들러는 런던 근교에서 소년 시절을 보내고 영국의 공립학교에 진학했는데 그곳은 이름만 공립학교일 뿐 귀족식 사립학교였다. 챈들러는 높은 학비 때문에 학업을 마치지 않고 중퇴한 다음 해군에 들어갔고, 단조로운 생활을 견디지 못하고 반년 만에 그곳을 나왔다.

그의 흥미와 꿈은 글쓰기였다. 그러나 영국에서 글을 쓰며 먹고살 만한 일을 찾지 못해, 스물세 살이 되던 해에 오랫동안 떠나 있던 고향 미국으로 돌아가기로 결심한다.

챈들러는 영국의 가치관이 강한 미국인으로, 어쨌든 인생의 단계에서 가장 중요한 십육 년을 그곳에서 보냈다. 그는 평생 영국식 억양이 강한 말투를 썼다. 소설에서는 미국 거리의 속어를 많이 구사했지만, 그건 절대 그가 말하는 방식이 아니었다.

챈들러가 미국으로 돌아가고 오래지 않아 제1차 세계대전이 일어났다. 이중 국적을 가진 탓에 규정에 따라 미국 군대에 입대할 수 없었던 그는 캐나다 군대에 입대해 유럽 전장에 뛰어들었다. 격렬한 전투 속에서 그가 속한 연대가 독일군의 맹렬한 포격을 받았고 그 혼자만이 생환하게 되었다.

챈들러는 평생 아버지와 전쟁에 대해 언급하지 않았다. 이 두 가지는 그의 삶에서 가장 기이한 경험으로, 언급하진 않았지만 그 고통은 항상 남아 있었다. 어쩌면 이것이 그가 '하드보일드 맨'에 대해 쓰는 이유 가운데 하나일지도 모른다. 가장 격렬하고 처참한 것을 보고, 깊은 괴로움을 겪은 경험은 무엇이라 이름 붙일 수도 없고, 말로 할 수도 없다. 이름을 붙일 수도, 말할 수도 없으니 사람들도 이해하지 못한다. 그렇다면 뭐하러 말하고 이름 붙이려 한단 말인가? 이미 아버지와 전쟁이 준 상처를 겪었는데, 다른 무엇에 놀라겠는가?

전쟁이 끝난 후 챈들러는 미국으로 돌아와 자기보다 열여덟 살이 많은 사람과 결혼했다. 아버지에 관한 고통을 겪은 사람은 어머니를 사랑하는 마음에 가까운 감정 패턴이 생기기 쉽지 않을까? 이 결혼은 그의 아내가 세상을 떠난 1954년까지 이어졌다. 그에게 아내의 죽음은 큰 충격이었고, 그는 자살 시도까지 했다. 챈들러는 친구에게 보낸 어떤 편지에서 이렇게 말했다.

> 사실 난 아주 오래전에 그녀와 작별 인사를 했습니다. 이 년 동안 밤마다 그녀를 잃는 건 시간문제일 뿐이라고 깊이 느끼곤 했지요. 그러나 그 일이 정말로 일어났을 때는 나 자신을 어떻게 할 수 없을 정도로 괴로웠습니다. (……) 삼십 년 하고도 십 개월 그리고 이틀 동안 그녀는 내 인생을 비춘 빛이었고, 내 모든 야심의 목표이기도 했습니다. 내가 이룬 다른 일은 그녀의 손을 데우는 불씨에 지나지 않아요. 그 외에는 아무런 말할 가

치가 없습니다.

"난 아주 오래전에 그녀와 작별 인사를 했습니다." 이 말은 『기나긴 이별』을 떠올리게 한다. 이 책 50장章에서 말로와 린다는 친밀한 접촉을 하고 서로 고백하는 독특한 대화를 나눈다.

아침에 일어나서 나는 커피를 만들었고 그녀는 여전히 자고 있었다. 난 샤워를 했고, 면도를 한 다음 옷을 갈아입었다. 그제야 그녀가 일어났다. 우리는 함께 아침을 먹었다. 나는 택시를 불렀고, 밤을 새운 그녀의 가방을 계단 아래로 옮겼다.

우리는 작별 인사를 했다. 나는 택시가 사라질 때까지 지켜보았다. 계단을 도로 올라와 침실에 들어가 어지러워진 시트를 정리하고 다시 깔았다. 베개 하나에 검고 긴 머리카락이 있었다. 위 속에 무거운 납이 든 기분이 들었다.

프랑스 사람은 이런 느낌을 한마디로 표현한다. 그 망할 인간들은 어떤 일에도 적당한 표현을 만들고, 그 말은 항상 옳다.

작별 인사를 하는 것은 조금씩 죽어 가는 것이다.

작별과 죽음. 이 둘 사이에는 분명한 관계가 있다. 그렇다. 『기나긴 이별』은 아내가 중병으로 앓는 동안 챈들러가 쓴 작품이다.

학[3]자[1] 대[4]기[2]롭[9] 괴[8]기[7]
히[10]자[6]기[11]와[5]

자기 학대와 자기 괴롭히기

챈들러는 해밋을 소설 창작의 모델로 삼아 '해밋의 소설처럼' 쓰고자 했지만 그와 동시에 자학적으로 해밋이 "진정으로 뛰어난 대작가"는 아니라고 평가하며, "이루고자 하는 일은 모두 잘해 냈지만 하지 못하는 일도 적지 않았다"라고 말했다. 바꿔 말하면, 챈들러가 '진정으로 뛰어난 대작가'가 될 수 없는 이유는 그 자신이 젊은 시절 시인이 되기를 바랐던, 순문학 작품을 쓰고자 했던 꿈을 버렸기 때문이다. 해밋은 순문학 작품을 쓰지 못했고, 애초에 쓰고자 하지도 않았다. 그와 달리 챈들러는 순문학 작품을 쓰고 싶어 했지만 스스로 포기했다. 적어도 챈들러는 자기 자신과 해밋 사이의 차이를 그렇게 이해했다.

챈들러가 로스앤젤레스에 오래 살았던 이유는 그곳에 할리우드의 일이 있어 돈 벌기에 수월했기 때문이었다. 그는 히치콕 같은 유명 감독과 작업했고, 그가 쓴 시나리오는 오스카상 수상 후보에 오르기도 했다. 그러나 할리우드의 환경에 조금도 적응하지 못한 그는 거친 성격과 낮은 감성지수 탓에 사람들의 호감을 받는 시나리오 작가가 되지 못했다.

무라카미 하루키는 『기나긴 이별』의 일본어 번역본 후기에서 이렇게 말했다.

챈들러는 촬영소 간부를 상대로 홍정을 하고, 요구가 많은 영화감독들과 시간에 쫓기며 공동 작업을 지속하면서 스트레스를 받아 닥치는 대로 시비를 벌였고, 염세적인 기분에 빠져들어 다시 술병에 손을 뻗었다. 챈들러는 여성이 발휘하는 모성성에 관용적인 태도를 보였고, 많은 부분에서 스스로 추구하기도 하였으나 남성이 발휘하는 부권父權 같은 것을 마주하거나 그런 힘이 자신을 향한다는 느낌을 받으면 저절로 머리에 피가 몰리는 경향이 있었다. 그런 경향이 어떻게든 권위적인 것을 거스르는 필립 말로 캐릭터에 맞물리는 것인지도 모르겠다. 설령 그리하여 자신이 피해를 입더라도 말로가 위에서 강제로 누르는 것에 대해 필사적으로 저항하지 않을 리 없다.

무라카미 하루키는 말로가 편지에 썼던 말도 인용한다.

생명을 가진 문장은 대개 마음으로 쓴 것이라고 믿습니

다. 글을 쓴다는 것은 쓰는 사람을 피곤하게 하고 체력을 소모하게 한다는 의미에서 격렬한 노동이라 할 수 있지만, 의식의 노력이라는 의미에서 말하자면 그렇게 괴로운 노동이라고는 할 수 없지요. 작가를 직업으로 하는 사람에게 중요한 점은 적어도 하루에 네 시간 정도 글쓰기 외에는 아무것도 할 수 없는 시간을 정해야 한다는 것입니다. 딱히 뭔가 쓰지 않아도 괜찮습니다. 쓸 기분이 들지 않는다면 억지로 쓸 필요도 없습니다. 창밖을 멍하니 쳐다보거나 물구나무서기를 하거나 침대에서 뒹굴어도 괜찮습니다. 다만 뭔가를 읽거나 편지를 쓰거나 잡지를 펼치거나 수표에 서명을 하는 등 의도가 있는 일을 해서는 안 됩니다. 글을 쓰든지 아니면 아무것도 하지 않아야 합니다. (……) 이 방법은 무척 유용합니다. 오로지 두 가지 규칙만 있어서 대단히 단순하지요. 첫째, 억지로 뭔가를 쓸 필요는 없다. 둘째, 다른 일은 하면 안 된다.

챈들러는 이렇게 진지하고 규칙을 엄수하는 동시에 수시로 자기 자신을 괴롭히는 작가였다.

대[1]죽[5] 체[2]누[3] 가[8]였[6]는[7]가[4]

대체 누가 죽였는가

추리소설에는 두 종류가 있다. 하나는 범죄 행위를 추리하여 누가 어떤 방법으로 어떤 나쁜 행동을 했는지 밝히는 종류, 다른 하나는 한 걸음 더 나아가 범죄 행위 뒤에 있는 동기를 추리하고 누군가가 무엇을 위해 어떤 방식으로 범죄를 저질렀는가 묻는 종류다.

챈들러의 말로 시리즈는 분명 후자에 속한다. 소설은 말로의 일인칭 시점으로 서술되지만 말로가 수수께끼를 푸는 과정에 대한 정보는 한정된다. 말로는 자신의 추리를 거의 설명하지 않는다. 그가 우리에게 말하는 것은 대부분 조사 행위, 그러니까 어떤 곳으로 달려가 이 사람에게 이런 말을 했다거나 저기로 가서 저 사람에게 얻어맞아 기절했다거나 이상한 곳에서 아름다운 여자에게 끌렸다는 정도로, 이런 조사가 그에게 어떤 단서나 답을 주었는지는 마음속에 숨긴 채 명확하게 말하지 않는다. 게다가 말로 곁에는 그에게 따져 묻거나 설명을 기다리는 왓슨이 없다. 이 점에서 그는 확실히 헤밍웨이를 닮았다. 행동만 기록할 뿐 행동의 의미는 수면 아래에 숨겨 둔다.

챈들러는 또한 그의 이전에 형성된 탐정소설의 클리셰

를 거부한다. 즉 소설의 끝부분에서 탐정이 여기에서 무엇을 보고 연이어 무엇을 찾아냈는지, 저기에서 무엇을 조사했는지, 마지막으로 결국 누가 어떤 수법으로 범죄를 저지르고, 어떤 방법으로 감췄는지 같은 사건의 추리 과정을 경찰이나 피해자에게, 범인에게, 그리고 실제로는 덜 똑똑한 독자에게 자세하게 설명하기를 거부한다.

챈들러는 이런 일을 하지 않는다. 그는 말로에게 그렇게 자연스럽지 못하고, 잘난 척하는 분위기를 띨 수밖에 없는 방식으로 수수께끼를 풀게 하지 않는다. 그는 말로가 만나는 일들을 독자가 따라가다 마지막에 스스로 단서를 이어 추리 과정을 풀길 기대한다.

이는 어쩌면 다른 각도에서 이해할 수도 있다. 이런 글쓰기는 챈들러의 소설에서 사건을 어떻게 저지르고 숨겼는지 같은 경과가 그다지 중요하지 않음을 드러낸다. 말로가 사건을 조사하는 과정에 따라 우리가 각 고리를 찾아내지 못하더라도 상관없다. 끝에 가면 우리는 어째서 이 사건이 벌어졌는지 어떤 은원에서 범죄 행위가 일어나게 되었는지 분명히 알게 될 것이기 때문이다. 이것이야말로 챈들러가 진정으로 바라는 바다.

전해지는 일화 가운데 언급할 만한 것이 한 가지 있다. 할리우드의 감독이 챈들러의 소설을 영화화하려고 시나리오 작가를 찾아 각색하면서 챈들러에게 협조를 구했다. 시나리오 작업이 절반 정도 이르렀을 때 작가가 챈들러를 찾아와 난처해하며 물었다. "차 안에서 죽은 인물을 도대체 누가 죽인 건지 아무래도 알 수가 없습니다. 알려 주실 수 있을까요?"

챈들러가 딱 잘라 대답했다. "못합니다. 저도 확정하지 않았습니다."

단순한 세부 사항은 독자에게 넘겨 그 사람이 어떻게 죽었는지 정하도록 해도 된다. 전체 줄거리란 결국 일련의 범죄를 일으킨 은혜와 원한과 애정과 복수이고, 이 부분은 말로가 분명하게 밝힌다. 사실상 인간관계와 동기에 대한 통찰에 기대어서야 말로는 사건을 해결할 수 있었고, 말로와 그 배후에 있는 챈들러라 할지라도 반드시 범죄 과정의 모든 부분을 자세하게 알 수는 없었다.

하드맨끼드 보일된 수재게 께수내들에

하드보일드 맨에게 내재된 수수께끼들

챈들러는 말로를 주인공으로 하는 소설을 모두 일곱 권 썼고, 이 일곱 권은 하나같이 훌륭해서 읽어 볼 가치가 있다. 나 또한 다른 수많은 이와 마찬가지로 일곱 권 가운데 『기나긴 이별』을 편애한다.

무라카미 하루키는 『기나긴 이별』이 어째서 일곱 편의 작품 중 가장 도드라지는지 간단하고도 분명하게 설명한다. 소설에서 레녹스라는 인물이 생생하게 쓰였기 때문이다.

무라카미 하루키는 이렇게 말한다. "레녹스는 잘생기고 우아하며 상상할 수 없을 정도의 부를 지닌 데다 어두운 과거와 깊은 수수께끼를 품은 인물이다. 그는 사람의 마음을 움직이는 독특한 매력이 있지만 속에는 신비한 무언가를 숨기고 있다. 인격에 결함이 있으나 알 수 없는 엄격한 규율로 자기 자신을 유지한다. 밝은 세계와 어두운 세계, 약함과 강함이 그의 내면에서 도리 없이 결합해 있다. 말로는 이런 사람에게 이끌리고 결국 어지럽고 피비린내 나는 사건으로 끌려 들어간다. 이전의 말로 시리즈에서는 레녹스처럼 존재감 있는 인물을 찾을 수 없다."

좀 더 간단하고 직접적인 설명으로 바꿔 보자. 『기나긴 이별』은 챈들러가 아끼지 않고 내놓은 '원 플러스 원' 작품이다. 다른 말로 시리즈에서는 말로를 판다면 이 소설에서는 말로 외에도 말로만큼이나 멋진 레녹스를 얹어 준다. 레녹스의 출현은 말로를 더욱 빛나게 한다.

타이완의 많은 이가 애독하는 로런스 블록*은 '하드보일드 탐정'의 전통에서 다소 늦게 나타난 거장이다. 블록이 만든 가장 유명한 '알코올 중독 탐정' 매튜는 수시로 술에 취해 인사불성이 되고 거의 매일 자신의 알코올 중독 문제를 후회하고 반성한다. 소설에서 매튜는 실패를 거듭하며 다시 '익명의 알코올 중독자들' 모임에 나가지만 매번 말 한마디 하지 않는다.

매튜에게는 심각한 문제가 있고, 치명적인 약점이 있다. 이는 '하드보일드 탐정'의 공통점이다. 그들은 홈스처럼 필요한 모든 조건을 갖춘 채 수수께끼와 범죄를 마주하고 자신 있게 수수께끼를 풀어 범죄를 정복하지 않는다. 그들은 항상 그들 내부의 또 다른 수수께끼를 낀 채 외부의 범죄

* 로런스 블록(Lawrence Block)은 1938년에 태어난 미국 탐정추리소설의 대가이다. 에드거상과 셰이머스상을 각각 네 번 수상했으며, 일본 몰타의매상, 에드거앨런포 그랜드마스터상, 다이아몬드대거상 등 다수의 수상 경력이 있다. 블록의 작품은 주로 다섯 가지 시리즈로 개괄되는데 알코올중독자이자 무면허 사립 탐정 매튜 스커더 시리즈, 중년의 도둑 겸 중고서점 주인 버니 로덴바의 버글러 시리즈, 한국전쟁 중에 폭격을 당한 이후로 '잠들지 못하는' 이반 태너 시리즈, 자아인식이 건강한 칩 해리슨 시리즈, 임무 완성으로 만족하지 않는 킬러 켈러 시리즈다.(지은이)

와 수수께끼에 얽힌다. 내부의 수수께끼는 탐정 자신이다.

미국에서 '익명의 알코올 중독자들'은 대단히 성공한 모임이자 보편적인 모임으로 많은 알코올 중독자를 도왔다. 이런 모임에는 고정된 의식이 있다. 한 명씩 일어나 큰 소리로 "나는 알코올 중독자입니다"라고 말한다. 그런 다음 자신의 증상과 알코올 중독이 가져온 문제와 괴로운 경험을 성실하게 모든 이에게 말한다. 이 의식에는 금주에 성공하려면 먼저 자신에게 문제가 있다는 사실을 인정하고, 스스로 자신에게 붙였던 갖가지 핑계를 없애 알코올 중독이 부끄러운 일임을 진심으로 느껴야 정직하게 진실을 마주할 수 있다는 원리가 깔려 있다.

매튜는 물론 술을 끊고 싶어 한다. 그렇지 않다면 줄곧 '익명의 알코올 중독자들'에 나갈 필요도 없다. 하지만 모임에서 다른 사람처럼 자신의 알코올 중독 문제를 설명하지 못한다. 금주하고자 하는 그의 동기가 강렬하지 않아서가 아니다. 차라리 그가 '하드보일드 맨'이라 마음속에 금주를 바라는 동기보다 더욱 강렬한 가치관이 있고, 그것이 영광이든 치욕이든 자기 자신의 일을 떠벌릴 수도 없고 떠벌리기를 바라지도 않기 때문이라고 볼 수 있다. 영광이든 치욕이든 '하드보일드 맨'의 기본 자세는 '이건 아무것도 아냐'가 아니던가. 그런 그가 어떻게 자신의 알코올 중독 상황을 표현할 말을 찾을 수 있겠는가.

레이먼드 챈들러에 대해

레이먼드 손튼 챈들러Raymond Thornton Chandler는 1888년 미국 시카고에서 태어났다. 부모의 이혼으로 어머니를 따라 런던으로 이주하여 어린 시절을 영국에서 보냈고 1912년 미국으로 돌아와 로스앤젤레스에 정착했다. 1959년에 사망했다.

챈들러는 45세에 이르러서야 당시의 대중 잡지 『블랙마스크』에 정식으로 첫 번째 소설 「협박자는 총을 쏘지 않는다」를 발표하고, 6년 뒤인 1939년에 첫 장편 소설 『빅 슬립』을 출간했다. 챈들러와 대실 해밋의 글은 '펄프 픽션'으로 통칭되었지만 영국 고전 추리소설의 영향을 성공적으로 뒤집고 미국 본토 하드보일드파 소설의 전통을 열었다.

챈들러는 평생 일곱 편의 장편과 스무 편가량의 단편소설을 완성했다. 그중 탐정 필립 말로를 주인공으로 하는 시리즈는 필생의 대표작이다. 말로는 어려운 상황에 처해도 담담한 분위기와 성실성을 포기하지 않는 하드보일드 맨의 풍모를 유지해 독자에게 감동을 주며 하드보일드파 사립탐정의 모델이 되었다. 펄프 픽션으로 시작했지만, 챈들러의 작품은 엘리엇, 카뮈, 첸중수, 무라카미 하루키 등의 문학가의 사랑을 받았고 서구 문단에서는 '하드보일드 소설의 계관시인'이라는 별명을 얻었다. 챈들러의 모든 소설은 영화화되었고, 그 가운데 가장 유명한 영화는 험프리 보가트 주연의 『빅 슬립』(1946)이다.

레이먼드 챈들러의 '필립 말로 시리즈' 창작 연표

1939년, 빅 슬립 *The Big Sleep*

1940년, 안녕, 내 사랑 *Farewell, My Lovely*

1942년, 하이 윈도 *The High Window*

1943년, 호수의 여인 *The Lady in the Lake*

1949년, 리틀 시스터 *The Little Sister*

1953년, 기나긴 이별 *The Long Goodbye*

1958년, 플레이백 *Playback*

탐정추리의 곤경을 돌파하다

움베르토 에코

독자는 갖가지 세세한 역사 이야기가 끝없이 덮쳐 오는 『장미의 이름』을 읽으며 현기증을 느낀다. 그러나 인내심을 가지고 한 차례 완독하고 두 번째로 완독한 다음, 세 번째로 읽으면 그 세세한 역사 이야기가 더 이상 낯설거나 독서를 방해하지 않는다. 그리하여 이제 우리는 편안하게 사건과 추리 부분을 가려내 분명하게 확인할 수 있게 된다. 많은 지식과 정보에 묻혀 있기는 하지만 추리는 무척 엄격하고 모범적이면서, 기본적으로 단서를 수습하지 못하는 성긴 구석도 없고 나아가 어떤 논리나 경험의 빈틈도 전혀 없다.

탐[1]전[6]목[9]리[4] 발[5]상[11]의[7] 추[3]정[2] 현[10]병[8]

탐정추리 발전의 병목 현상

탐정추리소설의 성립에 코넌 도일 같은 창조적 작가의 존재도 물론 중요하지만, 독자와 독자의 적극적인 반응이 없었다면 아무리 좋은 작품이 있어도 하나의 흐름, 하나의 문학 전통을 이룰 수 없었을 것이다.

탐정추리소설이 영국에서 비롯한 것은 우연도 아니며 놀라운 일은 더더욱 아니다. 철학은 오랜 기간 유럽대륙파와 영미파로 나뉘어 왔는데 영미철학은 베이컨*으로 거슬러 올라가 중간에 로크**와 홉스*** 등을 거친다. 그들은 산만하게 흩어진 갖가지 현상에서 귀납법으로 각 현상과 변화를 아우를 규칙과 규율을 찾으려 한다. 영미철학은 실증 전통이 강해 현실의 자료를 비교하고 대조하여 진리를 추구하는 기본 수단으로 삼는다.

* 프랜시스 베이컨(Francis Bacon, 1561–1626)은 영국의 작가, 법학자이자 철학가로 고전경험론의 시조이다.(지은이)

** 존 로크(John Locke, 1632–1704)는 영국의 철학가이자 영국 경험주의의 대표 인물 가운데 한 사람이다. 그의 저작은 볼테르와 루소에게 큰 영향을 주었으며, 그의 이론은 미국의 「독립선언문」에 반영되었다. 계몽 시대에 가장 큰 영향력을 행사한 사상가이자 자유주의자로 불린다.(지은이)

*** 토머스 홉스(Thomas Hobbes, 1588–1679)는 영국의 정치철학가로 기계유물주의의 온전한 체계를 세우고 '자연상태'와 국가 기원설을 제시했다. 1651년에 출간한 『리바이어던』으로 이후 모든 서구 정치철학의 발전 기반을 닦았다.(지은이)

유럽대륙철학은 상대적으로 사변을 강조해 연역법을 쓰는 경향을 띤다. 한 가지 혹은 한 무리의 전제를 기점으로 삼아 일관된 논리를 순서에 따라 펼치며, 논리의 엄정을 추구하고 한 단계씩 추론하여 결론을 끌어낸다. 그들은 논리가 맞는지, 사변을 추론하는 과정에 구멍은 없는지에 관심을 두는 반면, 철학과 현실 사이에 일어날 법하거나 일어나야 하는 어떤 관계를 살피는 영미철학의 논리에는 상대적으로 신경 쓰지 않는다.

이는 거칠고 간략한 구분이다. 영미철학과 유럽대륙철학의 철학 사고가 어디에서 시작되는가를 보면 둘은 완전히 다르다. 유럽철학은 더 이상 앞으로 나아갈 수 없는 전제를 찾는 데에서 시작해, 철학 사상이 해결해야 할 문제와 나아갈 방향을 찾은 다음 추론 과정을 잡는다. 그와 비교해, 영미철학은 현실의 현상에서 시작하며 이를 조사하고 대비하여 같음과 다름을 탐색한다.

현실의 현상을 조사하고 대비해 진상을 밝히는 놀이라는 탐정추리소설의 핵심 정신이 영미철학의 운용에 맞기에 유럽대륙이 아닌 영국에서 탐정추리소설이 발전하기 시작했다는 말에는 일리가 있다.

그러나 이런 정신과 원리가 탐정추리소설에 자리하면서 도리어 발전에 장애와 벽이 생겼다.

우리가 영국에 갖고 있는 가장 보편적이고 강렬한 인상은 무엇일까? 여러 가지 가운데 영국인의 융통성을 꼽을 수 있겠다. 이 융통성은 영국인이 외곬으로 굴지 않는다는 데서 나타나는데, 특히 프랑스인이나 독일인과 비교해 보면 영국인에게는 고집스럽지 않으면서도 다소 처세에 능한 지혜가 있다. 프랑스인은 자신들의 형이상학 사변 방면에서 극도의 고집을 부리며, 독일인은 그들의 관료제 방면에서 고집스럽지만 영국인은 그러지 않는다. 그들은 서늘한 유머 감각을 가지고 있어서 자기 조롱에 대단히 능하다. 극단을 좋아하지 않고 신념이 어떻든 그 신념을 극단으로 혹은 유일한 것으로 밀어붙이지 않는다. 다른 이가 동의하지 않고 의심할 만한 부분을 신사적으로 남겨 둘 줄 안다.

16세기, 전 유럽이 종교개혁이라는 격렬한 충돌에 부딪혔다. 구교(천주교)와 신교는 서로 공격하며 물과 기름처럼 서로를 용납하지 못했다. 이는 신념의 충돌이었고, 타협할 수도 협조할 수도 없는 전면적인 충돌이었다. 신교도는 로마교회의 의식儀式, 태도, 권력 사용의 방식과 예수 그리스도에 대한 해석을 받아들일 수 없었다. 구교는 사람이 교회의 권위에서 벗어나 자기 스스로 성서를 읽고 신성한 계시를 받는다는 신교의 주장을 용납할 수 없었다.

유럽의 신구교 충돌에 해결의 기미가 보이지 않을 때,

영국은 겉으로 보면 흐름에 끌려 신교 국가로 바뀌고 로마 교황청과 다른 길을 걷는 듯 보였다. 그러나 영국과 로마교황청의 분열은 신앙 때문이 아니라, 교황이 영국 국왕 헨리 8세의 이혼을 허락하지 않자 화가 난 헨리8세가 먼저 로마 교황청에 결별을 고하면서 일어난 일이다.

헨리8세가 수립한 '영국국교'(성공회)는 교황청과 적대 관계이지만 교의와 의식을 로마천주교에서 거의 그대로 답습하다시피 해, 신교이지만 유럽대륙의 신교와 완전히 다르다. 교회 건축물의 형식 또한 천주교회의 기본 배치를 그대로 유지한 까닭에 일반적으로 작고 간단한 신교 건축물 경향과 다르다.

현실과 속세에 대한 고려가 신앙을 압도한다. 누군가는 신앙을 위해 세속의 생활을 부수었다면, 헨리 8세 통치하의 영국은 국왕의 속세 생활을 위해 망설임 없이 신앙을 부수고 바꿨다.

또렷한 예가 하나 더 있다. 제2차 세계대전이다. 1939년, 히틀러가 유럽에서 침략 전쟁을 일으켜 순식간에 프랑스를 포함한 각국을 석권했다. 히틀러의 유일한 실책은 바다 밖에 홀로 있는 영국이 항복하지 않을 줄 몰랐다는 점이다. 독일군이 플랑드르에 이르렀을 때 히틀러는 자신이 유럽을 손에 넣었다고 믿었다. 프랑스조차 항복했는데 영국이 항복하지 않을 이유가 없었다. 가장 현실적이고, 약빠르고, 어떤 신앙이나 원칙을 위해 열정적으로 희생하지 않을 나라가 바로 영국이라는 점을 누구나 잘 알고 있기 때문이다.

히틀러가 '베르사유 조약을 찢자'고 호소하고 적극적으로 독일군을 다시 세우는 동안 영국은 줄곧 일을 늘리느니 줄이는 편이 낫다는 태도로 별달리 간섭하지 않았고, 이런 '편의주의' 덕에 히틀러는 급속히 세력을 키울 수 있었다. 영국이 이러한 태도를 취한 이유는 히틀러가 정말 전쟁을 일으키리라고는 믿지 않았고, 히틀러가 주제도 모르고 자신이 전 유럽을 정복할 수 있다고 여기리라고는 더욱 믿지 않았기 때문이었다.

'뭘 그렇게 긴장해?', '그게 뭘 그렇게 놀랄 일이야?'와 같은 영국인의 전형적인 태도와 반응 뒤에는 '신사주의'가 있다. 신사가 다급하게 버스로 달려가는 모습을 본 적이 있는가? 달리 말할 수도 있겠다. 서둘러 버스를 타려고 달리는 사람을 신사라고 부를 수 있을까? 옆집에서 난 불이 자기 집까지 옮겨 붙는 걸 눈앞에서 보고도 신사는 살려 달라고 소리 지르지 않는다.

인류의 역사에서 중요한 전환점은 히틀러의 예상과 달리 영국인이 항복하지 않은 데다 처칠의 비통한 호소를 받아들여 독일과 끝까지 싸우고 히틀러의 바람을 부숴 버린

데서 일어났다.

오늘날 영국인은 처칠을 가장 '위대한 영국인' 목록의 상위 세 순위 안에 둔다. 신사주의를 지키는 사회를 흔들고 감동시켜 진지한 전시戰時 사회로 바꾸는 일이 얼마나 어려운지 그들 자신이 잘 알기 때문이다. 처칠이 아닌 다른 누군가가 해냈으리라고는 상상하기 어렵다.

심[9] 하[3] 실[2] 에[7] 지[4] 기[6] 의[8]
하[10] 진[1] 않[5] 다[11]

진실하지 않기에 의심하다

외곬으로 굴지 않고, 융통성을 지닌 냉정한 눈으로 가능과 불가능을 지켜보며, 때에 따라 지나치게 긴장한 사람이나 지나치게 진지한 사람을 놀릴 유머를 준비하는 모습, 그것이 영국인의 특징이다. 영국인은 재지才智와 위트를 중시하는데 솔직히 말하면 이건 스스로 도망갈 구석을 주는 교활한 재주다.

탐정추리소설은 귀납법 논리에서 순조롭게 변화를 이루었지만 이러한 영국 사회에서 발전을 지속하면서 본질적인 설득력 문제를 만나게 되었다. 어떤 사람이 어떤 상황에서 살인을 하게 되는가? 긴장하지 않고, 호들갑 떨지 않으며, 흥분하지 않는 데다 충동적이지 않은 영국인은 어떻게 봐도 사람을 기필코 사지로 몰겠다고 할 것 같지가 않다. 사람을 죽이고 싶어 할 정도의 강렬한 동기뿐 아니라 살인 행위를 계획하고 실행하고 숨기다가 탐정의 추리로 밝혀져야 할 필요도 있기 때문이다.

영국의 탐정소설은 신속하게 풍요로워졌지만, 탐정소설이 많이 나올수록 소설에서 나타난 사람의 심리 상태와 패턴은 영국 사회의 현실과 큰 차이를 보였다. 소설을 읽는 사람은 소설에서 수수께끼를 추리하고 푸는 즐거움을 얻을 수는 있어도 절실함과 친근함을 느끼기는 어려웠다. 허구의 상황에서 허구의 사람이 겪는 허구의 사건은 독자 자신의 생활과 아무 관계가 없는 이야기였다.

예컨대 애거사 크리스티*는 영국 탐정소설이 가진 추리의 재미를 남김없이 발휘했으나 동시에 영국 독자에게 가장 강렬하게 당황스러운 느낌을 안겼다. 애거사 크리스티가 섬세하고 정교하게 짜낸 추리 플롯은 절묘하다는 감탄을 일으키는 한편으로 마음속 어딘가에 끊임없이 의구심을 불러일으킨다. 얼마나 깊은 원한 혹은 막대한 이익이 있기에 범인은 이렇게 사람을 죽이는 걸까? 게다가 살인은 그렇다고 하더라도 왜 이렇게나 복잡하게 얽히고설킨 수단으로 사람을 죽여야 하는 걸까?

물어서는 안 된다고 생각하면서도 책을 읽으며 이렇게 묻게 된다. 세상사 어디에 이렇게 많은 우연이 겹쳐 이렇게 복잡한 살인 사건이 성공하고 결국 총명한 명탐정이 사건을 하나하나 밝혀 과정을 설명하는 일이 있단 말인가.

애거사 크리스티는 독특한 살인 상황 패턴을 만들어 냈

* 애거사 크리스티(Agatha Christie, 1890–1976)는 영국 탐정소설 작가이며, 메리 웨스트매콧(Mary Westmacott)이라는 필명도 있다. 역사상 최고의 베스트셀러 작가인 크리스티의 탐정소설 작품은 대부분 에르퀼 푸아로와 제인 마플을 중심으로 한다. 크리스티의 글쓰기 방식은 매번 새로워, 영국 탐정소설의 발전에 영감을 주었고 대단히 중요한 영향을 미쳤다.(지은이)

고 나중에 많은 이가 이를 모방했다. 예를 들어 보자. 교실에 교사를 포함해 여덟 사람이 있다. 갑자기 천지가 흔들리더니 지진으로 교실이 정전되어 칠흑처럼 어두워진다. 자기 손가락조차 보이지 않은 어둠 속에서 한 학생이 겨우 라이터를 찾아 불을 켜고, 사람들은 강단에 시체 한 구가 누워 있는 걸 발견하고 소스라치게 놀란다.

전기가 나가 엘리베이터도 움직이지 않는다. 지진 탓에 계단 쪽 문이 우그러져 계단으로 오갈 수도 없다. 그러므로 상황을 보면 범인은 이 봉쇄된 교실에 아직 살아 있는 일곱 사람 가운데 한 명일 수밖에 없다.

소설은 이 일곱 사람(가끔은 이미 죽은 여덟 번째 사람도 포함된다)을 한 명 한 명 검증해 범인을 찾아 나간다. 조사 과정에서 몇 사람이 더 죽을 가능성이 높고 심한 경우에는 모든 사람이 죽기도 한다.

처음에 이런 설정을 보면 재미있다 싶어 상황을 따라가면서 범인은 대체 누구인가 추리해 보기도 한다. 그러나 두 번째로 비슷한 상황을 보면 속으로 이런 생각을 하게 된다. 어떻게 이렇게 딱 맞게 지진, 눈사태, 폭풍이 닥쳐서 이런 밀실을 만들 수 있는 거지? 어떻게 이렇게 딱 맞게 깊은 원한을 가진 사람이나 엄청난 이익을 얻는 사람이 한 공간에 함께 있게 되는 거지? 어떻게 이렇게 살인이 쉬워서 순식간에 여기서 한 사람이, 저기서 한 사람이 죽을 수 있는 거지?

바꿔 말하면 이런 소설은 현실성이 너무 없다! 크리스티 자신도 소설을 쓰면서 한계를 느꼈다. 크리스티는 자신이 살면서 겪은 소중하고 중요한 경험을 이런 소설에 담을 수가 없어 메리 웨스트매콧이라는 필명으로 추리소설이 아닌 소설을 여섯 편 썼다. 메리 웨스트매콧의 소설에서만 크리스티의 진실하고 자전적인 내용을 찾을 수 있다.

소설과 현실의 차이가 큰 데다, 특히 현실의 영국 사회와 차이는 더욱 커서 어느 정도에 이르면 어쩔 수 없이 독서에 영향을 미치고 흥을 깨게 된다. 물론 추리소설이 '사실을 쓴다'라고 약속한 적은 없고, 우리도 추리소설에 쓰인 내용이 실제로 발생한 일이라고 여길 정도로 바보는 아니다. 그러나 그런 마음의 준비를 했다 하더라도 마음속에 파도처럼 밀려드는 의구심을 완전히 막을 수 없고 그 의구심이 정상적인 독서를 방해하는 걸 피할 수 없다.

보드로 일정탐맨은 으하드

탐정은 하드보일드 맨으로

탐정추리소설은 영국에서 미국으로 날아가 '하드보일드 맨'으로 바뀌었고, '하드보일드 탐정'의 등장은 이 장르의 행운이었다. 어째서 다른 곳이 아닌 미국에서 탐정추리소설의 변화가 완성되고 새로운 공간이 개척되었을까?

미국과 영국은 영어권 국가지만 무척 다르다. 영국에는 국교가 있으나 영국의 신사와 귀족은 국교를 중요하게 여기지 않고, 그저 의식에 맞게 예절을 지키며 종교와 표면적인 관계를 유지할 뿐이다. 반대로 미국은 아무리 세속화한 듯 보여도 뼛속 깊은 곳에 있는 청교도 전통이 미국인에게 내재된 신앙의 가치관을 줄곧 관할하고 있다.

미국의 전신, 그러니까 북아메리카 식민지는 영국을 떠나온 청교도가 바다를 건너 세운 것이다. 그들이 위험을 무릅쓰고 대서양을 건넌 이유는 영국 국교의 박해 때문이기도 하지만, 그보다 더 중요한 원인은 영국 국교의 체제를 견디지 못하고 더러워지지 않은 깨끗한 땅에서 살고자 한 그들의 열광적인 종교열이다.

청교도라는 이름은 세상의 모든 향유를 적대하는 그들

의 태도에서 왔다. 어떤 향락도 죄악이거나 죄악의 날인이다. 인간은 원죄를 가지고 태어났으므로 시간을 낭비하지 말고 열심히 속죄하여, 이 세상을 떠날 때 자신이 좋은 사람이고 청렴하다는 점을 증명해 하느님의 선택을 받고 천당에 들어갈 자격을 얻어야 한다.

청교도는 엄숙하고 마음속에 죄악감이 가득하다. 그들은 하느님을 가장 경외하는 사람이며, 비유나 상징이 아닌 일종의 진실이라는 관점으로 『성서』의 이야기를 읽는다. 아담과 하와가 원죄를 지음으로써 인간은 에덴 동산에서 쫓겨나고 모든 고통을 받게 되었다. 예수 그리스도가 죄 없이 수난을 받고서야 인간에게는 속죄의 길이 열렸다. 그러므로 인간은 언제든 경각심을 가지고 죄악의 유혹에 저항하고 죄를 씻고자 노력해야 한다. 그러면 세상을 떠난 후 천당에 들어갈 수 있게 될지도 모른다.

청교도는 인간의 현세 생활을 끊임없는 저항과 투쟁으로 상상한다. 인간의 내재된 자아에서는 빛과 어둠이 싸우고 있으므로 예수 그리스도에 대한 성실한 믿음으로 힘을 얻어 원죄로 인한 타락과 맞서 싸운다. 태어나 죽을 때까지 이 싸움은 멈추지 않으며 이렇게 해야만 사후의 영원한 휴식을 얻을 수 있다.

미국 청교도는 진정으로 죄악sin을 인정하며, 이 개념을 버리지 않는 사람이다. 현대 사회는 급속히 세속화하여 guilt(죄악감)와 sin(죄악)을 분리해 하느님이 관여하는 죄악sin을 잊어버리고 인간의 도덕과 법률상의 죄악감guilt만을 처리하게 되었는데 이 과정이 미국에서는 더디게 진행되어 완성되지 못했다. 안타깝게도 미국은 세계에서 가장 진보하고 발전이 빠른 나라이지만, 이 부분에서는 진보가 가장 더딘 사회다.

미국인은 범죄추리를 단순한 지능 게임으로 여기지 못하며, 각각의 범죄 행위를 원죄와 죄악감으로 연관 짓고 속죄 문제로 끌고 간다. 그들에게 범죄는 너무 엄중하고 엄숙해서 추리의 즐거움을 위해 이런 것들에서 벗어나 상상할 도리가 없는 것이다. 범죄는 그들이 가진 일련의 심리적 반응을 불러일으키고, 그들은 궁극의 존재가 가진 깊은 무게감을 무엇보다 진실하게 여긴다.

그리하여 미국 독자를 움직일 수 있는 탐정추리소설은 정신과 존재에 무게가 있어야 하며, 죄악감에 진실성이 있어야 했다. 이것이 바로 '하드보일드 맨'이 갖춘 근본 역할이다.

탐정소설은 영국에서 미국으로 건너가 새로운 생명을 얻었지만 동시에 발전의 지속이라는 면에서 또 다른 어려움에 빠지게 되었다.

코넌 도일은 경이로우면서도 우리가 그 실체를 만지고 알 수 있을 것 같은 홈스를 창조했다. 하지만 우리는 홈스의 이야기를 읽으면서 사건 조사 과정에 나오는 사람들이 우리와 어떤 구체적인 관련이 있다고 느끼지는 못한다. 홈스 시리즈는 미래에 과학이 이룰 성과에 대한 예언과도 같다. 만약 과학이 19세기 유럽인의 예상대로 발전한다면 어느 날 모든 은폐와 거짓말은 효과를 잃고 사람들은 과학 논리와 귀납추리로 모든 수수께끼를 해결할 수 있게 될 것이다.

홈스 이야기에는 19세기의 시공간이 펼쳐지지만 단서 수집이나 정밀한 추리는 시대를 넘어서는 것으로 그 시대에 실제로 존재하는 것이 아니다. 홈스와 사건들 사이의 관계가 아닌 영국 경찰청 경찰의 어리석은 조사 방식이야말로 진실에 가깝다. 사건을 마주한 경찰은 안개 속에 갇힌 듯 상황을 파악하지 못한다. 그들은 오로지 미래 과학의 선지자가 명민하고 초월적인 과학 능력으로 문제를 풀어 주기를 구걸하는 수밖에 없다. 이런 관점에서 보자면 홈스 이야기는 사실처럼 보이지만 본질적으로 현실적이지 않다.

이런 특성은 미국에 이르러 사라졌다. 말로는 그렇게 대단하지 않다. 어쩌면 말로가 대단해서 우리를 감동시키는 것은 아니라고 말할 수도 있겠다. 우리는 말로와 범죄 사건 사이에 벌어지는 '존재의 싸움'에 감동하고, 우리 자신을 그러한 존재에 연결시킬 수 있다. 챈들러의 소설을 읽으면서 우리는 쉽게 말로가 된다. 적어도 스스로 홈스라고 상상하기보다는 훨씬 쉽다.

이렇게 흐르고 흘러 특이하고 '현실적인 추리소설'이 나왔다. 추리소설이 현실 생활로 돌아오면 무슨 일이 일어날 수 있을까? 미켈란젤로 안토니오니의 『욕망』 같은 영화가 나오게 된다. 『욕망』의 예전 중국어 제목은 '춘광사설'이었는데 왕자웨이(왕가위) 감독의 『춘광사설』*이 나오면서 헷갈리게 되었다. 사실은 왕자웨이가 옛 서구 영화의 제목을 자기 영화에 가져다 붙인 것이다.

안토니오니의 『욕망』에서는 한 사진사가 자신이 찍은 사진에서 기이한 그림자를 본다. 그는 암실에서 그 이상한 그림자가 있는 부분을 확대하고, 어둡고 모호한 픽셀 사이에서 수풀 속 한 여성의 시체를 발견한다. 그는 현장에 돌아가지만 수풀에서는 아무것도 찾지 못한다. 그러면서 자신의

* 한국에서는 '해피투게더'라는 제목으로 번역되었다.

카메라에 찍힌 살인 사건을 파헤치는 데 집착하고 시체와 범인을 찾는 데 빠져든다.

이 이야기는 탐정소설 같은 전제를 보여 주며 '누가 했는가?'whodunit를 묻는 듯하다. 그러나 안토니오니 감독은 이 영화를 누구에게나 익숙한 탐정영화로 만들지 않고 새로운 장르를 구축했다. 영화의 결말에 이르러도 우리는 시체가 있었는지, 사건 정황에서 어디까지가 주인공의 상상인지, 어디까지가 확실하게 발생한 일인지 알 수 없다.

이것이야말로 진실이다. 눈앞에 수상한 일이 일어나고, 내가 조사를 결심하고, 이후에 확고한 답안을 알아낸다. 우리가 일상에서 실제로 겪는 경험의 구십 퍼센트는 이렇게 되기 어렵다. 그 구십 퍼센트는 사실 이렇다. 눈앞에 수상한 현상이 일어나고 나는 조사하기로 하지만 어디서부터 조사를 시작해야 할지 알 수 없고, 조사하더라도 어느 정도에 다다르면 모든 단서가 끊겨 조사해 나갈 수 없고, 계속 조사해 나가더라도 내가 조사하고 추측한 답이 옳은지 그른지 검증할 수 없다.

현실 세계는 모호하고 엉켜 있어서 시간이 지나면 어떤 일은 다시는 되돌릴 수 없다. 현실 세계의 어떤 수수께끼는 영원히 풀리지 않으며, 아니 대부분의 수수께끼는 풀리지 않으며 심지어 풀렸는지 아닌지조차 알 도리가 없다. 여기에는 해답이 뒷부분에 실린 참고서가 없어 확인할 수 없기 때문이다.

탐정추리소설의 진실이 어느 정도까지 이르면 수수께끼가 반드시 풀리리라는 믿음을 잃게 되고 수수께끼 풀이의 즐거움도 사라진다. 이토록 큰 수수께끼의 결론으로 이토록 현실적인 답안을 얻는 것이다. 수수께끼는 풀리지 않고, 확실한 진상은 찾을 수 없으며, 현장은 복원되지 않는다는 답. 그럴 때 우리가 낙담하지 않거나 불공평에 분노하지 않을 수 있을까?

20세기 중반을 지나 우리는 이런 식으로 변형된 탐정추리소설을 점점 더 많이 보게 되었다. 겉으로는 살인 사건이 일어났거나 수수께끼가 있어 보이지만 마지막에 이르러도 살인 사건은 해결되지 않고 수수께끼도 풀리지 않는다. 이런 소설의 좋은 점은 인생의 모호한 부분을 탐색해, 우리의 인생이 원래 이렇게 안개 속에 갇힌 것 같아서 언제나 안개를 걷고 태양을 볼 날을 기대하지만 영원히 이 짙은 안개 속에서 벗어나지 못한다는 사실을 일깨워 준다는 것이다.

반대로 나쁜 점은 탐정추리소설 작가와 독자 사이에 본래 있던 묵계를 부순다는 것이다. 하나의 문제, 하나의 수수께끼를 주고 끝에 가서 '아, 나는 여러분과, 모두와 같습니다. 이 문제, 이 수수께끼의 답이 뭔지 모릅니다'라고 말한

다. 그러면 어떤 독자는 이렇게 투덜거릴 수밖에 없다. '답도 모르면서 대체 왜 쓴 겁니까?'

한쪽에서는 추리를 이용한 형식으로 현실을 진지하게 다루고, 한쪽에서는 공식을 단순히 반복한다. 후자는 문제가 있으면 답이 있고, 수수께끼가 있으면 풀이가 있다는 공식을 지나치게 반복하면서 처음에 지녔던 신성한 창조성을 잃고 대량 생산되는 통속소설인 펄프픽션이 되었다.

움베르토 에코의 『장미의 이름』이 나타난 배경 가운데 하나는 추리소설이 이런 양극화의 곤경에 빠진 상태였다는 점도 있다. 아주 끝내주고 진지한 순문학 작품이 있어도 독자에게 추리와 수수께끼 풀이의 즐거움을 주지는 못했으며, 수수께끼 풀이를 하는 조악한 대량 생산 이류 소설은 독창성에 전혀 신경 쓰지 않았고, 독자에게 신선하면서도 진지한 독서의 감동을 주고자 하지도 않았다.

에코는 『파리 리뷰』의 인터뷰에서 재미있는 관점을 제시했다. 그는 한 나라의 문학 수준을 평가할 때 오로지 그 나라의 일류 작가가 무엇을 썼는가, 무엇을 이루었는가만을 볼 것이 아니라, 이류 작가도 보아야 한다고 말했다. 이탈리아에는 미국의 일류 작가와 어깨를 겨룰 만한 걸출한 작가가 몇 있지만 시선을 아래로 내려 이류 작가의 성적을 보면 미국 이류 작가와 큰 차이가 난다는 것이다. 이류 작가를 관찰하기에 가장 쉬운 영역은 탐정추리소설이고, 이탈리아에도 매년 수많은 추리소설이 출간되지만 대부분 번역본이라고 한다.

이탈리아를 포함한 유럽은 추리소설이라는 영역에서 영미권에 비해 많이 부족하다. 더구나 에코가 『장미의 이름』을 쓴 시기는 영미권의 탐정추리소설조차 창의력 결핍이라는 폭풍우에 휩쓸려 곤경에 처했을 때였다.

음[5]종[1]죽[4] 의[3]교[2]

종교의 죽음

몇 가지 물어보겠다. 첫 번째 문제. 유럽에는 타이완의 우방국이 몇이나 있는가?

답은 단 하나다. 바티칸이다. 여기서 한 걸음 더 나아가 보자. 바티칸의 주타이완 대사관이 어디에 있을까? 이곳을 얼마나 많은 사람이 알고, 또 얼마나 많은 사람이 가 봤을까?

두 번째 문제. 현임 교황은 누구인가? 로마를 갔고, 바티칸을 둘러본 적이 있는 사람도 답을 안다고는 할 수 없으리라! 현재 교황은 베네딕토 16세다.✖ 그럼 베네딕토 16세의 전임 교황은 누구일까? 요한 바오로 2세다. 요한 바오로 2세는 왜 쉽게 볼 수 있는 요한이나 바오로나 베네딕토가 아닌 '요한 바오로'라는 이름을 썼을까?

'요한 바오로 2세'는 '요한 바오로 1세'를 계승했다. 1978년에 선출된 새 교황은 자신에게 역사상 있어 본 적이 없는 이름을 붙였다. '요한'과 '바오로'라는 중요한 사도 두 명의 이름을 이어 '요한 바오로'라고 한 것이다. 그러나 '요한 바오로 1세'가 교황의 자리에 있던 시간은 33일이었고, 역사상 가장 단기간 재임한 교황은 아닐지라도 최소한 20

✖ 이 책이 나온 시기에는 지금의 교황 프란치스코가 아닌 베네딕토 16세가 교황이었다.

세기에는 가장 단기간 재임했다.

'요한 바오로 1세'에게는 또 다른 기록이 있다. 1978년 교황을 선출하는 추기경 투표에서 단 네 차례 투표로 결과가 나왔는데 이는 20세기에 가장 짧은 시간을 쓴 투표였다. 그러니까 '요한 바오로 1세'는 20세기 교황청 내부에서 높은 지지를 받은 교황이라고 할 수 있다. 겨우 33일 재임했지만 짧은 시간 동안 그에게는 '미소 교황'이라는 별명이 있었다. 어디에 가든 미소를 머금은 그는 사람들에게 친근하고 좋은 인상을 남겼다.

그런데 이 교황이 1978년에 갑자기 서거했다. 세상을 떠날 때 그는 겨우 예순다섯 살이었다. 막 교황직에 선출된 데다, 이렇게 중요한 자리는 선거 과정에서 후보인의 건강 상태를 반드시 고려한다. 추기경들이 어떻게 중병에 걸린 사람을 교황으로 뽑아 문제를 만들겠는가?

요한 바오로 1세가 세상을 떠났을 때 그는 침대에 앉아 있었고 안경도 낀 상태였다. 교황청의 발표에 따르면, 그는 서거할 때 혼자 방에 있었고 누구도 죽음을 목격하지 못했다. 아침이 되어 시중을 드는 사람이 그의 시체를 발견했지만 교황청은 시간을 끌다가 저녁 여덟 시에야 교황의 사망 소식을 대외에 공개했다.

세심한 사람이라면 교황청의 발표에서 중요한 정보 하

나가 빠졌다는 사실을 알아챘을 것이다. 교황청 검시관의 정식 보고 말이다. 검시관이 언제 검시를 했는지에 대해서도 기자들은 취재 과정에서 각각 다른 말을 들었다. 나중에야 사람들은 오후 다섯 시라는 사실을 알 수 있었다.

교황청에서 발표한 사실로 보면, 교황의 시체를 가장 먼저 발견한 사람은 교황 곁을 지키는 남성 집사였다. 그러나 곧 집사의 친구가 나타나 이 집사는 시체를 발견한 사람이 아니라고 조심스럽게 부인했다. 매체의 질문에 교황청에서는 시체를 처음으로 발견한 사람이 다른 사람이라고 말했다. 그러면 그 사람은 누구인가? 교황청에서는 미적거리기만 하고 공표를 하지 않았다.

이런 과정을 보면 어떤 느낌이 드는가? 당시 수많은 사람이 '미소 교황'이 '살해된 교황'이 되었다고, 20세기에 중세의 교황청 내부 암투에 따른 교황 살해라는 연극을 보는 듯하다고 느꼈다.

이 일은 당시 세상을 뒤흔든 소식이었고, 교황청에서 입을 꾹 다문 채 비밀을 지키고 매체의 보도를 거부하며 어떤 정보도 제공하지 않은 까닭에 더욱 세상을 흔들며 격렬한 토론을 불러일으켰다. 다음 해인 1979년, 교황의 죽음을 추적하고 보도한 베스트셀러는 영어권 출판 시장에서만 최소 네 권은 되었다. 그중 한 권은 소설이었지만 인물 투영이 너무 분명하고 뚜렷해 누가 누군지 알아내기가 지나치게 쉬웠다.

재미있는 사실은 이 네 권에서 내놓은 범인이 서로 완전히 다르다는 점이다. 첫 번째 책은 교황 요한 바오로 1세가 교황청 내부의 보수파에게 살해당했다고 주장했다. 교황이 교회의 산아제한 반대를 뒤집고 신도에게 제한적인 임신 중절을 허락하고자 한다는 사실을 보수파가 알고 손을 썼다는 것이다. 두 번째 책은 교황이 교황청의 자유파에게 살해되었다고 말했다. 요한 바오로 1세는 선거 중에 자유파의 지지를 받았지만, 교황이 된 후 자유파가 교회를 좌지우지하는 상황에 불만을 품고 자유파를 억제할 계획을 세웠다가 정보가 새어 나가는 바람에 먼저 손을 쓴 자유파에게 살해됐다는 것이다.

세 번째 책은 두 번째 책과 마찬가지로 요한 바오로 1세를 죽이려 손을 쓴 것이 교회 내의 자유파 세력이라고 봤지만, 그 앞에 중요한 보충을 했다. 자유파가 대담하게 교황을 죽이려고 움직이고 전문적인 살해 방법을 쓸 수 있었던 이유는 그들의 뒤에 소련 국가보안위원회KGB의 힘이 있었기 때문이었다. 소련 국가보안위원회는 교황청에 잠입해 자유당과 교황의 다툼을 키우고 간접적으로 교황의 죽음을 일으켜 교황청을 새롭게 만들었다.

네 번째 책은 앞에서 언급한 인물 투영이 강한 소설로 교황청의 은행에서 시작된다. 교황청은 전 세계에 방대한 자산을 두고 있고 주권 국가와 동등한 지위를 가지고 있으므로 당연히 전용 은행도 있다. 요한 바오로 1세가 취임하기 전 교황청 은행에 이천오백만 달러가 비는 중대한 사건이 발생한다. 은행의 관리 담당자는 미국에서 온 추기경이다. 소설은 이 사이에서 일어난 사건들의 맥락을 자세하게 펼치면서, 교황이 거대 자본주의의 부패와 탐욕의 희생양이라고 주장한다.

몇 년이나 지난 후에도 네 권의 베스트셀러가 내놓은 서로 다른 이론을 내가 기억하는 걸 보면 당시 이 사건과 이후의 일이 얼마나 세상을 시끄럽게 했는지 증명될 것이다. 이탈리아 사람이라면 이 사건을 모를 수가 없을 것이다. 에코는 이탈리아 사람이고, 기호학과 중세사를 연구하는 걸출한 학자지만 1978년에 탐정추리소설을 쓰기 시작했다.

당연히 '살해된 교황'에 자극과 영향을 받았을 것이다. 에코의 출판계 친구는 '아마추어 탐정소설' 시리즈를 출판해 이탈리아 독자에게 불붙은 추리 호기심을 만족시켜 줄 계획이었다. '아마추어'는 소설의 탐정이 아마추어라는 뜻이 아니라 소설을 쓴 저자가 아마추어라는 뜻이다. 그 첫 번째 이유는 에코가 말했듯 이탈리아에 거론할 만한 탐정소설 전문 작가가 애초에 없기 때문이고, 두 번째 이유는 당시 탐정소설계에 닥친 곤경을 반영한다. 직업 소설가가 쓴 소설은 천편일률적인 공식의 산물이라 독자의 요구를 만족시킬 수 없었으므로 탐정소설을 쓴 적이 없는 작가에게서 새로운 활력을 찾고자 했던 것이다.

작가가 아마추어였기 때문에 이 총서의 설정은 작고 얇은 소설로, 아마추어 작가가 쉽게 시도해 볼 수 있거나 적어도 너무 어렵지 않은 정도였다.

그들이 에코를 찾아간 이유는 그가 평소에 탐정소설을 즐겨 읽어 자기 나름의 생각과 의견이 있다는 사실을 알았기 때문이다. 그러나 사람들의 제안을 들은 에코의 첫 반응은 이랬다. 작고 얇은 탐정소설 같은 걸 어디다 쓰게? 탐정소설을 쓰려면 오백 쪽은 써야지, 작고 얇은 양에 탐정추리 이야기를 어떻게 담아?

에코의 말에 출판계 친구는 재미있는 연극을 보는 듯한 기분으로 에코를 부추겼다. 그럼 어디 한번 오백 쪽짜리 탐정추리소설을 써 봐! 그리하여 '살해된 교황' 분위기에 고무된 에코는 정말로 썼고, 정말로 오백 쪽을 썼고, 아니 오백 쪽으로도 다 담지 못한 대작을 썼다.

스[6]례[2] 트[7]는[4] 러[9]없[3]셀[8]베[5]유[1]

유례 없는 베스트셀러

『장미의 이름』을 쓰기 전에 에코는 서구 학계와 문화계에 약간 이름 있는 기호학자이자 중세사가였다. 이 두 가지 신분은 긴밀하게 연관되어 있다. 현대 기호학은 기독교 신학의 성상학聖像學, iconography에서 연원한 부분이 있다.

기독교 문화에는 수많은 성상聖像, icons이 있는데 그중 가장 중요하고 보편적인 것이 십자가 위의 예수와 성모상이라는 사실은 우리도 안다. 그러나 유럽의 오래된 도시의 옛 교회를 한 바퀴 돌다 보면 다양한 그림과 장식 문양, 각종 형태의 기물이 깊은 인상을 주어 절로 발을 멈추게 한다. 이 모두가 넓은 의미의 '성상'이며, 각각 대표하는 의미가 있다. 바꿔 말하면 모두 의미를 지닌 기호다. '성상학'은 성상에 담긴 상징 의미, 역사와 변화, 상징과 상징 사이의 연관성을 연구하는 학문이다.

가장 쉽게 볼 수 있는 성모상조차 '성상학'에서는 세세한 상징으로 가득 차 있다. 성모가 어떤 옷을 입었는지에 따라 상징 의미가 다르고, 심지어 성모 얼굴의 방향에 따라 해석이 나뉜다. 왼쪽을 향할 때는 성모의 자애를 강조하고, 오른쪽을 향할 때는 성모가 처녀로서 아이를 낳고 아들의 희생을 목도하고 받아들이는 결연한 정신을 드러낸다고 하는 식이다. 서구 중세사의 핵심은 기독교이며, 복잡하고도 다양한 성상학은 기독교에서 핵심 위치를 차지하고 있기도 하다. 따라서 서구 중세사를 연구하는 사람은 기호학과 관련하게 된다는 말이 이치에 맞겠다.

에코는 이런 학문 기초를 가지고 자신의 탐정추리소설을 14세기인 1320년대로 설정했다. 이 시기는 기독교회 역사상 '대분열'의 재난이 일어났던 시기다. 로마와 아비뇽에 각각 교황이 나타나 서로 싸우는 기괴한 상황이 아직 끝나지 않은 시대였다.

소설의 시작 부분은 역사 배경을 교대로 보여 준다. 연로한 서술자가 어릴 때 일어났던 일을 회고하면서 당시 교회와 유럽이 어떤 상황이었는지 독자에게 말한다. 교황이 한 명일 때도, 두 명일 때도 있었다. 때로는 이탈리아의, 때로는 프랑스의 야심가가 로마의 교황을 끼고 움직이기도 하고, 신성로마제국의 황제 혹은 제후가 아비뇽에 또 다른 교황청을 세우고 새 교황을 옹립해 양측이 서로 싸우기도 한다.

이러한 배경 덕분에 에코는 자신의 풍부한 중세사 지식을 소설 속에 한껏 써먹을 수 있었다. 1980년, 『장미의 이름』은 이탈리아에서 출간되자마자 사회의 주목을 받았고 짧은 시간에 백만 부를 팔아 치웠다. 놀라운 판매량은 각국 출판사의 관심을 끌었고, 서로 다른 번역본이 뒤이어 출간되었다. 1983년, 영어 번역본이 미국과 영국에서 동시에 출간되었고, 즉시 각지에서 베스트셀러 1위에 올랐다.

장르소설과 통속소설의 기준으로 보더라도 『장미의 이름』은 흔히 볼 수 없는 '폭발적인 베스트셀러'였다. 1980년대가 끝나기 전에 영어 번역본만으로도 몇백만 부를 팔았다. 더 놀라운 기록은 『뉴욕 타임스』에 베스트셀러 순위가 생긴 이래로 『장미의 이름』이 그때까지 1위를 차지했던 모든 책 가운데서 라틴어가 가장 많이 나온 책이라는 점이다.

영어 번역본에는 정말로 수많은 라틴어 문구가 번역되지 않은 채 남아 있다. 그 문단들은 딱 보면 라틴어라는 것을 알 수 있는데, 재미있는 점은 에코의 교묘한 선택을 거친 덕분에 라틴어를 배우지 않은 사람도 문구 속 영어나 프랑스어와 비슷한 단어로 그 뜻을 짐작할 수 있다는 것이다.

하지만 그렇게나 많은 라틴어 문구가 들어 있는 책이 어떻게 베스트셀러가 되고, 나아가 '폭발적인 베스트셀러'가 되어 숀 코너리 주연의 영화로도 만들어져 꽤 좋은 성적을 거둘 수 있었을까? 그뿐 아니라 이 책은 육백 쪽에 달해 번역에도 꽤 시간이 걸리는 책인 데다, 안에는 라틴어 외에도 교회사와 기독교 신학 관련 논의가 담겨 있다. 무엇보다 가장 나쁜 점은 소설이 처음부터 끝까지 수도원에서 이뤄진다는 사실인데, 그 말은 즉, 이 책이 여자 주인공이 없는 소설이라는 말이다!

주[12]어[7]지[8] 고[5]서[10] 않[4]이[6]끊[1]는[9] 이[2]지[3]사[11]체[13]

끊이지 않고 이어지는 서사 주체

소설에서 두 번째 시체가 발견되어 분위기가 긴장된 사이 주인공 윌리엄은 수도원의 늙은 수도사와 '웃음'에 관한 긴 토론을 한다. 토론의 핵심은 어떤 이야기가 우스운가가 아니라 '웃음으로 교리를 널리 알려도 되는가'이다. 수도원에서 가장 엄숙하고 엄혹하기까지 한 노수도사는 웃음이 가진 긍정적인 작용에 절대적으로 동의하지 않고, 심지어 예수 그리스도는 웃지 않았고 웃은 적이 전혀 없다고 고집한다.

윌리엄이 경전을 인용해 동물은 웃지 못하고 오로지 인간만이 웃을 줄 아니 웃음에 특별한 효용이 있음이 분명하지 않느냐고 말하자, 노수도사는 동물은 말하지 못하고 오로지 인간만이 말할 줄 알지만 인간이 하는 말이 모두 좋은 말은 아니라고 즉시 반박한다.

두 사람은 뒤이어 아리스토텔레스의 「희극론」에 대해 이야기한다. 아리스토텔레스의 「비극론」은 다들 학교 다니면서 읽은 적이 있을 것이다. 그러나 「희극론」은 이름만 남아 있을 뿐 내용은 전해지지 않는다. 노수도사는 이 작품이 신이 '희극'을 싫어한다는 증명이라고 보고 웃음, 우스개, 희극 모두가 억압되어야 한다고 주장한다.

이 박학하면서도 정련된 대화가 끝나고 몇 쪽 정도 넘기면 윌리엄은 서술자와 함께 수도원장을 만난다. 원장은 그들에게 수도원에 소장된 각종 귀중품과 예술품을 보여 주면서 수도원의 엄청난 부를 자랑하는 동시에, 복잡한 신학 논증을 인용하며 이 귀중품과 예술품에는 신에게 받은 사명을 완성하고 영혼을 구원하는 종교상의 의미가 있다고 설명한다. 사람은 극도로 세련되고 정밀한 사물에서 신의 신비와 오묘함을 인지하고 어떤 의심 없이 신 앞에 복종하게 된다는 것이다. 이 말은 또 한 편의 기나긴 설교로, 듣는 사람을 현혹하는 궤변이기도 하다. 그 뒤에는 교묘하게 수도원의 부를 합리화하려는 음습하면서도 거대한 거짓말이 숨어 있다.

이 부분들은 소설의 주제에서 벗어난 현학적인 이야기가 아니다. 이렇게 끝없이 이어지는 말들을 통해 에코는 배경이 되는 역사를 분명하고 착실하게 설명하고, 다른 한편으로 신비한 살인 사건의 동기를 서술한다.

소설은 우리에게 성 프란치스코 수도회의 수도사 윌리엄이 성 베네딕토 수도회에 속한 수도원에 간다고 말한다. 이 설정은 소설의 시작부터 충돌과 긴장이라는 조건을 만들어 낸다. 성 베네딕토 수도회는 '클뤼니 개혁' 이후 수도원 규율을 명확히 세운 조직이다. 수도원에서 지내는 수사의 생활, 예컨대 몇 시에 일어나 몇 시에 성서를 읽고, 몇 시에 노동을 하고, 묵상을 하는지에 대한 상세하고도 엄격한 규정이 있다. 그리하여 성 베네딕토 수도회는 유럽 각지에 방대한 수도원 체계를 형성했다.

성 프란치스코 수도회는 성 프란치스코를 계승하며, 이 수도회의 가장 중요한 정신은 세속의 모든 재산을 가볍게 여기는 것이었다. 성 프란치스코는 평생 베풀며 전도했고 일생의 거의 대부분 동안 회색 수도복 한 벌 외에는 다른 물건이 없었으며, 그가 보인 생활상의 모범이 당시 기독교회를 놀라게 하면서 성인의 자리에 올랐다. 이러한 연원으로 봤을 때 성 프란치스코 수도회가 성 베네딕토 수도회처럼 그렇게 많은 수도원을 세우고 운영할 리 없음은 분명하다. 성 프란치스코 수도회의 수도사는 윌리엄처럼 사방을 떠도는 생활을 했다.

성 프란치스코 수도회의 수도사 한 명이 웅장한 건물, 수도원 소유의 장원莊園, 안정된 식량 공급과 전속 공인, 하인이 있는 대규모의 성 베네딕토 수도원에 갔다. 수도원장이 윌리엄에게 하는 길고 긴 설교는 이런 내재된 긴장의 충돌에서 비롯된다. 그는 윌리엄에게 재부의 정당성을 역설하며 윌리엄이 속한 성 프란치스코 수도회의 신념에 은근히 도전하고, 그들이 세속의 아름다운 사물을 거부하는 태도를 물으며, 그들이 인식하고 경험하는 신의 가장 정밀하고 신묘한 뜻과 권위를 교란한다.

더욱 중요한 것은 수도원이 보유한 재산 가운데 가장 특별하고 진귀하며 유명한 것이 책, 커다란 장서관에 보관된 신화와도 같은 풍부한 장서라는 사실이다. 그들은 이 책들을 소장함으로써 스스로 기독교의 지식과 진리를 소유하고 있다고 여긴다.

여기에서 소설 배경 속의 또 다른 대비가 나타난다. 성 프란치스코 수도회의 윌리엄은 14세기의 진보적 인물이다. 그는 윌리엄 오컴, 로저 베이컨 등을 통해 새로 발전하는 논리 사고를 읽고 받아들이며, 여기에 세상을 합리적으로 바라보는 남다른 방식이 있다고 생각한다. 그는 신을 인식할 수 있다고 믿으며, 이 세상에 숨은 각종 원리와 원칙을 파악하고, 세상의 오묘한 비밀을 발견하고 드러내는 것이 신을 빛내는 가장 좋은 길이라고 믿는다.

소설이 시작되고 얼마 지나지 않아 우리는 윌리엄이 안경을 쓴다는 사실을 알게 된다. 14세기에 안경은 대단히 신기한 물건이었다. 안경은 윌리엄에게 세상을 바꾸는 거대한 힘을 가져올 수 있는 자연 원리(광학 원리의 기초)를 느끼고 이해하게 해 준다. 달리 말하면, 그는 신이 창조한 세계를 보이는 대로 받아들여야 한다거나 받아들일 수밖에 없다고 여기지 않고, 신이 자연 현상 속에 숨긴 오묘한 신비를 찾아낼 수 있고 찾아내야 한다고 생각한다.

성 베네딕토 수도원은 높이 솟은 장서관을 정신적 상징으로 삼는다. 그곳은 우리가 오늘날 알고 있는 도서관, 도서를 소장하고 대중이 사용하도록 제공하는 도서관이 아니다. 엄격하게 관리되는 신비의 도서관이다. 수도사는 함부로 도서관에 들어갈 수 없고, 도서관의 어떤 책을 읽을지도 결정할 수 없으며, 도서관에 무슨 책이 있는지조차 알 수 없다. 오로지 도서관장만이 어떤 책이 어디에 있는지 알고, 누가 어떤 책을 읽을지 결정할 권리가 있다.

도서관은 악령이 지키는 듯 금지된 곳이다. 허락을 얻지 못한 채 도서관으로 들어갔다가는 책은 둘째 치고 나오는 길도 찾지 못할지 모른다.

왜 이런 도서관이 있는 걸까? 도서관이 이런 방식으로 존재하는 이유는 윌리엄의 믿음과 반대된다. 그들은 책 속에 이 세계에 대한 모든 진리가 숨어 있다고 믿는다. 사람은 책을 통해 신의 진리를 파악할 수 있다. 그들은 책에서 말하는 것은 믿지만 사람에게 책의 지식과 진리를 평가할 능력과 자격이 있음은 믿지 않는다. 그들은 책에서 말하는 것,

책에 기록된 것이 스스로 보고 듣고 느끼고 아는 현실의 현상보다 훨씬 뛰어나다고 믿는다.

한쪽에는 지식이 세계에 대한 조사, 연구, 탐색, 귀납에서 온다고 보는 윌리엄이 있다. 다른 한쪽에는 도서관으로 대표되는 수도원 정신이 있다. 그들은 지식이 신에게서 오고, 책 속에 보존되어 있다고 본다. 인간은 피동적으로 지식을 받아들일 수밖에 없으며, 옳은 지식을 받아들이거나 옳은 방식으로 지식을 받아들이면 천국에 올라 구원을 받을 수 있다. 뒤집어 보면, 잘못된 지식이나 잘못된 방식으로 지식을 받아들이면 인간의 영혼은 타락한다. 그러므로 그들은 지식이 반드시 엄중하게 관리되어야 하고 쉽게 개방되어서는 안 된다고 믿는다.

인생에 대한 기본 태도나 세계관, 신을 이해하는 방면에서 윌리엄과 성 베네딕토 수도원은 무척 다르다.

윌리엄은 일찍이 이단심판관을 지낸 적이 있다. 역사상 악명이 자자한 자리로, 이단 발견과 조사를 담당하며 그에 준하는 처벌을 내린다. 이단재판관이 이단이라고 인정한 사람은 보통 산 채로 불에 타 죽는다.

이단을 처벌하는 수단뿐 아니라 이단을 조사하는 방법도 몹시 잔혹했다. 이단은 머릿속에 '잘못된 사상'을 가진 사람을 가리킨다. 그런데 한 사람의 머릿속에 문제가 있는지 없는지 어떻게 알 수 있을까? 가장 간단하고도 야만적인 방식은 혐의자를 잡아다 혹형을 가해 혐의자가 견디지 못하고 '잘못된 사상'을 가졌다고 자백하게 하는 것이다.

그러나 이것은 사실 이단재판관 업무의 본질이 아니며, 모든 이단재판관이 야만적인 방식으로 이단을 조사했던 것도 아니다. 좋은 이단재판관에게는 드러난 여러 현상으로 어떤 사람이 마음속에 감춘 생각을 판단하고, 속임수와 거짓말을 간파하며, 진실을 파헤치는 신념이 필요하다.

윌리엄의 세계관과 지식에 대한 태도는 조사에서 추적과 체포까지 이르는 이 업무에 적합한 한편으로, 그가 이단을 대하고 심판할 때 딱딱하고 꽉 막힌 입장을 취할 수 없게 했다.

그는 앞의 조건 때문에 이단 조사와 심판이라는 일을 했고, 뒤의 조건 때문에 일을 그만두었다.

윌리엄은 마침 수도원에 기이한 살인 사건이 일어났을 때 그곳에 닿았고, 그의 이단재판관으로서의 명성에 기대 수도원장은 그에게 협조를 청하기로 결정한다. 이것이 바로 에코가 추리소설에 설정한 역사 상황이다.

열[5]성[3]학[2]에[4] 현[1]팬[11]는[8]추[9] 하[7]리[10]광[6]

현학성에 열광하는 추리 팬

에코는 과시하기를 좋아하는 사람이다. 그의 머릿속에는 확실히 과시할 만한 재료가 들어 있다. 에코는 우리가 책을 읽는 동안 그의 박학을 알아주길 바란다. 심지어 대부분의 독자는 책을 다 읽을 필요도 없이, 오십 쪽에 이르기 전에 에코에게 두 손 들고 항복을 선언하게 된다. '그래요. 당신 정말 박학합니다. 진짜 대단해요. 우리의 상상을 훨씬 뛰어넘는다고요.' 우리는 책을 읽는 내내 에코가 '이거 압니까? 이거 모르지요?' 하고 말하는 걸 분명하게 느낀다. 그래도 그저 하릴없이 마음속으로 인정할 수밖에 없다. '난 이것도 몰라. 저것도 모르는군. 맙소사, 난 어떻게 이렇게 모르는 게 많지?'

이러한 박학이 중세 역사의 세세한 요소를 쌓아 우리의 눈을 어지럽히는 드러난 과시라면, 숨은 과시도 있다. 그는 드러내지 않은 채 추리소설 전통의 '상호 텍스트'inter-textual를 암시하는 내용을 엮었다. 드러난 과시는 그가 성실한 중세 사학자라는 점을 알려 준다. 숨은 과시는, 잊지 마시라, 그가 열정적인 미스터리 팬이라는 사실이다.

『장미의 이름』 소설 전편에는 홈스와 왓슨의 원형이 정성껏 답습되어 있다. 에코는 윌리엄과 서술자를 통해 홈스와 왓슨의 관계를 더욱 분명하게 한다. 왓슨은 홈스를 따르는 제자로, 스승이 어떻게 하는지 곁에서 관찰하며 그 과정에서 항상 실수를 하고 스승이 대체 무엇을 하는지 알지 못한다.

왓슨의 또 다른 역할은 홈스가 그를 통해 자신의 능력을 뽐내고 과시할 수 있게 한다는 것이다. 만약 글에서 "이건 뭔가?", "이게 어떻게 된 일인가?" 같은 왓슨의 의혹과 얼떨떨한 질문을 빼 버리거나, 왓슨이 자기도 다 아는 것처럼 "이 일은 이러이러하게 된 것이 틀림없네" 하고 말하는 부분을 없앤다면 우리의 즐거움은 꽤 많이 줄어들 것이다. 그럴 경우 우리는 홈스가 "그건 아주 간단하다네" 혹은 "물론 그렇지 않다네"라고 담백하고 가볍게 말하는 모습이나 그 대화에서 보이는 왓슨과 홈스 사이의 커다란 격차, 그러니까 우리와 홈스 사이의 커다란 격차를 볼 수 없게 될 것이다.

왓슨의 "그걸 어떻게 알았나?"나 "말도 안 돼" 같은 감탄과 숭배의 말이 빠져도 마찬가지로 즐거움이 퍽 줄어들 것이다.

에코는 『장미의 이름』에서 이런 효과가 제대로 발휘되

도록 했다. 서술자는 만년에 이 일을 회고하고 기록할 때 이미 충분한 경험과 세월을 겪은 덕에 스승 윌리엄에게 과시를 좋아하는 결점이 있음을, 그런 지식과 추리에 대한 허영이 윌리엄의 최대 결점임을 알았다.

스승과 제자 두 사람이 막 수도원에 이르러 미처 수도원의 입구에 도착하지도 않았는데, 윌리엄은 길에서 만난 사람에게 뜬금없이 산길 끄트머리 낭떠러지 쪽에서 수도원장이 가장 아끼는 말 브루넬로를 찾을 수 있을 거라고 말한다.

상대는 당연히 펄쩍 뛸 정도로 놀라 묻는다. 우리가 말을 찾는다는 걸 어떻게 알았지요? 그 말의 이름이 브루넬로라는 건 어떻게 알았나요? 여러 사람이 나서도 찾지 못했는데 어디에서 그 말을 본 건가요?

사실 윌리엄은 그런 식으로 말을 할 필요가 전혀 없었다. 예의를 갖추고 처음부터 차근차근 시작해도 되었다. 여러분이 이렇게 당황하는 이유는 말을 찾기 때문인가요? 말 한 마리에 열몇 사람이나 나서다니 무척 중요한 말인가 보군요. 제가 방금 말발굽 자국을 봤는데 말은 저쪽 방향으로 갔습니다. 지형을 보면 그 길의 끝에는 낭떠러지가 있을 테니 말이 다른 데로 갔을 리 없겠지요. 낭떠러지 근처에 있을 겁니다. 길가에서 본 말의 털을 보고 그런 말은 브루넬로라는 이름을 붙일 가능성이 가장 높겠다고 추측했습니다.

윌리엄은 이렇게 순서대로 말하지 않는다. 그렇게 말하면 사람들을 놀래는 극적 효과를 잃을 테고, 자신의 추리 능력을 과시할 기회를 놓칠 테니까. 실제로 홈스도 순서대로 말하지 않는다.

탐정의 과시는 탐정추리소설 내부에 장착된 필요 기능이다. 과시하지 않으면 명탐정의 추리가 가져오는 읽기의 효과가 줄어든다. 에코는 이런 방식으로 코넌 도일의 고전에 존경을 표하는 동시에 자신의 과시 스타일을 교묘하게 합리화한다.

포스트모더니즘의 전언

에코가 『장미의 이름』을 쓸 무렵 기호학은 서구 학계에서 영향력을 확장하고 있었으며, 기호학과 밀접하게 호응한 '포스트모더니즘'의 흐름도 나타났다. 기호학과 포스트모더니즘의 가장 중요한 연결점은 기표와 기의의 경계를 새롭게 정의하여, 기표와 기의를 우연하고 인위적이며 사회적으로 약속된 관계로 환원하는 데 있다.

우리가 '개'라고 말하는 동물과 '개'라는 이름 사이에는 본질적이고 필연적인 관계가 없다. 다른 사회에서는 '개'라는 동물에 다른 이름을 붙이며, 우리도 '개'를 다른 이름으로 바꿔 부를 수 있다. 우리의 생활은 기표와 기의 사이에서 비롯된 수많은 오해로 가득하다. 우리는 기표를 기의로 오해하고 이름을 본질이라고 여긴다.

포스트모더니즘에는 이런 오해를 운용하고 드러내는 부분이 있다. 형식과 내용을 나누고 우리에게 형식에 속지 말라고 알려 주다가도 어떨 때는 우리가 어떻게 형식이 오도한 함정으로 빠지는지 작정하고 비웃기도 한다.

『장미의 이름』에서 에코는 참지 못하고 당시에는 신선하다고 할 수 있지만 나중에는 대단히 보편화된 포스트모더니즘 수법을 사용한다. 이 책의 「서문」을 쓴 작가는 현대인(우리는 당연히 저자 에코라고 추측한다)의 말투로 어떻게 1968년에 오래된 수고手稿를 찾았는지 말한다. 그러나 당시 그의 연인이 원고를 가져가 버렸고 그는 어쩔 수 없이 다른 통로를 통해 원고의 내용을 손에 넣는다.

이 「서문」은 대단히 꼼꼼하게 쓰여서 진짜처럼 느껴지며, 이어지는 14세기 이야기와 현재의 작가가 멀리 떨어져 있다는 '틀'을 잡아 주는 작용을 한다. 「서문」은 우리가 읽을 글이 소설가의 손끝에서 나온 허구가 아니라 오래전부터 전해졌으나 이제야 겨우 빛을 본 옛 수고라고 믿도록 한다. 수고를 찾고, 손에 넣었다가 잃고, 잃었다가 다시 찾는 과정은 촘촘하고 진실해서 사실처럼 보이고, 이로 인해 수고의 내용도 당연히 진짜처럼 보인다.

수고의 발견과 발표는 학문 연구 과정에서 일어난 우연이었다. 「서문」의 저자는 어떻게 수고의 언어를 번역해야 하는가 논의한다. 중간중간 착실하게 엄격한 학술 규칙에 따라 여러 옛 문헌을 인용하고, 이런 방식으로 자신을 수고를 발견하고 옮겨 적는 역할로 한정한다. 바꿔 말하면, 뒤에 나오는 이야기의 진정한 작가는 14세기에 옛일을 회고하는 늙은 아드소다.

「서문」에서 엄격한 학술 규칙에 맞춰 인용한 옛 문헌

은 모두 에코가 지어낸 가짜다. 수고 역시 에코가 지은 이야기이고, 수고에서 옮겨 적은 척한 윌리엄의 사건 수사 과정 또한 당연히 에코의 창작이다. 빈 것은 채우고 찬 것은 비워, 우리가 기호에 대해 당연히 연상하는 것을 부수고 뒤집기. 이것이 바로 포스트모더니즘의 중심 사고다.

난이적 질은 높이 설정도

난이도 높은 이질적 설정

에코는 『장미의 이름』에 완전히 이질적인 환경을 만들어 추리 행위를 우리의 현실 생활과 어떤 유사성도 없는 환경으로 옮겼다. 우리와 14세기 수도원의 공통된 연결점인 보편적 귀납 탐구, 즉 추리만을 남겼다고도 할 수 있다.

그 다른 환경에서 사람들은 다른 방식으로 살인을 저지른다. 여기서 핵심은 사람들이 우리가 전혀 상상하지도 못하는 동기로 살인을 한다는 점이다. 우리의 세계에서는 믿을 수도 없고 고려할 필요도 없는 살인 동기가 이질적인 환경에서는 설득력을 갖는다.

에코는 난이도가 높은 소설 내용을 설정했다. 그는 지금 우리 시대의 이런 환경에서는 절대 발생할 리 없는 살인 사건을 쓰고자 했고, 그러면서도 우리를 충분히 이해시키고자 했다. 그가 선택한 살인 동기는 특이하고 기이해서, 나는 감히 우리 시대, 우리 세계에서는 정상인뿐 아니라 어떤 누구도 그런 이유와 동기로 살인을 하지 않을 것이라고 말하고 싶다. 그런 이유와 동기는 에코가 쓴 시간과 공간의 역사에서만 가능하다. 그 시대의 신앙 분위기와 조직 구조가 있기에 가능한 것이다.

이 점에서 『장미의 이름』은 과거 추리소설의 한 가지 전통을 엎는다. 추리소설에는 수수께끼가 있고 풀이가 있다. 추리소설 한 편을 읽고 우리의 마음에 '이런 일 때문에 살인을 할까?' 하는 생각이 든다면 그것은 충분히 잘 쓰인 추리소설이 아니라는 뜻이다.

예를 들어, 우리가 탐정을 따라 조사와 추리를 하고도 범인이 누군지 모르다가 마침내 알아냈는데, 범인이 죽은 피해자와 오랫동안 만나지 않았던 옛 친구였다고 하자. 술집에서 우연히 만난 두 사람이 이야기를 나누는데, 피해자가 무심코 예전에 범인이 그의 부인을 배신했던 증거를 아직도 가지고 있다며 그걸 밝히겠다고 농담처럼 말해 화를 불렀다는 내용이다. 이런 해답에 이르면 우리는 먼저 궁금해한다. '이런 걸로 살인을 한 건가? 꼭 죽여야 했던 걸까?' 나아가 의심이 든다. '작가는 이런 이상한 동기를 정하고 우리가 금세 답을 찾지 못하게 범인을 드러나지 않는 곳에 숨겨 뒀군!' 이런 추리소설에 대한 평가가 얼마나 높을 수 있을지 모르겠다.

에코는 『장미의 이름』을 쓰면서 책을 다 읽은 독자가 '이런 이유로 사람을 죽일 리가 있나!' 하며 탄식할 걸 알았다. 그러나 그는 독자의 마음에 작가에 대한 불신이 아니라 모골송연한 경악이 일어나기를 바랐고, 독자가 그런 시대와 환경에서는 그런 이유가 완전히 합리적이고 강력한 살인 동기가 될 수 있음을 느끼길 원했다.

홍콩 사람이 예전에 입에 달고 다니던 말이 떠오른다. “남의 돈 버는 길을 막는 건 남의 부모를 죽이는 것과 같다.” 이 말을 들었을 때 보통 우리가 보이는 첫 반응은 ‘비유가 좀 심하지 않아? 돈 버는 길을 막는 것과 부모를 죽이는 것이 어떻게 같아?’이다. 그러나 홍콩 같은 사회 환경에서 돈 버는 길이 막혔을 때 느끼는 원한은 타이완에서 느끼는 것보다 훨씬 강렬하기 때문에 우리가 공감할 수 없는 이런 말이 생길 수 있으며, 홍콩 사회의 독특한 잠재 살인 동기가 된다. 만약 누군가 이런 가치관의 배경을 분명하게 설명해 줄 수 있다면 우리도 ‘남의 돈 버는 길 막기’에 대한 깊은 증오가 어떤 정도인지 이해할지 모른다.

『장미의 이름』은 역사가 들어간 추리소설도 아니고, 추리가 들어간 역사소설도 아닌 한 치의 오차도 없는 역사추리소설이다. 그 추리는 특수한 역사 배경 아래에서만 성립되는데, 뒤집어 말하면 시대의 특수한 믿음과 풍습이 살인 사건과 추리를 통해 입체적으로 드러나 우리의 마음속에 사라지지 않는 인상을 남긴다.

익숙지 않은 역사 배경 탓에 독자는 갖가지 세세한 역

사 이야기가 끝없이 덮쳐 오는『장미의 이름』을 읽으며 현기증을 느낀다. 그러나 인내심을 가지고 한 차례 완독하고 두 번째로 완독한 다음, 세 번째로 읽으면 그 세세한 역사 이야기가 더 이상 낯설거나 독서를 방해하지 않는다. 그리하여 이제 우리는 편안하게 사건과 추리 부분을 가려내 분명하게 확인할 수 있게 된다. 많은 지식과 정보에 묻혀 있기는 하지만 추리는 무척 엄격하고 모범적이면서, 기본적으로 단서를 수습하지 못하는 성긴 구석도 없고 나아가 어떤 논리나 경험의 빈틈도 전혀 없다.

다시 말해, 에코는 명실상부한 정통 탐정추리소설을 썼다. 사건과 해결 과정은 독특한 역사 배경 아래에서 당당하게 성립한다. 14세기 유럽을 떠나면 그런 수도원도, 도서관도 없으며, 사람과 책의 관계도 달라져 그런 살인 사건이 일어날 가능성이 없다. 성 베네딕토 수도회와 성 프란치스코 수도회의 본질적인 차이를 빼고, 당시 새로 일어난 귀납 사고법과 신학의 충돌을 제외한다면 윌리엄 같은 캐릭터는 나타날 수 없고, 윌리엄이 그것들을 써서 사건을 해결한다는 섬세한 내용은 더더욱 불가능하다.

에코는 추리소설 쓰기에 장애물을 세웠다. 우리는『장미의 이름』책장 사이에서 고개를 든 에코가 호의를 담지 않은 미소를 띤 채 탐정추리소설을 쓰고자 하는 사람들에게 이렇게 말한다고 느낀다. '살인 사건이 당신이 설정한 환경에서만 일어날 수 있어서, 그 환경을 벗어나면 완전히 효과를 잃는 추리소설을 쓸 수 있습니까?'

살인 사건에는 반드시 동기가 있어야 한다. 질투 때문이든 부모의 복수 때문이든 재산을 빼앗기 위해서든. 이런 동기는 다른 사회, 문화에서 쉽게 가져와 다시 쓸 수 있다. 모든 본격파 추리소설의 밀실 사건은 그대로 다른 곳으로 옮겨 살인 사건과 풀이를 재연할 수 있다. 대부분의 다른 추리소설도 조금만 수정하면 원래의 수수께끼, 동기, 풀이 과정을 보존한 채 다른 사회에서 일어난 사건으로 바꿀 수 있다.

『장미의 이름』은 불가능하다. 이렇게 생각해 보자. 『장미의 이름』이 베스트셀러가 아니라 그저 이탈리아에서 소량 유통되어 어떤 외국어로도 번역되지 않았는데, 마침 아이디어 부족으로 골머리를 앓느라 원고를 넘기지 못한 미국 추리소설 작가가 이탈리아어로 이 소설을 읽고 '아, 이 이야기를 미국 배경으로 바꾸면 해결되겠네!'라고 생각할 수 있을까?

그럴 수 없다. 그렇게 하지 못한다. 『장미의 이름』의 탐정추리 내용은 그 역사 배경에 긴밀히 맞물려 있어서 일단 그곳에서 꺼내면 추리 논리를 재조직할 수 없다.

다른 시간과 공간으로 옮길 수 없는 살인 사건을 통해 우리는 14세기 중세 유럽이 우리가 되는 대로 상상할 수 있는 환경이 아니라는 사실을 홀연히 깨닫게 된다. 이는 역사책에서 교회가 모든 걸 농락했다는 내용을 간단히 몇 줄 읽거나 박물관에서 전시품 몇 점을 보고 느낄 수 있는 사실이 아니다. 14세기 중세 유럽에는 지금 우리가 사는 현대와 다른 생활의 결이 있었다. 당시 사람들은 그 시대 사정에 맞게 구성된 시스템 속에 살았고, 그 시스템으로 이뤄진 조직의 원리 원칙은 우리와 천양지차다.

원래 인간은 이렇게 살아왔고 믿어 왔으며, 신앙과 종교는 엄청난 세력과 침투력으로 인간의 존재를 덮어씌웠다. 그들의 행동은 설령 겉으로는 우리와 비슷해 보여도 행동에 내재된 동기와 의미는 틀림없이 다를 것이다.

역사란 무엇인가? 역사학이란 무엇인가? 내가 알기로는 이렇다. 역사의 가장 큰 의미와 핵심 역할은 우리의 현실 생활이 당연한 것이 아니며, 한 치의 어김도 없이 올바른 필연은 없다는 것을 반복해 일깨우는 데 있다. 우리가 오늘날 누리는 생활은 인간이 살아온 수천 수백 가지 생활 양태 가운데 한 가지에 불과하다. 몇천 년 동안 기본적으로 대동소이한 생활을 유지해 온 다른 동물과 달리 인간은 차이가 크고 넓은 다원 사회와 문화를 만들었다.

니얼 퍼거슨은 자신의 책 『니얼 퍼거슨의 시빌라이제이션』의 서문에서 현재 지구에 살고 있는 사람은 유사 이래로 살아온 모든 사람 가운데 기껏해야 7퍼센트가량이라고 말한다. 우리는 지금 인구가 폭발적으로 늘고 있고 이미 지나치게 많다고 느끼지만 죽은 사람의 수는 살아 있는 사람보다 많은 정도가 아니라 몇 배나 많다.

잘난 척 말자. 숫자로만 봐도 지금 살아 있는 우리에겐 어떤 유리한 점도 없다. 저 죽어 버린 사람들이 가져간 것을 역사라고 부른다. 어째서 역사를 배우는가? 우리는 소수이고, 저들은 다수이기 때문에 우리는 저 다수가 어떤 사람인지, 어떤 삶을 살았는지 관심을 가져야 한다.

에코의 성취는 살인 사건을 통해 우리가 낯설어하고 이해하고 받아들이기 어려워하는 역사의 한 시기를 드러냈다는 데 있다. 우리 시대에는 이런 살인 사건이 일어날 수 없지만 그 시대에 놓이면 합리적이 된다. 이 차이가 바로 역사이며, 문명이고, 인간 생활의 폭이며, 우리를 겸손하게 만드는 방대한 잠재 가능성이다.

1980년에 출간된 『장미의 이름』은 1983년에 영어본이 나오면서 전 세계를 휩쓸었다. 이 소설이 서구 추리소설계에 등장하면서 불경기에 빠졌던 추리소설의 위상을 다시 세웠다. 에코는 말했다. 추리소설이 통속적이어야 하거나, 창의력 없는 통속소설 작가의 손에서 나와야 할 필요는 없으며, 자기 복제와 상호 표절을 반복할 이유도 없다고. 추리소설도 지식을 가득 채워 학술적으로 쓸 수 있다고 말이다.

학술적인 사람이 추리소설을 쓴다고 해서 추리소설답지 않아지거나 추리의 재미가 사라진다는 법은 없다. 자부심을 가진 작가가 자신이 탐정추리소설의 오랜 전통을 능멸하고 낮잡아 볼 수 있다고 여길 리 없다. 도리어 그 전통을 존중하는 태도를 가지고 있기에, 자신의 학문 사상을 그 전통의 규범 속으로 짜 넣어 전통을 확대하는 한편 우리에게 전통의 소중한 가치를 증명하지 않았는가.

『장미의 이름』의 영향과 여파는 지금까지 이어진다. 이 소설의 성공이 있었기에 에코의 또 다른 역사추리소설 『푸코의 진자』가 나올 수 있었다. 『푸코의 진자』 배경은 현대의 박물관이지만 이야기의 핵심은 역사 속 '기사단'의 비밀이다. 『푸코의 진자』가 있었기에 『장미의 이름』보다 더 많이 팔리고 더 유명한 『다빈치 코드』가 나올 수 있었다. 댄 브라운은 에코의 엄청난 팬이라고 할 수 있겠다. 그는 『푸코의 진자』의 주요 역사 설정을 답습하고 『푸코의 진자』에 나오는 복잡하고도 가짓수 많은 역사 토론을 간략화하여 『푸코의 진자』보다 몇백 배는 유명한 소설을 썼다.

댄 브라운은 에코에게서 어떻게 살인 사건을 교회 역사의 특수한 환경으로 끼워 넣어 살인 사건과 역사를 유기적으로 묶으면 좋을지 배웠지만, 에코와 비교하면 한참 부족하다. 『장미의 이름』을 읽은 사람은 중세에 대해, 14세기의 유럽에 대해 깊은 인상을 받았을 테고, 그로 인해 윌리엄과 아드소가 살았던 세계와 우리가 사는 오늘날의 세계가 어떻게 다른지 쉽게 묘사할 수 있을 것이다.

그러나 우리는 『다빈치 코드』의 독자에게 같은 기대를 할 수 없다. 수많은 사람이 『다빈치 코드』를 읽었지만, 몇몇은 완독 후 즉시 이렇게 말할지 모른다. 다빈치가 살던 시대와 우리가 사는 시대가 뭐가 다르지? 로마교회의 가치관과 우리 가치관의 핵심적인 차이가 뭐지?

그러니까 '역사소설'이라는 의미에서, 에코의 『장미의 이름』과 『푸코의 진자』 그리고 훨씬 뒤에 나온 『전날의 섬』은 댄 브라운의 『다빈치 코드』와 분명히 같은 등급이 아니다.

움베르토 에코에 대해

움베르토 에코Umberto Eco는 1932년 이탈리아에서 태어나 볼로냐대학교 고등인문학교 교수와 학장을 겸임했다. 그는 철학자, 역사학자, 문학평론가, 미학가 등을 두루 겸했으며 세계적으로 가장 지명도 높은 기호언어학 권위자이기도 하다. 박학다식하기도 하거니와 개인 장서 또한 대단히 풍요롭다. 10여 편의 중요한 학술 저작을 발표했으며 『독자의 역할: 기호언어학에서의 탐색』으로 유명하다.

움베르토 에코의 첫 소설 『장미의 이름』은 1980년에 출간되었는데 당시 그의 나이는 마흔여덟 살이었다. 이 책은 통속소설의 구성에 대규모의 역사, 기호학, 은유, 신학, 인문주의 등등을 끌어들여 독서의 난이도를 높였으나 책이 베스트셀러 소설이 되는 데에 전혀 방해가 되지 않았다. 출간되자마자 이탈리아, 프랑스의 문학상 외에도 세계 각지의 베스트셀러 순위를 석권했으며 지금까지 판매량 1,600만 부를 돌파했고 47개 언어로 번역되었으며 동명의 영화로 만들어지기도 했다.

『장미의 이름』이 세상에 나온 뒤 8년 후에야 움베르토 에코는 두 번째 소설 『푸코의 진자』를 발표했고, 다시 한 번 전 세계 독서 인구의 뜨거운 화제가 되었다. 이후 그의 소설 작품은 전 세계 출판계의 큰 사건이 되었고 작품마다 훌륭한 성과를 거두었다. 엄격한 학술서와 베스트셀러 소설 외에도 잡문, 수필, 평론집과 그림책까지 아우르는 움베르토 에코는 가히 쓰기의 화신이라 할 만하다.

움베르토 에코의 소설 창작 연표

1980년, 장미의 이름 *Il Nome della Rosa*

1988년, 푸코의 진자 *Il Pendolo di Foucault*

1994년, 전날의 섬 *L'isola del Giorno Prima*

2000년, 바우돌리노 *Baudolino*

2004년, 로아나 여왕의 신비한 불꽃 *La Misteriosa Fiamma della Regina Loana*

2010년, 프라하의 묘지 *Il Cimitero di Praga*

2015년, 창간준비호 *Numero Zero*

* 움베르토 에코는 양자오의 이 책이 출간되고 삼 년이 지난 2016년 2월 9일에 사망했다.

추리소설 그 이상을 보여주다

미야베 미유키

미야베 미유키의 본령은 바로 여기에 있다. 그는 독자가 제2부를 읽고, 알아야 하고 알고 싶었던 모든 것을 알고 난 뒤에도 절대 편한 마음에 들 수 없게 한다. 독자는 본격파 추리소설을 읽는, 그런 게임하는 듯한 마음으로 『모방범』을 읽을 수 없다. 우리는 소설 속 등장인물을 추리 과정에 필요한 요소, 수수께끼만 풀리면 그들이 죽든 살든 각자 사건에서 어떤 역할을 했든 곧 잊어버릴 요소로만 볼 수 없다.

앞에서 언급한 '탐정', '미스터리', '추리'라는 세 가지 핵심어 외에 탐정추리 전통을 이해하는 지표로 'suspense'(의혹)를 더할 수 있겠다.

'미스터리'에도 의혹이라는 뜻이 있다. 일반적인 감각과 상식으로 해결하기 어려운 의혹은 우리에게 불가사의한 충격을 준다. '추리'는 불가사의한 일을 처리하고 해결해 더 이상 불가사의한 일로 남지 않도록, 그 안의 의혹을 없애 들보에 매달린 것만 같은 우리의 신경을 안전하게 지상으로 내려놓는 역할을 한다.

그러나 'suspense'의 뜻은 '미스터리'보다 폭넓게 쓰인다. 일반적인 소설과 극에는 불가사의한 현상과 연관되는 내용이 전혀 없고, 살인 사건이나 범죄도 없다. 그러나 의혹은 있다. 소설과 극에서는 이 의혹을 이용해 독서의 효과를 조성한다. 대부분의 소설과 극 작품에는 의혹의 요소가 있고, 다음에 무슨 일이 벌어질지 보는 사람이 궁금해하도록 안배한 플롯이 있다. 의혹이 전혀 없는 소설은 독자가 계속 읽어 나가도록 이끌 동기가 없기 때문에 독자는 읽기를 멈춰도 어떤 손실이 있다고 생각하지 못한다. 우리가 소설을 계속 읽는 주요 원인은 '그래서?' 때문이다. 달리 말하자면, 우리가 읽어 나가는 이유는 뒤이어 무슨 일이 일어날지 알 수 없는 상황을 견딜 수 없기 때문이다.

이것이 의혹의 효과다. 일반소설에는 의혹을 내재하는 간단한 방법이 있다. 사실 우리는 이미 소설을 읽기 전에 무의식적으로 이렇게 믿는다. '소설은 손 가는 대로 쓰고 싶은 걸 그냥 쓴 게 아니다. 작가가 소설에 무엇을 쓰고 무엇을 쓰지 않는 데는 나름의 원칙이 있다.' 그러므로 소설에 등장하는 어떤 사건을 보면 우리는 마음속으로 자연스럽게 이 사건이 어떤 결과를 만들어 낼지, 다음에 어떤 일과 이어질지 예상하고, 그렇지 않다면 작가가 이 사건을 소설 속에 집어넣지 않았으리라 믿는다.

이런 독자의 예상은 소설의 근본 의미와 기능에서 비롯된다. 소설은 인류의 역사와 더불어 생긴 게 아니다. 특히 오늘날 우리에게 익숙하고 당연해 보이는 장편소설은 꽤 늦은 시기에야 나타난 인류 문명의 신선한 결과물이다. 사람에게는 이야기를 듣고 이야기를 말하는 본능이 있지만 소설과 이야기를 하나로 섞어 말해서는 절대 안 된다. 그랬다가는 소설이 무엇인지 잘 알지 못하게 되고, 이야기가 무엇인지 이해하지 못하게 된다.

인류 역사가 생긴 이래 이야기가 있었다. 이 점은 인간과 다른 동물의 핵심적인 차이다. 다른 동물은 어떻게 해도 오늘 혹은 어제 있었던 일을 우리에게 들려줄 수 없다. 우리가 집에서 하루 떠나 있다가 돌아오면 그동안 혼자 지낸 고양이가 옷장 높은 곳에서 뛰어내려 와 우리 다리에 얼굴을 부비며 반겨 준다. 부엌으로 간 우리는 고양이의 밥그릇에서 몸을 뒤집은 채 죽은 바퀴벌레를 보고 소스라치게 놀라고, 고양이를 안아 올려 인상을 찌푸리고 묻는다. "무슨 일이 있었던 거야? 저거 네가 잡아온 거야?" 미안하지만 고양이는 우리에게 아무 말도 해 주지 못한다. 그렇기에 우리는 마음속으로 상상한다. 내가 없던 동안 이 아이는 집에서 뭘 한 걸까? 어디에서 저 바퀴벌레를 잡은 걸까? 우리는 그걸 고양이에게 묻지 않는다. 고양이가 대답해 줄 수 없다는 걸 알고 있기 때문에.

그러나 소설은 인간이 몇천 년 동안 이야기를 말하고 듣는 경험을 쌓은 후에 특수한 역사 조건 아래에서 형성된 것이다. 소설은 이야기가 아니며 이야기만이 아니다. 우리가 그저 이야기를 읽기 위해 소설을 읽는다고 해도 안 될 것은 전혀 없다. 다만 그럴 경우 우리는 인류 문명이 애써 발전시킨 특별한 성과를 낭비하게 된다. 마치 미슐랭 별 세 개짜리 식당에 가서 그저 배가 부르자고 하루 소비 열량만큼 먹어 치우는 것과 같다. 안 되는 일일까? 누구도 안 된다고 하지 않는다. 하지만 우리 모두 그것이 낭비라는 걸, 엄청난 낭비라는 걸 안다. 미슐랭 별 세 개짜리 식당의 요리는 우리에게 열량만 제공하거나 배만 불리자고 있는 것이 아니다.

소설은 인간 사회의 요청에 따라 만들어진 신선한 결과물이다. 인간의 군집 생활은 갈수록 복잡해졌고, 특히 도시가 세워진 이후 인간의 생활 양태가 갈수록 다양해지면서 다른 사람이 무엇을 하고 무슨 생각을 하고 어떻게 살아가는지 이해하고 싶어 하는 욕망도 강렬해졌다. 다른 사람의 생활에 어떤 일이 일어났고, 왜 그런 식으로 일어났을까?

소설이 가진 큰 기능 가운데 하나는 우리에게 일상생활 속의 '이질성'을 설명해 준다는 점이다. 인간은 본래 일상생활에 가장 익숙하고, 아무 생각 없어도 일상생활을 해 나갈 수 있다고 믿는다. 그러나 도시로 이주하고 현대 사회의 분업이 빠르게 발전하면서 이 믿음에 자신이 없어졌다. 인간은 자기와 같은 버스 옆 좌석에 앉은 저 사람이 대체 어떤 사람인지, 어떤 생활을 하는지 알지 못한다. 인간은 일상생활에 대한 자신감을 빠르게 잃어 갔다.

18-19세기의 유럽 신흥 도시에서 점점 많은 사람이 갖가지 방식으로(대체로 고통스러운 경험을 통해) 교훈을 얻었다. 이웃 사람을 이해하지 못하면 혹은 공공장소에서 마주친 낯선 사람을 알지 못하면, 작게는 번거로움을 크게

는 비극을 불러온다는 교훈 말이다. 그들이 누구인지 어떻게든 알아야 했다. 전처럼 당연하게 그들이 나와 같다고 생각해서는 안 됐다. 같은 도시에서 언제든 어깨를 부딪치며 지나갈 수 있었고, 심지어 바로 몇 미터 밖에 살고 있더라도 그들에게는 그들 자신의 생활, 그들 자신의 가치관, 그들 자신의 느낌, 그들 자신의 비밀이 있었다.

그런데 어떻게 그들이 누군지 알 수 있단 말인가? 어떻게 해야 사이에 놓인 벽을 뚫고 그들의 생활을 보고, 그들이 느끼는 것을 이해하고, 그렇게 느끼도록 자극하는 비밀을 이해할 수 있단 말인가?

소설을 통해서다. 특별한 통로와 특별한 능력을 가진 사람들이 신의 사자가 되어, 호기심 넘치는 우리에게 이웃집의 생활과 가치관과 느낌과 비밀을 문자와 허구의 줄거리로 전지전능하게 펼쳐 보여 준다.

허구야말로 현실을 드러내는 방법이다. 현실에는 생활, 가치관, 느낌과 비밀을 모조리 드러낼 수 있는 사람이 없다. 설령 자기 자신에게 일어난 일이고 삶의 궤도를 바꿀 법한 가장 중요한 일일지라도 현실에서는 스스로 그 모든 것을 이해하고 파악할 도리가 없다. 연인이 갑자기 문자 한 통을 보내 "우리 헤어져!"라고 한다면, 당신은 제정신을 유지하기도 어려울 것이고 그저 이유만이라도 알면 좋겠다는 생각뿐

이리라. 하지만 알 수 있을까?

어떻게 알 수가 있을까? 연인에게 물어보러 간다고? 연인이 당신을 상대해 주거나 말해 줄까, 아니면 찾아갈수록 피하고, 물어보려고 할수록 더더욱 말해 주지 않으려고 할까? 설령 "우리는 정말 안 맞는 것 같아"라거나 "혼자 좀 지내고 싶어. 아무래도 난 혼자 있는 걸 좋아하는 것 같아" 같은 말을 들었다고 치자. 그 말을 믿을 수 있겠는가? 원하는 답을 얻었다는 생각이 들겠는가?

신처럼 전지전능하고 현실을 초월한 존재가 모든 것을 보고, 어느 날 당신에게 연인과 연인의 어머니가 무슨 대화를 나눴는지, 연인이 자신이 한 말을 까먹는 당신을 더는 견디지 못하게 되었다든지, 연인이 초등학교 동창을 만났다든지, 연인이 오토바이에 치여 당신을 찾았지만 그 자리에 나타난 사람은 초등학교 동창이었다든지 하는 사실을 알려 주지 않는 한 우리에게는 다른 도리가 없다.

이것은 현실이 아니라 소설이다. 소설이야말로 우리에게 현실을 분명하게 보여 줄 능력을 가지고 있으며, 그것이 소설의 기능이다.

허[5]권[7]소[1]의[4] 설[2]구[6] 가[3]력[8]

소설가의 허구 권력

소설이 우리에게 현실을 분명하게 보여 줄 능력을 발휘하려면, 반드시 대표성을 띤 인물, 배경, 줄거리를 갖춰야 한다. 독자는 특정한 허구의 등장인물이 어떤 생활을 하는지, 어떤 일이 일어났는지 알고자 하지 않는다. 애초에 등장인물이 가짜이고 상상에서 나왔는데, 그 인물을 이해해서 뭘 어쩌겠는가? 독자는 소설의 등장인물을 통해 이런 사람은 이렇게 살아가고, 이런 방식으로 세상을 보고, 그의 생활에서는 이런 종류의 일이 일어난다는 것을 다가가서 보고 느끼고 싶어 한다.

어지럽고 복잡한 현실 사회에 소설 속 허구에서 나온 아무개와 비슷한 계급, 직업, 생활 습관을 가진 사람이 있다면, 소설을 통해 아무개를 살피고 이해한 경험 덕분에 그런 사람이 세상을 어떻게 바라보는지 알게 된다. 소설을 읽을수록 우리는 안심한다. 그러니까 소설을 읽을수록 사회의 인물 유형을 파악하게 되면서 주변에서 일어나는 수수께끼 같은 어려움이나 우리를 어쩔 줄 모르게 하는 낯선 사람과 맞닥뜨릴 일도 점점 줄게 된다는 말이다.

만약 파리에 열다섯 가지 유형의 사람이 살고 있다면,

이론상 19세기 파리 주민은 사실주의 소설 열다섯 권만 정확하게 고르면 이 열다섯 가지 유형의 사람을 이해하게 된다. 눈을 크게 뜨고 길에서 사람을 지켜보며, 저 사람은 첫 번째 유형, 옆에 있는 사람은 여덟 번째 유형, 좀 먼 나무 아래에 있는 사람은 틀림없는 열한 번째 유형이라는 식으로 사람을 구분할 수 있다. 이렇게 해서 그는 부족할 것 없는 파리 사람이 되며, 파리에서 안심하고 지낼 수완을 갖춘 파리 사람이 된다.

현대소설에 이런 기원이 있었음을, 현대소설에 이런 기능이 있었다는 점을 잊지 말자. 그러면 어째서 소설가에게 허구의 권력이 있는지 이해하게 된다. 이 시작점으로 돌아오면 진정한 허구란 거짓의, 존재하지 않는, 완전히 내 머리로 조종하는 사람을 만들어 내는 것이 아니라, 작가가 신으로 변신해 현실에는 절대 존재할 수 없는 완전한 이해를 우리에게 보여 주는 것이다. 이론적으로 어떤 세부 내용도, 어떤 생각도, 어떤 복잡하고 뒤얽힌 오해도 소설 작가가 가진 마법의 눈에서 도망칠 수 없고, 소설 작가가 기록할 수 없거나 설명할 수 없는 것은 없다. 이것이야말로 가장 거대한 허구이자 중요한 허구다.

미친 소리 같은 이런 말을 하는 것을 용서하시길. 추리소설도 소설이며, 이런 현대소설 전승의 흐름과 변화에 따라 나타난 갈래다. 추리소설을 현대소설의 맥락으로 돌려놓으면, 추리소설의 형식과 소설 자체의 가설 사이에 긴장 관계, 나아가 모순이 있음을 볼 수 있다.

추리소설의 기본 구조는 범죄와 수수께끼다. 바꿔 말하면 사건이 발생하지만 어떻게 발생했고 왜 발생했는지는 알지 못해서 추리로 수수께끼를 풀 필요가 있다. 하지만 문제는 '알지 못함'에 있다. 누가 모른다는 말인가? 책 속의 등장인물이 모르고, 독자인 우리가 모른다. 그러나 이것이 소설이고, 작가가 만들어 낸 소설이라면 작가는 틀림없이 안다.

우리의 즐거움은 하나씩 단서를 얻어 추리를 하고 수수께끼를 푸는 데 있다. 이런 즐거움은 우리가 거의 신경 쓰지 않는 전제 아래에서 성립한다. 즉 우리는 신으로 가장한 작가가 실은 모든 것을 손바닥에 올려놓고 있지만 무엇을 알려 줄지, 무엇을 숨기고 오도할지는 말해 주지 않는다는 점을 생각해선 안 된다.

추리소설을 읽으면서 우리는 이따금 명탐정과 어깨를 나란하고 사건을 조사한다고 느낀다. 그가 무엇을 보고 무엇을 찾았든지 우리도 보고 정보를 손에 쥐었다고 믿는다. 그러나 실제로 우리는 처음부터 단 한 번도 명탐정과 이 모든 것을 창조한 작가와 같은 높이에 앉은 적도 없고, 절대 그렇게 앉을 수도 없다. 작가는 명탐정이 무엇을 볼지, 무엇을 찾을지 조종하며, 우리에게 무엇을 보게 할지, 어떤 정보를 손에 쥐게 할지도 조종한다.

현실은 다르다. 현실에서는 누구도 모든 것을 완전하게 알지 못한다. 경찰도 모르고 범인도 모르고 (아직 살아 있다면) 피해자도 모른다. 소설은 허구이기 때문에 모든 것을 알고 모든 것을 조종하는 사람이 있다. 어째서 우리는 그 사람이 모든 것을 조종하는 이런 추리에 흥미를 느끼는 걸까? 마작을 할 때 어떤 사람이 이미 전체 과정을 알고 있어서 그 과정에 맞춰 패를 나누고 그가 예상한 결과로 이어진다고 하면, 우리는 마작에 흥미를 가질까?

다시 한 번 코넌 도일을 모시고 나와 박수를 쳐 주도록 하자. 그가 만든 왓슨과 홈스의 관계는 추리소설의 성립에 크나큰 공헌을 했다. 이 관점에서 보면 왓슨은 우리 마음에서 저 뒤에 모든 걸 아는 작가가 있다는 사실을 빼앗거나 그 사실을 잊게 하는 핵심 역할도 맡는다.

왓슨은 앞을 막고 서서 우리에게 충분한 동의를 얻었기에, 우리는 코넌 도일이 창조한 허구가 아닌 왓슨이 우리에게 말하는 사건 조사의 전체 과정을 믿는다.

왓슨은 물론 모든 걸 알지 못한다. 그가 아는 부분은 일부, 한정적인 일부다. 홈스의 이야기를 세 편쯤 읽다 보면 무의식적인 자기방어가 생긴다. 우리는 왓슨이 알려 준 것을 다소 보류해야 함을 안다. 그가 말하고 보고 추측한 것은 아마 사실과 꽤 거리가 있을 것이다. 왓슨은 부족한, 심지어 결점을 가진 안목으로 우리 대신 수수께끼 푸는 과정을 들여다본다. 우리는 왓슨이 일찌감치 모든 걸 알았으리라 의심하지 않기 때문에 그의 놀라움을 함께 나눌 수 있고, 답을 찾아 가는 과정의 어려움과 답을 찾은 후의 기쁨을 이해할 수 있다.

홈스의 이야기를 읽는 우리 마음속에는 자각하지 못하는 다수의 가설이 있다. 한 가지 가설은 이렇다. '왓슨의 판단을 완전히 믿을 수는 없어. 스스로 생각해야 해. 최대한 홈스의 추리 방식으로.' 동시에 우리는 다시 가정한다. 홈스는 이렇게 생각할 리 없다든가, 홈스는 왓슨이 모르고 우리도 모르는 일을 알고 있으리라고. 이야기를 읽는 동안 우리는 왓슨과 홈스의 관점 사이를 떠돈다. 왓슨이 우리에게 말하는 것만 읽을 수 있음에도 홈스가 어떻게 보고 어떻게 생각하는지 알고 싶어 추측하고 사고하기를 멈추지 않는다. 우리는 왓슨과 홈스 사이에 서서 한편으로는 홈스를 숭배하고 다른 한편으로는 우리가 적어도 왓슨처럼 바보는 아니라며 몰래 자축한다. 이렇게 이중의 즐거움을 얻는다.

우리는 요청을 받아들인다. 그 요청은 뒤에 숨어 모든 것을 조종하는 코넌 도일이 어떻게 수수께끼를 푸는지 보는 것이 아니며, 홈스와 함께 수수께끼를 푸는 것은 더더욱 아니다. 느낌상 우리와 비슷한 왓슨과 함께 이 모든 것을 경험하자는 요청을 받아들인 것이다. 이런 형식을 통해 코넌 도일은 독자가 농락당했다거나 속았다는 기분을 느낄 가능성을 대폭 낮춘다.

내 오랜 친구인 작가 탕뉘는 일류 작품만 읽어서는 안 되며 때때로 이류 작품도 읽어야 한다고 말한다. 이류 작품을 읽었을 때에야 비로소 우리는 일류 작품의 훌륭한 점을 진정으로 이해하게 된다. 이류 작품을 포함한 추리소설을 많이 읽었다면 농락당하고 속은 느낌을 분명하게 알 것이다. 진지하게 소설 속 묘사와 단서를 좇아 추리하고 추측해 결론에 이르렀지만 맞히지 못했거나 틀렸는데, 그 이유가 독자인 내가 덜 진지했거나 덜 예리했거나 덜 똑똑해서가 아니라 작가가 일부러 핵심 증거를 말하지 않았거나 사실의 일부를 왜곡해서 묘사했기 때문이라고 하자. 작가는 독자가 결론을 알아맞히지 못하도록 하는 데 성공했지만, 이는 독자에게 열고 싶지 않은 문을 열게 함으로써 작가가 이야기의 창조자이며 이야기를 짓고 싶은 대로 지을 권력을 가지고 있다는 점을 들여다보게 한 것이나 마찬가지다. 이로 인해 독자는 추리로 수수께끼를 푼다는 즐거움을 얻기는커녕 극도의 불쾌감과 불만을 품게 된다.

이보다 더한 추리소설도 있다. 처음부터 작가는 뭐든 안다는 태도를 보이는 소설이다. 등장인물 한 사람 한 사람이 무슨 생각을 하는지 알고, 사흘 전에 홋카이도에서 일어난 사건이 보기에는 아무 관련이 없어 보인다는 것도 알며, 사흘 후 센다이 기차역에서 살인을 계획하는 사람이 있다는 것도 안다. 그는 전부 안다. 그에게는 모든 것이 뚜렷한데 수수께끼가 어디에 있겠는가? 그렇게 노골적으로 드러낸 수수께끼란 그저 우리를 시험하기 위한 것이 아닌가? 교사가 자신의 손안에 있는 정확한 답을 아는지 모르는지 학생을 시험해 보듯, 소설이 우리에게 이런 낯을 들이댄다면 소설을 좋아할 수 있을까? 이런 종류의 소설 속 수수께끼도 수수께끼가 되고, 우리가 풀지 못하는 수수께끼를 탐정이 푸는 이유는 간단하다. 작가 혹은 서술자가 뒤에서 우리에게 말하고 싶거나 말하고 싶지 않은 것을 조종하기 때문이다. 그러한 까닭에 우리에게는 한 가닥 승산도 없고 우리는 평등이라는 존중조차 받지 못한다.

추리소설의 서사는 그리 간단하지 않다. 좋은 추리소설에는 반드시 엄격한 서사 규칙이 있다. 작가에게는 일정한 서술 제한이 있어야 하고 독자와 그 제한을 준수한다는 암묵적인 협정을 맺음으로써 신임을 얻는다. 작가는 편한 대로 이 사람의 관점으로 서술하다가 다시 저 사람의 관점으로 서술할 수 없다. 관점의 이동에는 반드시 일정한 규칙이 있어야 한다. 중요 목격자가 범인을 아무개라고 의심한다고 독자에게 알려 주었는데, 결론 부분에 이르러 실은 아무개가 사건에 전혀 영향을 끼치지 못했음을 깨닫게 해서는 안 된다. 사건과도 무관하고 사건 조사에도 영향을 미치지 않는다면 대체 왜 그의 생각을 써넣는단 말인가? 그렇게 써넣었을 때는 그럴만한 논리가 있어야 하고, 써넣지 않았을 때는 써넣지 않은 이유가 있어야 한다.

파[7]격[2]파[3]본[1] 사[5]회[6]와[4]

본격파와 사회파

추리소설 서술 규율의 엄격한 정도는 추리의 내부 분류에 따라 달라진다. 가장 공평성을 따지고, 독자의 믿음을 얻을 필요가 있는 분야는 본격파 추리소설이다. 풀기 어려운 수수께끼를 설정하고 모든 단서를 펼쳐 독자에게 자신의 추리 능력을 시험하게 한다는 본격파의 가정은 게임 혹은 시합의 개념에 가깝다. 작가는 게임이 벌어지는 장소의 설계자이고, 서술은 독자를 게임으로 이끄는 과정에 불과하다. 그렇다면 마지막에 수수께끼를 풀고 사건을 해결하는 명탐정은? 그의 기능은 참고서 뒷면에 붙어 있는 해답에 비교적 가깝다. 독자가 자신이 추리한 결과가 맞았는지 틀렸는지 확인하도록 해 주고 틀렸다면 어디가 틀렸는지 알려 준다.

수많은 사람이 추리소설을 이런 게임이라고 여긴다. 본격파 추리만이 추리라고 주장하는 사람도 있다. 본격파 추리에는 부인할 수 없는 어려움과 성취가 있지만 추리의 세계는 훨씬 더 크다. 본격파 추리가 우리에게 가져다주는 독서 경험은 상대적으로 단일하고 얇으며 한계가 분명하다.

게임의 본질에 제한을 받는 본격파 추리는 서술에 변화를 일으킬 만한 공간이 많지 않고, 이런 작품은 아무리 걸출하다 한들 그 추리 요소가 소설의 요소를 멀리 넘어서고 만다. 내가 앞에서 했던 그 미친 소리로 돌아가 보자. 추리소설도 소설임을 잊지 말라고 한 것은 다른 소설과 마찬가지로 추리소설이 우리에게 인생에 대해, 사회에 대해 어떤 계시와 통찰을 제공할 수 있기 때문이다.

본격파 소설은 이러한 점이 부족하다. 추리 실력을 시험하는 수수께끼를 설계하기 위해 범죄 행위는 반드시 사리에 맞지 않을 정도로 복잡하고 교묘해야 하며, 일단 '사리에 맞으면' 그다지 어렵지도 않아 대단한 추리 시험이 되지 못한다. 사리에 맞지 않는 소설이 독서를 마친 우리에게 세상살이의 조건이나 세상의 이치에 어떤 깨달음을 줄 수 있을 리 없다.

추리소설의 스펙트럼에는 본격파와 정반대의 자리에 선 사회파가 있다.

재미있는 일화가 있다. '푸방 강당'에 추리 고전을 다루는 강좌를 열고 커리큘럼을 막 알렸을 때 멀리 상하이에서 일면식조차 없는 사람이 제일 먼저 반응을 보내왔다. 그는 웨이보*에서 의심스러워하는 말투로 내게 물었다. "'푸방 강당'의 추리 강좌에서 어떻게 마쓰모토 세이초를 말하지 않을 수 있습니까? 저는 선생님이 마쓰모토 세이초 번역본에 쓴 해제를 읽고서야 그가 그렇게나 중요하다는 사실을

* 트위터를 모방한 중국의 소셜네트워크서비스.

알았단 말입니다!" 아무래도 내가 '세이초 팬'이라는 사실이 멀리 중국대륙까지 알려진 것 같다.

나는 성실한 자세로 그의 질문에 대답했다. "마쓰모토 세이초는 제가 수없이 얘기하고 써서 너무 자주 반복할 수 없었습니다. 다만 강좌에 미야베 미유키를 넣었는데, 미야베 미유키를 말하면 마쓰모토 세이초는 반드시 함께 거론하게 됩니다."

사회파 추리에서 마쓰모토 세이초는 절대 뺄 수 없다. 마쓰모토 세이초는 일본 사회파 추리의 개조開祖이자 일본 사회파 추리에서 오늘날까지 추격당해 본 적이 없는 이정표이기도 하다. 마쓰모토 세이초는 제2차 세계대전 전 일본 탐정소설의 추리 수법을 가져와 전쟁 후의 사회소설에 도입했다. 마쓰모토 세이초의 등단은 늦은 편으로 사십여 세에 「어느 『고쿠라 일기』전」으로 두각을 나타내며 등장했으며, 그가 사회파 추리소설을 써내고 주목을 받았을 때는 오십이 코앞이었다.

마쓰모토 세이초는 제2차 세계대전 전에 태어나고 자라 전쟁의 광기와 잔혹을 겪었고, 전쟁이 가지고 온 파괴와 빈곤을 견뎌 냈다. 그는 날카롭게 전쟁 전후의 변화를 체득했다. 전쟁 전의 일본 사회에서는 많은 사람이 그저 부평초처럼 떠돌며 지낼 뿐 어떤 발전이 없었지만, 전쟁이 끝나고 새롭게 일어나는 사회에서는 기회를 얻을 수 있었다.

마쓰모토 세이초는 전쟁 후 일본의 혼란과 모색 사이에서 일어난 사람으로 그것을 깊이 관찰하고 느꼈으며, 사회파 추리소설을 창조해 시대가 그에게 준 것에 구체적으로 보답했다.

추리 요소나 추리하는 즐거움은 대중이 추리소설을 흥미진진하게 읽으며 손에서 놓지 못하게 하는 중요 부분이다. 전쟁 후 일본에는 추리가 아닌 서구 사회사실주의 수법을 답습한 사회파 소설이 있었고, 이런 소설은 사회의 어두운 면을 폭로하고 사회 문제를 탐색했지만 대중의 관심을 전혀 끌지 못했다. 추리소설이 가진 고도의 의혹성은 독자를 끌어들이고, 독자가 소설의 줄거리를 따라 나아가게 만들고, 한 권을 다 읽은 뒤에 다음 권을 읽고 싶게 한다.

멋진 의혹과 추리 수법으로 마쓰모토 세이초는 수많은 독자를 끌어들였지만, 추리는 애초부터 그의 목적이 아니었다. 그는 추리를 미끼로 삼아 이후 수십 년 동안 한결같이 엄숙한 사회 메시지를 전하고, 독자에게 '정의'란 무엇인지 관심을 가지고 사고하도록 요청하고 심지어 강요했다.

'초[3]명[5]의[9] 심[8]혁[4]'이[2] 의[6]핵[7] 미[10]세[1]

전쟁 후 일본은 어떤 사회였을까? 적어도 마쓰모토 세이초의 눈에, 과거 일본에 있었던 '사회 정의'의 기초는 일그러진 군국주의를 지나 전쟁의 엄청난 파괴를 거쳐 다시 치욕의 패전을 당하는 과정에서 흔적도 없이 사라졌다. '정의'를 드러내는 근본 방법은 어떤 행위가 범죄인지, 어떤 죄에 어떤 벌을 받아야 하는지 밝히는 것이다. 그러나 전쟁 후 일본에서 죄를 어떻게 판단해야 하는가? 일찍이 살인은 군인이 무용武勇을 보이는 최고의 방식으로 여겨졌으나, 이후 높디높은 자리에 군림하던 고위 관리나 장군, 영웅이 하루아침에 전범戰犯이 되었다. 반면 일찍이 원수이자 적이었던 미국은 어느새 일본의 점령자이자 실질적인 통치자가 되어 존경하고 받들어야 할 대상이 되었다. 마쓰모토 세이초 자신도 반평생 몇십 년간 천지가 극적으로 뒤집히는 엄청난 변화를 겪었고, 주변의 사람들 또한 모두 감당할 수 없는 과거를 지닌 채 혼란스러운 행동을 하고 일관되지 못한 인격을 보였다. 이것이 일본이었고, 마쓰모토 세이초가 마주해야 했고 글로 써야 했던 일본의 현실이었다.

누가 좋은 사람이고 누가 나쁜 사람이며, 누가 유죄이고 누가 무고한가 하는 문제는 전쟁 후 일본에서 대답하기 어려운 일이 되었다. 그렇지만 하나의 사회가 이런 근본 문제에조차 대답할 수 없다면 어떻게 사회 질서를 만들어 정상적이고 유효하게 운영해 나갈 수 있을 것인가? 전쟁이 끝나고 십 년 후 미군은 일본에서 물러나면서 외부의 강력한 힘으로 유지하던 표면적인 평화도 가져갔다. 이 중요한 시기에 마쓰모토 세이초는 사회파 추리소설을 쓰기 시작했고, 짧은 몇 년 사이에 일본에서 가장 사랑받는 작가가 되었다. 그의 독자는 일본 전국의 서로 다른 지역과 계층에 폭넓게 퍼져 그를 두말할 나위 없는 '국민 작가'로 만들었다.

이러한 성과를 통해 그가 벌어들인 인세는 놀라운 수준이었고, 그는 다년간 일본 개인 납세 금액 1위 자리를 지켰다. 그러나 그보다 더 중요한 사실은 그가 이런 창작 성과를 통해 일본인이 말하는 '세이초 혁명'을 일으키고 완성했다는 점이다.

'세이초 혁명'이란 무엇인가? 마쓰모토 세이초는 펜 한 자루에 의지해 홀로 매일 성실하게 평균 구천 자의 원고를 써 소설로 내며 독자에게 반복해 물었다. '어떤 사람이 이런 동기로 이런 죄를 지었다면, 당신은 어떻게 보시겠으며 어떻게 판단하시겠습니까?'

마쓰모토 세이초의 초기 작품에는 고집스럽게 집착하는 주제가 하나 있는데 미군 점령기에 일본인이 행했던 행위에 관한 것이다. 패전이라는 충격 그리고 극도의 굴욕과 빈곤이라는 상황에서 수많은 일본인이 명예롭지 못한 혹은 떳떳하지 못한 방식으로 미국인에게 빌붙거나 의지했고, 그 중에는 미군에게 몸을 팔았던 일본인 여성도 있었다. 그들은 이렇게 견딜 수 없는 방식으로 그 시절을 살았고, 그 후 힘껏 노력해 정상적인 삶으로 돌아가고자 했다. 결혼을 하고 아이를 낳기도 하고, 약간의 논밭을 사거나 작은 장사를 하면서. 그렇게 힘들게 얻은 안온하고 정상적인 삶에 과거의 기억과 기록이 어두운 그림자처럼 한 걸음 한 걸음 다가온다. 어렵게 손에 넣은 생활을 지키고자 그들은 어두운 과거를 아는 사람을 없애 버리기로 결심한다. 그들이 자신의 미래를 보호할 수 있는 유일한 수단이다.

이런 사람과 이런 일을 어떻게 보아야 할까? 뉴스나 법률 문건을 통해 생각한다면 당연히 그들은 범죄를 저지른 사람이고, 범행이 밝혀진 것을 다행으로 여겨야 하며, 살인죄로 처벌돼야 한다. 그러나 마쓰모토 세이초의 소설을 읽는 독자는 그들의 어두움만이 아니라 고통과 몸부림, 세월 속에서 부침하며 겪는 어쩔 수 없음 그리고 겨우 얻은 행복을 소중히 여기는 마음도 마주하게 되어 더욱 복잡하고 깊은 사고를 하지 않을 수 없게 된다. 소설의 등장인물과 함께 그 시대를 살며 어둠과 고통과 몸부림과 어쩔 수 없음을 겪어 나가고, 그렇게 계속 읽으면서 더는 냉정하고 무정한 태도로 이야기를 대할 수 없게 되는 것이다.

마쓰모토 세이초의 소설에서 범죄 동기는 범죄 사실과 똑같이 중요하며, 심지어 범죄 사실보다 더 중요하기도 하다. 추리에는 추측과 조사가 필요하고, 그에 따라 범죄 사건의 경과뿐 아니라 범인이 누구고 어떤 수법으로 피해자를 살해했는지, 어떤 방식으로 조사에서 도망치는지, 더욱 중요하게는 범인의 동기가 무엇인지 추론해 내야 한다. 마쓰모토 세이초의 소설은 기본적으로 올곧게 사건의 동기를 밝히는 길로 나아가며 그렇게 하고 나서야 사건을 종결짓는다. 그리하여 그의 손에서 발전한 특수한 서사 방식이 이후 사회파 추리소설에 전면적으로 계승되는데, 그 방식은 바로 사건 해결의 열쇠를 종종 범인의 동기에 숨겨 두는 것이다. 소설의 중요한 전환은 어떤 물증이나 증언이 아니라 심리 쪽에서 일어난다. 범인이 사건을 일으킬 법한 동기를 탐정이 파악하고자 해야, 물증이나 증언을 어디에 가서 찾으면 될지 단서도 나타난다.

살인 행위와 독자는 그다지 가깝지 않다. 어쨌든 구십구 퍼센트의 사람은 살인의 경험도 없을 것이고, 평생 사람을 죽이고 알리바이를 조작해 범죄에서 벗어나려고 시도할 일도 없을 것이다. 하지만 소설에 드러나는 동기는 당시 일본 독자에게 너무나도 가까웠다.

누구도 그것이 범인과 피해자의 일일 뿐이라고 모른 척할 수 없었다. 그것은 그들이 함께 보내고 살아온 시대 속에서 여전히 해결되지 않은 문제였다. 마쓰모토 세이초는 그의 소설로 일본인이 고개를 돌리고 도망가지 못하도록 압도적으로 몰아붙였다. 진정으로 '압도적'인 힘이었다. 삼십 여 년간 마쓰모토 세이초는 수백 권의 책을 냈다.

여기에 그의 영향을 받아 사회파 추리소설 창작 대열에 뛰어든 모리무라 세이치 같은 작가의 뛰어난 작품까지 더하면 그 수는 놀라울 정도였다. 더욱 놀라운 점은 추리 형식으로 강하게 독자를 끌어들인 까닭에 일본인이 갖고 있던 도피 심리를 뒤집어, 소설을 읽고 토론하면서 자신의 정의 관념과 죄와 벌의 기준을 다시 살펴보지 않을 수 없도록 했다는 사실이다.

이 영향력은 빠르게 퍼졌는데, 마쓰모토 세이초는 소설과 서적만으로 일본 사회에 영향을 끼친 것이 아니었다. 그의 소설은 영화와 드라마가 됐다. 일본 텔레비전에서 한때 큰 인기를 끌었던 『토요극장』은 매주 토요일에 추리드라마를 방송하는 프로그램으로, 마쓰모토 세이초의 작품 비율이 가장 높았고 설령 마쓰모토 세이초의 작품이 아니더라도 대부분 사회파 추리 정신으로 가득한 작품이 방송됐다.

'세이초 혁명'의 핵심 의미는 이렇다. 마쓰모토 세이초는 일본인이 전쟁 후 느낀 가치관의 혼란을 변화시켰고, 일이십 년간 새 세대의 정의관을 다시 세웠다. 정의가 다시 일본 사회의 시야로 들어올 수 있었던 것은 그들이 밤낮으로 소설을 읽고 드라마를 보며 한 가지 주제를 접하고 생각하는 데 익숙해졌기 때문이다.

왜[5] 을[12] 살[6] 사[2] 은[4] 그[1] 을[8] 렀[11] 저[9] 까[13] 인[7] 람[3] 질[10] ?

그 사람은 왜 살인을 저질렀을까?

사회파 추리소설은 일본에서 큰 인기를 누렸고 상대적으로 본격파의 자리를 압박했다. 다른 관점에서 보자면 추리소설을 지적 유희로 나아가던 방향에서 소설의 본질, 그러니까 사회의 이질성을 드러내고 탐색하며 다양한 이질성 뒷면에 숨은 여러 문제의 해답을 찾는 성질로 돌려놓았다고 할 수 있다.

사회적 방면에서 마쓰모토 세이초의 공헌은 일본인이 죄와 벌의 원리에 대해 생각하도록 이끈 데에 있다. 문학 방면에서의 공헌도 큰데, 점점 협소해지고 오락화하는 본격파 추리소설을 한쪽으로 밀어내고 소설로 회귀해 추리소설의 영역을 확장했다.

마쓰모토 세이초의 소설에도 살인 사건이 있고, 수수께끼가 있고, 알리바이가 있지만 그는 이런 요소에 의지해 소설의 의혹을 형성하지 않는다. 본격파 추리소설의 의혹은 '누가 범인인가', '누가 했는가', '어떻게 했는가' 같은 문제에 걸린다. 그렇지만 마쓰모토 세이초는 그 정도만큼, 나아가 그 이상으로 독자를 끌어들이는 의혹을 소설 속에 관통시켜 놓는다. 이 사람이 어째서 살인을 하게 되었는가, 왜 꼭 살인을 해야 했는가, 어째서 이런 수단으로 살인을 했는가. 이런 의혹을 단서와 귀납이 아닌 인간성, 심리, 시대 그리고 사회 가치관으로 설명한다. 달리 말하자면, 이 의혹은 인간성, 심리, 시대와 사회 가치관을 드러낸다.

뒤이어 다음 의혹이 이끌려 나온다. 일단 사건의 전후 맥락을 이해하고 나면, 범인을 대하고 처벌하는 방법이 바뀔 수 있을까? 이 의혹은 소설 등장인물뿐 아니라 독자에게도 묻는다. 나는 범인을 동정하는가? 나는 범인을 동정해야 하는가? 범인을 동정하는 나를 어떻게 보아야 하는가? 내게 범인을 처벌할 권리가 있다면 어떻게 결정할 것인가?

본격파에서 범인을 찾으면 범인은 그저 범인일 뿐이지만, 마쓰모토 세이초에게 범인을 찾는 일은 '이 사람은 어떻게 범인이 되었는가?'라는 또 다른 의혹의 시작이다. 우리가 어떻게 이 문제에 관심이 없을 수 있으며, 어떻게 답을 찾으려고 하지 않을 수 있단 말인가.

'국[1]가[4] 작[3]관[6]'에[5] 해[7]민[2]

'국민 작가'에 관해

미야베 미유키의 책을 읽으면 우리는 항상 '국민 작가'라는 칭호가 홍보 문구나 소개 글에 있는 걸 보게 된다. '국민 작가'는 상의 이름도 아니고 일본 문부성이나 매체에서 부여한 것도 아니지만 미야베 미유키가 받았던 어떤 정식 상보다 훨씬 영광스러운 이름일 것이다.

'국민 작가'가 무슨 뜻일까? 미야베 미유키는 '국민 작가'이거나 혹은 '국민 작가'라고 불릴 자격이 있는 걸까? 이 문제에 대답하려면 일본 문학사에서 이전에 어떤 인물이 공인된 '국민 작가'였는지 살펴보는 쪽이 가장 빠를 것이다.

'국민 작가' 요시카와 에이지. 그는 소설 『미야모토 무사시』의 작가로, 그의 펜을 통해 미야모토 무사시는 일본인에게 무엇이 '무사도'武士道인지, 무엇이 '무사도 정신'인지 알려 주었다. 제2차 세계대전이 끝난 후 일본을 점령한 미국인을 포함한 수많은 사람이 '무사도'를 전쟁의 화근으로 보고 적대하거나 심하게는 금기시했다. 요시카와 에이지는 그의 소설을 통해 '무사도' 전통을 지키고, '무사도'를 전쟁과 군국주의와 긴밀하게 엉킨 상황에서 구해 내 인문적 면모를 부여했다.

또 다른 '국민 작가' 시바 료타로가 쓴 역사소설 가운데 가장 뛰어나고 인기가 높은 소설은 막부 말에서 메이지 유신에 이르는 시기를 다룬 작품이다. 그는 전쟁 후 일본인을 일본의 현대화가 시작된 시점으로 데리고 가, 어떤 사람들이 어떤 일을 일으켜 훗날 일본을 전쟁의 길로 들어서게 했는지 분명하게 볼 수 있도록 했다.

시바 료타로의 작품은 일반적인 의미의 역사소설이 아니다. 그는 대량의 역사 자료를 망라하여 역사를 연구하고 조사해 소설로 써냈다. 더욱 중요한 것은 시바 료타로가 가진 독특한 역사관이다. 막부 말과 메이지 유신에 대한 그의 관점은 이전 일본사 학계의 주류와 크게 달랐고, 그는 폭넓게 전해지는 소설의 영향력을 빌려 일본인의 마음속에 색다른 '유신 사관'維新史觀을 세웠다.

그는 사카모토 료마, 이토 히로부미, 오쿠보 도시미치, 사이고 다카모리 같은 사람에 대해 기존과 다른 평가를 내렸고, 그의 평가와 해석은 역사 자료의 검증을 버틸 수 있는 것이었다. 그는 이 새로운 평가를 소설에 써넣었고, 전쟁 후 일본 사회에 새롭게 형성된 '유신 재평가'를 자극하고 이끌었으며, 특히 유신이 가져온 변화, 대체 무엇이 좋았고 무엇이 나빴는지를 재평가했다.

시바 료타로 전에 사카모토 료마는 그저 유신 역사에서

잠깐 스쳐 지나간 조역이었지만 시바 료타로의 소설이 일본인을 설득했다. 사카모토 료마는 젊은 나이에 암살로 목숨을 잃었지만 그의 통찰력과 기백은 유신 운동의 뒤를 받치는 정신의 가장 훌륭한 표본이었다. 그는 쇄국에 반대하고 대외 개방을 극력 추구했으며 각 번藩의 협조를 위해 뛰어다니며 노력하여 유신 운동 성립의 기초를 마련했다.

마쓰모토 세이초, 요시카와 에이지, 시바 료타로 같은 '국민 작가'의 공통점은 무엇일까? 우선 그들의 작품은 모두 인기가 높았고, 그중에는 슈퍼 베스트셀러도 있다. 그렇게 나 많은 독자가 읽은 작품이기에 영향력이 클 수 있었던 것이다. 다만 베스트셀러, 영향력만으로는 부족하다. '국민 작가'가 되려면 작품을 통해 일본 독자에게 일종의 자아 이해의 기회를 제공해야 하며, 나아가 그 시대 일본인이 기존과 다른 자아 형태를 만들 수 있도록 해야 한다. '국민 작가'는 또한 그 시대의 일본 사회에 새로운 가치관을 제시하고 수립한다. 한 사람의 문학 작가가 자신의 문학 작품으로 국민의 보편적인 관점을 바꾸는 일은 확실히 쉽지 않은 일이며 대단한 성과이기도 하다.

이런 특성과 기준으로 미야베 미유키를 '국민 작가' 선배와 비교하며 검증한다면, 나는 이렇게 말하는 편이 공정하다고 생각한다. '거의 그 정도에 이르렀다.'

「모방범」의 넓은 무대

미야베 미유키는 어느 정도에 이르렀을까? 그가 수십 권의 작품을 출간하기는 했어도 '국민 작가'로서의 정도를 보려면 『모방범』이 가장 훌륭하고 표준이 될 수 있겠다.

원서 단행본 기준 1,400여 쪽 그리고 주요 등장인물 43명. 『모방범』을 읽고 토론할 때 반드시 거론되는 숫자다. 탕눠는 롄푸출판사판 『모방범』 중국어 번역본의 해제에서 어떤 본격파 추리소설도 이런 규모로 쓰일 수는 없을 것이라며, 이 숫자들이 가리키는 기본 의미를 명확하게 지적했다.

본격파 추리소설은 길게 쓰이지 않고 지나치게 많은 내용을 담기도 어렵다. 독자가 이런 소설을 읽을 때는 사건의 전말과 수수께끼 그리고 독자 자신이 참여한 수수께끼 풀이에 관련된 정보만을 알고 싶어 할 뿐이기 때문이다. 아무리 복잡한 수수께끼라 해도 1,400쪽이 필요한 단서는 없다. 소설에 들어간 내용이 사건 전말과 수수께끼와 직접 관련이 없고, 추리에 어떤 역할도 하지 못한다면, 본격파 소설의 독자는 당장 항의할 것이다.

1,400여 쪽에 이르고, 43명의 인물이 움직이는 소설

은 분명 한 가지 사건과 해결 과정으로 끝나지 않을 것이다. 미야베 미유키는 소설 속의 놀라운 연쇄 살인 사건을 통해 '거품 경제 이후' 일본 사회의 면모를 설명하고 묘사하고자 했다.

『모방범』의 거의 끝부분에서 경찰 다케가미가 그의 딸 노리코에게 묻는다.

> "너희 세대에게는 생명이 조건 없이 소중하다거나 사회의 안전을 반드시 지켜야 한다는 이런 생각이 무의미하다는 거야?"
>
> 노리코가 고개를 저었다. "그런 주장보다 지루하지 않은 것이 무엇보다 중요하다는 쪽이죠."
>
> 그리고 노리코는 잠시 생각하더니 보충 설명을 했다.
>
> "응. 그래요. 인생이 무덤덤하게 아무 일 없이 지나가는 게 가장 무서워요. 누구도 알아주지 않고 아무런 자극도 없는 삶이라면 차라리 죽어 버리는 편이 나아요. 이게 젊은 세대의 성향이죠."

이 대화는 사건에 대한 토론이자 '거품 경제 이후' 일본 젊은 세대의 성격 묘사이기도 하다. 이와 비슷한 묘사가 다른 수많은 서적이나 잡지에도 나타났을지 모르지만, 『모방범』의 구체적이고도 복잡한 살인 사건을 통해 한 걸음 한 걸음 이끌려 나와 우리의 마음속에 각인되는 그 힘은 훨씬 더 강력하다.

『모방범』은 전통 일본 사회에는 없었던 '거품 경제 이후'에야 나타난 새로운 현상, 전혀 다른 정신 상태에 대해 말한다. 이 정신 상태의 출현은 거품 경제의 붕괴, 그러니까 오래 지속되리라 예측했던 번영의 급작스러운 정체 및 쇠락과 밀접한 연관이 있으며, 나아가 '거품 경제 이후' 일본 사회의 방향을 상당한 수준에서 주재했다.

'거품 경제 이후'의 일본 사회에서는 각종 직업 문제가 벌어졌다. 몇십 년 동안 일찍이 없던 일이었다. 일본 사회는 어떤 준비도 되어 있지 않았고, 젊은이에게 어떤 준비도 시키지 못했다. 짧디짧은 십몇 년간, 사회의 직업 규범은 순식간에 '종신고용제'에서 '파견 지상주의'로 변했고, 세계 노동시장에서 가장 안정된 보장을 제공하던 제도가 순식간에 세계 노동시장에서 가장 보장이 없는 제도가 되었다.

소설의 구리하시 히로미는 일류 대학을 졸업했다. 일본에서 일류 대학이란 과거 '제국대학' 계통의 도쿄대학교, 교토대학교, 도호쿠대학교 등 공립대학교 혹은 사립대학교 중에서 게이오대학교, 와세다대학교 등 몇 군데만을 가리킨다. 일류 대학에 진학하면 이 사회에서 엘리트 신분이 보장

된다. 당연히 졸업 후 정부 단위나 대기업에 들어가 빠르게 종신고용을 얻어, 미래 몇십 년을 한 계통에서 한 걸음씩 나아가 '과장'이나 '부장'에서 '이사'나 '사장'이 된다. 만화 주인공 시마 고사쿠가 바로 그런 경우가 아닌가?*

그렇지만 '거품경제 이후' 구리하시 히로미는 대학을 졸업하고 증권회사에 들어간 후 오래지 않아 회사를 그만두고 내내 무직으로 지낸다. 기업은 종신고용제를 없앴다. 구리하시 히로미 같은 일본 젊은이에겐 한 계통에서 평생을 분투하려는 인내심과 강인함이 없었다. 시대라는 거대한 환경이 그들을 옛 체제에서 끌고 나왔고, 그들은 이제 다른 생활을 하고 싶어 하지만 그 다른 생활이 대체 어떤 생활인지, 어떤 게임 규칙을 가지고 있는지 알지 못한다.

'거품경제 이후'의 일본은 모든 영역에서 격변을 겪었다. 일본 사회의 가치를 결정하던 힘이 재조정되었다. 과거 일찍이 핵심 자리에 있던 정치의 경우, 자민당이 분열된 후 수상이 수시로 바뀌었고 내각 관료가 가십 잡지에 오르내리면서 하야하는 경우가 일일이 셀 수 없을 정도였는데 어떻게 사회를 이끌 수 있었겠는가. 상대적으로 과거에는 정계와 기업계에 공손하고 조심스러운 태도를 지키던 매체가 이 기간 동안 점점 거칠고 경망해져 예전의 금기를 수없이 부수며 점점 큰 영향력을 발휘하게 되었고, 나아가 권력을 장

* 히로카네 겐시의 만화 『시마 과장』을 가리킨다. 이후 주인공 시마 고사쿠가 꾸준히 승진해 회장까지 올라 활동하는 이야기가 연재되고 있다.

악하게 되었다.

미야베 미유키는 용감하게 그리고 책임감을 가지고 일본의 이런 역사적인 변화를 그려냈고, 특히 특수한 세대 차이를 서술했다.

일본의 '단카이 세대'는 수많은 비판을 받아 왔지만 '단카이 세대'를 줄곧 비판해 온 그다음 세대는 '단카이 세대'와 분명하게 거리를 둘 만한 새로운 가치관과 정신을 진정으로 형성하지 못했다.

'거품 경제 이후'의 현실은 새로운 세대 정신을 만들어 냈다. 소수가 아닌 전체 세대가 자신과 앞선 세대의 일본인이 다르다고 느꼈으며, '거품 경제 이후'의 환경 속에서 앞선 세대의 일본인과 점점 다른 생활을 했다.

이 세대를 어떻게 표현할 것인가. 특히 그들과 앞선 세대의 차이를 대비하고, 나아가 두 세대가 상대방을 보는 방식과 대하는 방식을 그려내는 일이 절박하게 필요했다. 미야베 미유키가 이 점에서 이룬 성과가 그를 '국민 작가'로 부르게 하는 조건이 된다.

다만 '국민 작가'가 되려면 사회 방면의 공헌만으로는 부족하고 문학 방면의 높은 성적도 있어야 한다. 예컨대 여든여덟 해를 살고 몇 년 전에 세상을 떠난 규 에이칸의 경우, 그의 책이 일본에서 누적 판매 수천만 권에 이르고 누구나 그의 이름을 알 정도였으며, 그 자신이 일본 경제가 날아오르는 과정에도 큰 영향력을 발휘했지만 그를 '국민 작가'라고 부르는 사람은 없다.

그가 타이완에서 태어났고 원래 타이완 사람이기 때문만은 아니다. 규 에이칸은 1954년에 일본으로 가 일본에서 육십 년 가까운 시간을 보냈고, 그의 소설은 일찌감치 '나오키상'을 받았다. 나중에는 '돈 버는 신'이라는 별명이 붙을 정도로 스스로 돈을 잘 벌었고, 어떻게 하면 돈을 벌 수 있는지 알려 주는 책을 쓰기도 해, 재산 투자로 돈을 벌고 싶은 사람은 반드시 규 에이칸의 책을 가지고 있었다. 따라서 그가 중요한 대작가라는 점을 부정할 사람은 없으나 '국민 작가'는 아니다. 오마에 겐이치 역시 '국민 작가'는 아니다. 일본 사회를 묘사하고 분석한다는 면에서 그의 책은 누구보다 정밀하고 잘 팔린다. 도쿄도지사를 지냈던 이시하라 신타로 또한 젊은 시절에 일본 사회를 뒤흔들 멋진 소설을 몇 권이나 썼고, 소설은 영화로도 만들어져 그의 동생이자 인기 배우인 이시하라 유지로가 주연을 맡아 화제가 되기도 했다. 그러나 그 역시 '국민 작가'가 될 자격은 없다.

'국민 작가'라는 명예로운 이름은 아무래도 문학에서, 대중문학, 특히 소설의 기반에서 세워져야 한다. 소설이 충분히 매혹적이고 충분히 사랑받고 충분히 팔리더라도 문학적 의미에서도 충분히 좋아야 한다. 미야베 미유키의 소설은 이러한 면에서 확실히 뛰어남을 보여 주었다.

『모방범』의 서사 구조는 세 부분으로 나눌 수 있다. 제1부는 순서에 따라 합리적으로 착실히 기록한 사건 설명이다. 오가와 공원에서 잘린 팔이 발견되고부터 경찰이 어떻게 피해자의 신분을 확인하는지, 어떻게 사건을 처리하는지, 피해자 가족의 반응이 어떤지, 매체의 보도는 어떤지 이야기하고, 중간에는 범인이 텔레비전에서 도발하는 단락을 집어넣는다.

제1부에는 범인과 경찰과 사회의 수수께끼mystery가 완전하게 펼쳐진다. 추리소설의 관례에 따라 우리는 이어지는 제2부에서 당연히 수수께끼를 푸는 과정을 읽으리라 기대한다. 경찰이 한 걸음 한 걸음 범인의 혐의점을 찾아가며 범인에게 다가가는 과정, 범인의 신분을 알아내고 사건 수법을 밝히고 나아가 범인을 체포하는 과정을 말이다. 이 소설이 사회파 추리소설이라는 점을 고려한다면 여기에 범인이 사건을 저지른 동기에 대한 탐구와 해설이 더해질 것이다.

그러나 미야베 미유키가 우리에게 준 제2부는 그렇지 않다. 제2부의 시작에서 그는 추리소설의 의혹을 다루는 방식을 철저하게 위반하는 글쓰기로, 범인을 등장시키고 범인의 자리에 서서 전지적 시점으로 다시 한 번 사건을 말한다. 그러니까 미야베 미유키는 제1부에서 경찰, 피해자, 방관자들이 모르고, 그래서 간절히 간구하던 정보인 범인은 누구인가, 어떻게 사건을 저질렀는가, 왜 사건을 일으켰는가 그리고 그 과정에서 그들은 무엇을 하고 무슨 생각을 했는지를 빠짐없이 우리에게 알려 준다.

미야베 미유키는 추리소설 독자와의 묵계를 깬다. 여기에는 사건 수사의 과정이 없으며, 실제적으로 '사건 해결'이 없다. 서술자가 튀어나와 범인이 생각하고 행동하는 모든 것, 심지어 범인이 어떤 어린 시절과 성장 시기를 보내며 어떤 경험을 겪었는지 모두 말해 준다. 이런데 우리가 경찰이 어떻게 사건을 조사할지 예상하고, 경찰이 어떻게 사건을 조사해 어떤 단서를 찾아낼지 호기심 어린 눈으로 구경할 수 있겠는가. 독자는 조사하는 사람과 함께 추리하고 추측하는 즐거움을 누릴 도리가 없다!

추리소설의 틀을 따른다면 『모방범』은 제2부가 끝날 때 소설도 끝나게 되고, 입맛이 아주 쓴, 겨우 삼키도록 쓴 추리소설로 기억될 것이다. 앞부분에 커다란 수수께끼를 배치하고, 뒷부분에는 풀지 않은 수수께끼를 남겨둔 채, 작가는 높디높은 자리에서 전체 사건을 내려다보면서 우리에게 수수께끼를 보여 줬다는 사실을 잊은 듯 직접 사건의 전후 맥락을 자세하게 설명한다. 우리는 제1부에 제시된 수수께끼에 호기심을 가지고, 이 사건이 어떻게 된 일인지, 경찰이 어떤 방법으로 수수께끼를 풀었는지 추측해 볼 수 있다. 그런데 갑작스럽게 제2부에서 작가가 범인을 불러내 원래의 사건을 충실하게 다시 한 번 재현하도록 하면서 우리의 호기심과 기대는 철저하게 부서지고 만다.

제2부는 사실 제1부에서 이미 일어난 일을 범인의 시점으로 하나하나 다시 말한 것이다. 오가와 공원에 어떻게 팔을 두었는지, 어떻게 팔의 주인인 마리코를 납치했는지, 어떻게 마리코 일가를 찾았는지, 어떻게 마리코의 할아버지를 농락했는지, 어떻게 여고생의 도움을 받아 편지를 여관으로 보낼 수 있었는지 등등을. 각 사건은 모두 제1부에서 나타났던 일이라, 제2부에서 다시 말하는 것은 그저 '어떻게'를 설명할 뿐이다. 왜 방송국에 전화를 했을까? 왜 먼저 건 전화와 나중에 건 전화의 말투가 달랐을까? 제1부에 나타났던 일들이 제2부에서 반복되면서 '왜'를 설명한다.

제2부를 여는 첫 문장은 이렇다. "구리하시 히로미가 처음 사람을 죽인 건 그가 열 살 생일을 맞은 날이었다. 그때 그의 곁에는 '피스'가 있었고, 피스는 그에게 사람을 죽이는 방법을 가르쳐 주었다." 그렇다. 이 첫 문장은 설명한다. 범인은 두 사람이고, 한 사람은 구리하시 히로미, 다른 한

사람은 피스다. 직설적이다.

추리소설을 소개할 때 가장 어렵고 금기시되는 점은 절대로 핵심이 되는 사건을 알리지 않는 것인데, 독자가 수수께끼를 풀 재미를 부숴서는 안 되기 때문이다. 그러나 『모방범』에는 이런 문제가 없다. 이 책을 읽고 싶지만 아직 읽지 않은 사람을 포함한 어떤 사람에게도 큰 소리로 반복해서 "범인은 구리하시 히로미와 피스야. 기억해 둬, 하나는 구리하시 히로미이고, 하나는 피스라고!"라고 말해도 전혀 문제가 없고 규칙을 어기는 것도 아니다. 적어도 나는 규칙을 어기지 않았다. 규칙을 어긴 책임을 추궁하고 싶다면 미야베 미유키에게 가서 따져 물을 수밖에 없다. 작가는 소설의 제2부 앞머리에서, 책 전체에서 겨우 삼분의 일이 끝난 곳에서 당당하게 우리에게 알려 준다. 범인은 구리하시 히로미와 피스라고.

이 작품은 추리소설이다. 그것도 분명하게 탐정 역할이 있는 듯 보이는 탐정추리소설이다. 제1부에서 독자는 다케가미나 아키쓰 등 여러 명의 경찰을 만나고, 그들의 특별한 사건 수사 방법, 예컨대 꼼꼼하게 현장 주변의 지도를 그린다든가 세밀하고 체계적으로 주변 탐문 수사를 벌이는 모습을 보게 된다. 이치대로 말하자면, 소설의 마지막 부분에서 탐정이 모든 단서와 자료를 취합하고 정리해 우리에게 누가 범인인지 선포해야 한다.

『모방범』에서는 도리어 탐정이 오리무중에 있고, 독자는 이미 범인이 누구인지뿐 아니라 그들이 사건을 저질렀을 때부터 연막 작전을 쓰기까지 모든 단계를 하나하나 알고 있다. 이것이 무엇인가? 작가는 수수께끼의 답을 먼저 독자에게 밝힌 다음 아직도 어리둥절해하는 탐정을 함께 비웃자고 하는 것일까? 이것이 우리가 추리소설을 읽으면서 얻으려는 즐거움일까? 여기에 정말 어떤 즐거움이 있다고 말할 수 있을까?

제2부만 읽는다면 독자는 틀림없이 『모방범』의 서술자를 싫어하리라 나는 믿는다. 서술자는 말도 많고 조급한데, 이런 성격은 서로 모순되기도 한다. 그는 본격파의 서술자처럼 간결하고 세련되지 못하다. 수없이 자잘한 이야기를 질질 끄는 바람에 시체를 발견한 사람까지 자세하게 묘사하고 피해자의 할아버지에게도 길고 긴 자리를 할애한다. 다른 한편으로는 서둘러 해답을 펼쳐 보여서 추리 의혹의 여지를 부숴 버린다.

세세하고 복잡한 범죄 과정 그리고 경찰 및 매체와 밀고 당기는 과정은 원칙대로 보자면 단서를 제공하고 추리에 난이도를 올려 우리가 쉽게 답을 찾지 못하게 함으로써 수수께끼를 푼 순간의 쾌감을 끌어올리지 않는가? 어째서 작가는 쫓기듯 독자에게 답을 알려 주려고 하면서 우리의 추리를 모호하게 하고 뒤섞는 듯 보이는 번잡한 정보를 말하려는 걸까?

원칙에 따르면 번잡한 정보는 명탐정이 활약하는 무대다. 명탐정은 고치에서 실을 뽑듯 우리가 잘못 간 방향을 알려 주고, 우리의 잘못된 상상을 부정하며, 범인이 켜켜이 막을 쌓아 우리에게 보여 주려 하지 않던 사실을 꿰뚫어 봐야 한다. 그러나 『모방범』은 그렇게 쓰이지 않았다. 제2부가 끝날 때 범인은 큰 승리를 거두고, 범인의 적이 되어 줄 명탐정은 나타나지 않는다. 우리가 명탐정 역을 맡아 주리라 기대했던 경찰은 아무래도 그저 평범한 경찰인 것 같다.

하지만 바로 여기에 미야베 미유키가 이룬 최대 공헌과 성과가 숨어 있다. 미야베 미유키는 '원칙에 따른' 추리 소설을 쓰지 않았다. 그는 단 한 가지 의혹만 있는 소설을 쓰지 않았다. 『모방범』의 제1부, 제2부, 제3부는 서로 다른 세 가지 의혹을 드러내 보여 준다.

제1부는 전통적인 수수께끼와 의혹이다. 이상한 일이 일어난다. 여성의 한쪽 팔이 잘린 채 나타나고 살인 사건이 발생한다. 그리고 일부러 심어 놓은 갖가지 연막이 있다. 이 뒤에는 당연히 범죄자가 있지만 그는 숨어 있다. 여기에서 가장 큰 의혹은 '그는 누구인가' 그리고 '그'를 어떻게 찾을 수 있을까 하는 의혹이다.

제2부의 시작에서는 마음의 준비를 할 사이도 없이 의혹이 해결돼 버린다. 범인은 구리하시 히로미와 피스다. 그럼 이 소설에 더 읽을 것이 뭐가 있단 말인가? 왜 더 읽어야 하는가? 우리가 더 읽어 나가는 이유는 미야베 미유키가 또 다른 의혹으로 우리를 끌어당겨 독서를 포기하지 못하도록

만들었기 때문이다. 제2부에서 미야베 미유키는 그들이 어째서 그렇게 했는지를 제1부에 서술된 갖가지 이상 현상과 범죄 행위와 대조해 설명한다. 미야베 미유키는 제1부의 다채롭고 기이한 현상을 단순히 추리의 실마리로 남겨두지 않고, 제2부에서 그 현상을 사람의 행위, 즉 명확한 동기가 있고, 현재 혹은 과거에 심리적 의미가 있는 행위로 돌려놓는다.

제2부의 내용은 우리가 제1부에서 얻은 정보를 확장한다. 제1부를 다 읽은 우리는 세 건의 살인 사건을 알게 되는데 제2부에 이르면 살인 사건은 점점 늘어 정확히 가늠할 수 없는 지경에 이른다. 제2부를 읽는 우리는 더 이상 사람들이 어떻게 죽었는지, 노숙자가 어떻게 사건에 끌려 들어가게 되었는지, 이상한 사진이 어디에서 나온 것인지 의혹을 품지 않는다. 그 서술자들이 하나하나 우리에게 알려줄 것이기 때문이다. 그러나 책을 읽을수록 점점 몸서리를 치게 된다. 이 두 사람은 도대체 무슨 동기에서 이런 상식에 어긋나는 일을 계획하고 실행하는가.

제2부의 도전은 미야베 미유키 자신의 글쓰기 도전이기도 하다. 미야베 미유키는 이 기이하고 다채로우며 상식에 어긋난 일을 분명하게 밝히고 두 사람의 삶 속에 집어넣음으로써 그들을 이해할 수 있는 사람으로 만든다. 그리하여 여전히 기이하고 다채로우며 상식을 벗어난 논리와 주장

은 이 행위들을 관통하고 통합한다.

예컨대 미야베 미유키는 구리하시 히로미와 그의 어머니, 그와 그의 죽은 누나의 관계를 쓰고, 피스에 대한 구리하시 히로미의 숭배와 피스가 '완전 범죄'를 보는 태도를 써서 그들이 이런 일을 벌인 이유를 설명한다. 동시에 제3부에 나오는 세 번째 의혹의 바탕을 닦는다.

『모방범』의 제1부와 제2부는 같은 장소에서 끝난다. 구리하시 히로미와 다카이 가즈아키가 함께 탄 차가 굽은 길을 돌다 절벽으로 떨어지면서 두 사람은 목숨을 잃고, 차에서 발견된 증거(트렁크에 있는 남자 시체 한 구)에 따라 연쇄 살인 사건의 범인으로 추정된다. 차이가 있다면 제1부가 끝날 때 우리는 소설 속 경찰, 매체, 사회 일반 대중과 마찬가지로, 증거가 구리하시 히로미와 다카이 가즈아키가 범인임을 가리키고 있으며, 사건은 거의 해결되었지만 범인이 모두 죽어 증언도 없고 살인 사건의 경과를 설명할 완전한 증거도 찾지 못해 구멍이 뚫린 상태라는 것만 안다. 그러나 제2부가 끝나면 우리는 모든 과정, 특히 다카이 가즈아키가 범인으로 몰리게 되는 숨은 사정, 나아가 잡히지 않은 범인이 한 사람 더 있다는 사실을 알게 된다.

미야베 미유키는 독자를 도발한다. '소설을 여기에서 끝내도 될까요?' 만약 소설의 역할이 추리로 수수께끼를 푸는 데 있다면 제2부가 끝나면서 『모방범』의 수수께끼는 모두 풀린다. 경찰은 사건을 해결하지 못한 채 여전히 다카이 가즈아키가 구리하시 히로미의 공범이라고 믿고 있는 상황에서, 독자인 우리는 이미 답을 알고 있다. 추리소설은 반드시 수수께끼를 풀어야 하지만 반드시 정의를 드러내야 하거나 악을 처벌해야 할 필요는 없다. 실제로 수많은 추리소설의 마지막 부분에서 범인은 도주하거나, 속이고자 하는 사람을 성공적으로 속이고 유유히 떠나곤 한다. 추리소설의 전통에는 진범을 반드시 잡아 법으로 다스린다는 약속이 없다. 추리소설이 약속한 것은 진범이 어떤 사람이든, 그가 체포되든 체포되지 않든 소설이 끝나기 전에 누구인지 알려 준다는 것이다.

그런데 우리는 소설이 여기에서 끝나도 된다고 생각하는가? 수수께끼의 답을 얻은 다음 편안한 마음으로 책을 덮고 현실로 돌아가 잠을 잘 수 있겠는가? 미야베 미유키의 본령은 바로 여기에 있다. 그는 독자가 제2부를 읽고, 알아야 하고 알고 싶었던 모든 것을 알고 난 뒤에도 절대 편한 마음에 들 수 없게 한다. 독자는 본격파 추리소설을 읽는, 그런 게임하는 듯한 마음으로 『모방범』을 읽을 수 없다. 우리는 소설 속 등장인물을 추리 과정에 필요한 요소, 수수께끼만 풀리면 그들이 죽든 살든 각자 사건에서 어떤 역할을 했든 곧 잊어버릴 요소로만 볼 수 없다.

우리는 그 사람들에게 관심을 가지지 않을 수 없다. 우리는 그들이 어떻게 되는지 궁금하다. 그들이 삶에서 이 사건의 충격을 어떻게 받아들일까. 이것이 바로 우리가 당연하게 제3부를 읽는 동기이자 제3부가 존재하는 튼튼한 바탕이다.

미야베 미유키는 우리를 안심하지 못하게 할 자신이 있었다. 다카이 가즈아키라는 등장인물을 성공적으로 형상화해 이야기 속에 배치했기 때문이다. 다카이 가즈아키가 있어 『모방범』은 단순히 추리소설에 그치지 않고 심리소설이자 나아가 사회소설이 될 수 있었다.

이 점에서 미야베 미유키는 확실히 마쓰모토 세이초를 닮았다. 독자에게 한 가지 범죄를 보여 주고, 범인이 이런 일을 하고 이런 죄명을 받았음을 알리고 독자가 어떻게 반응하는지 살핀다. 독자는 범인이 받을 처벌을 받아들일 수 있을까? 범인을 생각하면서 편안한 마음으로 책을 덮고 잠자리에 들 수 있을까?

우리가 제3부를 읽으며 느끼는 가장 강렬한 감정은 아마도 피스가 법망 밖으로 도망칠지 모른다는 두려움이 아니라 다카이 가즈아키가 이런 방식으로 누명을 쓰고 죽는 것을 견디지 못하는 마음일 것이다. 제3부의 의혹은 우리의 독서에 던지는 시험이다. 즉 정의에 대한 의혹이다.

제2부를 읽으면 우리는 자신도 모르는 사이에 미야베 미유키가 설치한 도덕의 함정에 빠지게 된다. 우리는 일찍

부터 책 속의 범인 피스 이외의 다른 인물과 진상을 분명하게 알고 있다. 경찰, 피해자의 가족, 심지어 다카이 가즈아키의 가족을 포함한 모든 사람은 구리하시 히로미와 다카이 가즈아키를 범인이라고 알고 있다. 우리만이 그렇지 않음을 안다. 이 특이한 정보는 우리가 사건에 대해 냉정하고 담담한 거리를 유지하지 못하게 만든다. 독자는 어떤 감정을 느끼지 않을 수 없다. 의분에 가득 차 참지 못할 수도 있고, 범인 피스처럼 마음을 움직이지 않은 채 이런 일을 당연히 여길 수도 있다.

대부분의 사람은 이런 상황에서 태연하게 자신이 피스처럼 피도 눈물도 없는 사람이라고 깨닫고 인정하지는 못한다. 그래서 소설을 이렇게 끝낼 수는 없다고, 다카이 가즈아키가 이렇게 영원히 피스 대신 누명을 쓴 채 끝내는 걸 허락할 수 없다고 생각한다. 필요하다면 미야베 미유키의 멱살을 잡아서라도 다음 이야기를 계속 쓰게 하고, 독자가 바라는 '다음'을 쓰도록 하고 싶다는 충동을 느끼게 된다.

이것이 정의에 대한 의혹이다. 우리는 나중에 정의가 실현되는지에 관심이 있다. 이런 관심 자체가 강렬한 정의감에 따른 것이다. 정의감이 없다면 독자는 다카이 가즈아키가 누명을 쓴 채 사건이 정리되는 것을 받아들일 것이고, 이는 곧 독자가 모르는 일은 아무것도 없고, 이후에 아무 일도 일어나지 않는다는 뜻이다.

실제로 나중에 어떤 일이 발생하기 때문이 아니라, 정의에 대한 우리의 충동이 그다음이 있어야 한다고, 반드시 어떤 일이 일어나야 하며 적어도 사람들이 다카이 가즈아키가 죄 없이 누명을 썼음을 알아야 한다고 강렬하게 요구한다.

모든 수수께끼가 풀어 헤쳐지고, 모든 과정이 분명하게 설명된 후에도 우리는 똑같은 열정으로, 오히려 더욱 강렬하고 열정적인 태도로 『모방범』 제3부를 읽고자 한다. 우리는 다카이 가즈아키가 죽은 다음 그가 어떻게 할지 알고 싶어 한다. 무슨 말인지 이상할 것이다. 그는 이미 죽었는데 뭘 더 어떻게 할 수 있겠는가. 죽음은 그의 끝이지만 정의의 끝은 아니며, 정의에 대한 의혹은 그가 죽은 후에 비로소 시작되어 우리의 관심을 끌어당긴다.

제3부의 중반 이후 미야베 미유키는 교묘하게 앞부분의 의혹을 잇는 또 다른 고리를 배치해 독자가 높은 집중력을 유지한 채 책을 읽도록 이끈다.

제2부에서 구리하시 히로미와 함께 범죄를 저지른 사람은 줄곧 구리하시 히로미가 어릴 때 지어 준 별명 '피스'라는 이름으로 등장한다. 그리고 제3부에 이르러서야 아미카와 고이치라는 본명이 나온다. 이는 제2부가 주로 구리하시

히로미의 관점에서 묘사되고 이해되고 있음을 드러내는 장치다. 그리고 아미카와 고이치가 객관적인 시선을 받는 인물로서 소설에 등장하면서 독자는 어쩔 수 없이 호기심을 느끼게 된다. 이제 이 범인은 어떻게 될 것인가?

추리의 관점에서 보자면 피스 혹은 아미카와 고이치는 서사에서 그가 해야 할 기능을 다했다. 그는 성공적으로 '완전 범죄'를 이루어, 그토록 많은 사람을 죽였으면서도 끝까지 의심받지 않았고, 교묘하게 다카이 가즈아키가 죄를 뒤집어쓰도록 해 자신에게 향할 의심과 조사를 차단했다. 그는 모든 것에서 몸을 빼냈다.

아미카와 고이치는 다시 나타나고, 그리하여 원래 있던 의혹이 한 바퀴 돌아 되돌아온다. 그렇다. 우리 독자가 진상을 아는 것만으로는 부족하다. 핵심은 소설 속의 인물들, 기자와 경찰과 피해자의 가족과 다카이 가즈아키의 가족이 어떤 식으로 진상을 발견하고 알아내는가에 있다. 수수께끼를 푸는 의혹과 정의에 대한 의혹은 여기에서 하나가 된다. (우리 독자가 아니라) 오로지 그들이 진상에 다가가고 드러낼 방법을 찾아야만 다카이 가즈아키의 누명과 억울함을 벗길 기회가 생기기 때문이다.

아[4]걸[3] 모[1] 담[7]는[5] 부[6]든[2]

모든 걸 아는 부담

소설 『모방범』에서는 전지적 관점이 자주 쓰인다. 앞에서 말했던 숫자 가운데 주요 등장인물 43명에는 어떤 의미가 있을까? 이 소설에 43명의 인물이 나온다는 말이 아니다. 『모방범』보다 분량이 적은 소설에도 40여 명의 등장인물이 출연하는 경우는 흔하다. 다수의 등장인물이 나오기로 유명한 소설은 『모방범』보다 다소 긴 톨스토이의 『전쟁과 평화』로 500여 명의 등장인물이 나온다.

중요한 점은 43명의 등장인물 가운데 보조인물이 없다는 사실이다. '주요' 여부를 판단하고 '보조'인지 아닌지 알기 위해서는 소설에 그들의 마음속 생각과 느낌을 드러내는 부분이 있느냐 없느냐를 본다. 독자는 43명의 등장인물의 주관적인 시야로 거의 들어가다시피 하며, 소설은 그들이 무엇을 생각하고 두려워하는지, 무엇에 분노하는지, 또 무엇 때문에 두려워하고 분노하는지 보여 준다.

서술자는 전지적 권력을 써서 이 인물 저 인물의 마음속으로 들어가고, 그들의 기억과 경험을 불러온다. 예컨대 소설에서 아다치 요시코 부인은 다리를 다쳐 구리하시 히로미의 모친 구리하시 스미코와 같은 병실을 썼을 뿐인데도 독자는 이 부인이 병원에서 무엇을 보고 생각하는지 안다.

여기에는 무엇이든 다 아는 신이 있다. 그 신은 우리가 모든 걸 다 아는 신이 있는데 뭐하러 수수께끼를 풀어야 하나 생각하든 말든 신경 쓰지 않는다. 그는 호방한 태도로 이렇게 말하는 듯하다. “이리 오렴. 알고 싶은 게 무엇이든 다 알려 줄 테니. 지금은 알고 싶다고 생각하지 않은 것도 알려 줄 수 있단다.”

이런 서사 방식은 추리의 논리를 위배하지만 이런 규정 위반 서사 방식을 통해 미야베 미유키는 독자가 편하고 쉽게 얻은 수수께끼 풀이의 성취를 이후의 무거움으로 뒤집는다. 아는 것이 많아질수록 독자의 부담은 커진다. 미야베 미유키가 마쓰모토 세이초와 닮은 부분이다. 두 작가는 독서를 마친 독자가 산뜻한 기분을 느끼도록 하는 글을 쓰지 않았다. 독자는 자신이 명탐정만큼 똑똑하다고 자축할 수 없고, 법망이 성글지만 촘촘하다는 단순한 믿음을 강화할 수 없다.

소설에는 결국 끝이 있으나 소설을 읽는 과정에서 우리는 끝없이 근심한다. 이 사건이 해결될까? 끝과 해결은 다른 문제다.

그렇게 많은 등장인물이 움직이지만 단 한 부분만이 살인 사건과 직접 관련이 있다. 미야베 미유키는 이 밖에도 두 갈래의 인물을 그린다. 한 갈래는 피해자 가족으로 구성되고 다른 한 갈래는 가해자의 가족이다. 소설은 쓰카다 신이치라는 인물에서 시작된다. 그는 개를 데리고 공원에 산책을 나갔다가 잘린 팔을 발견한다. 우리는 그가 시체를 발견함으로써 이야기의 시작을 이끄는 인물일 뿐이라고 여긴다. 우리는 여러 추리소설에서 이런 상황을 본 적이 있다. 시체를 발견한 사람은 시체를 발견하고 사건을 신고한 다음 소설 속에서 사라진다.

그러나 쓰카다 신이치는 사라지지 않는다. 그는 일가족 살해 사건의 생존자로 가장 비참한 피해자 가족이다. 그 자신이 살인 사건을 겪고 막 일 년이 지났는데 발견자의 신분으로 자기도 모르는 사이에 또 다른 살인 사건에 관련이 된다. 쓰카다 집안의 살인 사건은 공원에서 발견된 팔의 배경이 되는 살인 사건과는 어떤 관계도 없다. 그럼에도 소설은 쓰카다 신이치로 시작해 쓰카다 신이치가 히구치 메구미를 이끌어 내는 것으로 끝낸다. 히구치 메구미는 일가족 살해 사건 용의자의 딸이다. 한 사람은 피해자 가족, 한 사람은 가해자 가족이지만 두 사람의 행동과 반응은 독자의 예상을 철저히 뒤집는다. 피해자 가족이 가해자 가족을 찾아가 복수를 하고 처벌을 구하는 게 아니라 가해자 가족이 끝없이 피해자 가족을 쫓는다. 그들은 한 쌍의 거울처럼 서로를 비춘다.

또 다른 선명한 형상을 띠는 피해자 가족은 후루카와 마리코의 할아버지 아리마 요시오다. 그는 이중 피해자로, 외손녀가 피살되고 뒤이어 딸이 흥분한 상황에서 차 사고를 당해 전신마비가 된다. 한순간에 가족 두 사람을 잃은 것이다. 그의 존재는 피해자 가족의 경험과 느낌을 더욱 두드러지게 드러낸다.

미야베 미유키는 소설에 추리가 아닌 주제를 더해 죄와 벌뿐 아니라 인간과 인간 사이의 이해와 소통을 탐구하도록 우리를 이끈다. 죄와 벌도 무거운 주제인데 미야베 미유키의 야심은 거기서 더 나아가 인간과 인간의 상호 이해 혹은 상호 불이해까지 확장하고자 한다.

소설에는 마음을 울리는 일화가 하나 있는데 쓰카다 신이치와 그의 여자친구 미즈노 하사미가 보여 주는 모습이다. 쓰카다 신이치가 알 수 없는 이유로 트집을 잡아 미즈노 히사미와 다툰다. 원인은 실제 두 사람 사이에 있던 어떤 충돌이 아니라 쓰카다 신이치 내면의 절망, 그러니까 순수하게 무구하지 않으면서도, 그 자신과 관련된 책임으로 고통받는 피해자 가족이라는 그의 경험을 누구도 온전히 이해할 수 없다고 느끼고 믿는 절망에서 비롯된다.

소설의 뒷부분에는 또 다른 비극적인 인물인 다카이 가

즈아키의 여동생 다카이 유미코가 있다. 그의 삶은 살인 사건으로 인해 철저히 무너져, 가족과 가게와 일상생활이 모두 산산조각 나 버린다. 이는 비극의 한 부분일 뿐, 더 깊은 상처가 되는 부분이 있다. 사회에서 볼 때 다카이 유미코는 가해자의 가족으로 연대되는 죄의식을 져야 한다. 그러나 그의 마음속에서, 그리고 실제로 그는 틀림없이 피해자의 가족이다. 그렇지만 그는 피해자 가족이 얻을 법한 위로를 얻지 못할 뿐 아니라 정반대로 가해자 가족으로서 거대한 압박을 받는다.

다카이 유미코 또한 쓰카다 신이치와 한 쌍의 대비를 이룬다. 쓰카다 신이치는 다카이 유미코가 갖지 못한 것, 즉 사회의 동정을 가지고 있다. 그러나 그것이 그를 좀 더 낫게 해 주지는 못한 듯하다. 동정심을 가진 사회는 그의 내심에 깃든 자책을 이해할 도리가 없으며, 자신의 잘못으로 가족이 피해를 당했다는 죄책감을 풀어 줄 방법이 없다.

『모방범』에서 피해자 가족이라는 갈래와 가해자 가족이라는 갈래는 교묘하고도 비극적으로 이 두 사람에게서 결합한다. 다카이 유미코는 분명히 피해자 가족이지만 가해자 가족이라는 오명에서 벗어나지 못하고, 쓰카다 신이치는 피해자 가족이라는 신분이 있지만 자신이 가해에 참여했다고 느끼는 어두운 그림자에서 벗어나지 못한다.

과누인공 연은 주인가구

주인공은 과연 누구인가

등장인물 43명을 움직이는 것은 소설 서사 기법에서 당연히 고난도의 일이다. 한 편의 소설에서 독자에게 등장인물 43명이 서로 모호하게 섞이지 않고 각각 다른 인상을 남기도록 하기는 대단히 어렵고, 43명의 중요도를 비슷하게 유지하기는 더욱 어렵다.

소설에서 '등장 지분'이 가장 많은 인물은 의심할 여지 없이 두 범인인 구리하시 히로미와 피스로 제2부의 대부분에 등장한다. 그러나 이 두 사람을 제외한 나머지 인물도 쉽게 무시하고 잊을 수 없을 정도로 중요하다. 쓰카다 신이치, 아리마 요시오, 형사 다케가미, 마에하타 시게코, 후루카와 마리코……. 이 인물들 사이에는 증인도, 피해자도, 피해자 가족도, 기자도 있으며, 한 명 한 명이 피와 살을 가진 채 미야베 미유키가 그들에게 나눠 준 분량만큼 우리의 눈앞에 나타난다. 그저 하나의 이름으로, 소설에서 어떤 특정한 기능을 가지고 있다가 쓸모가 끝나면 사라지는 인물이 아니다. 그들은 소설 전체에서 존재하며, 미야베 미유키는 어떤 한 사람도 쓰고 나서 잊어버리지 않았다.

그토록 많은 주요 인물이 병존한다는 말은 이 소설에

일반적인 의미의 '주인공'이 없다는 뜻과 같다. 『모방범』의 놀라운 특색은 이 작품이 주인공 없는 소설, 특히 추리하는 주인공이 없는 소설이라는 점이다. 어떤 모습으로 나타나든 추리소설에는 '추리로 수수께끼를 푸는 사람'이 주인공을 맡는다. 초기에는 홈스처럼 우리보다 백배는 똑똑한 사람이 주인공을 맡았다. 나중에는 말로처럼 우리보다 백배는 운이 없고 백배는 고통스러운 사람이 주인공을 맡았다. 또는 달리 선택의 여지없이 사건 조사와 추리가 자신의 일인 형사, 검사 혹은 검시관이 주인공을 맡기도 한다. 어찌 되었든 누군가는 사건을 조사하고, 사건을 조사하는 사람은 어찌 되었든 적당한 때에 나타나 우리에게 사건의 진상과 추리 과정을 알려 준다.

『모방범』에는 이런 주인공이 없다. 억지로라도 주인공을 찾자면, 범인이 탐정의 자리를 대신해 소설에서 가장 주인공에 가까운 자리를 차지한다. 범인이 주인공이 되고, 우리는 탐정의 보호를 받지 못해도 되는 걸까? 코넌 도일이 거칠게 마구잡이로 만들어지던 '살인소설'을 '탐정소설'로 성공적으로 환골탈태시킬 수 있었던 것은 탐정을 창조하여 우리가 소설을 읽을 때 마음 편히 이입할 수 있는 대상을 부여했기 때문이다. 탐정은 독자에게 도덕적인 안심을 준다. 독자는 사람이 어떻게 피살되는지 범죄가 어떻게 이뤄지는지 보거나 즐기고 싶은 게 아니라, 탐정이 어떻게 범죄를 감춘 장막을 꿰뚫어 보고 범죄와 대결해 이기고 범죄를 압도하는지 보고 싶어 한다.

미야베 미유키는 독자에게 이런 위안을 주고 싶어 하지 않는 것 같다. 구리하시 히로미와 아미카와 고이치는 무척 눈에 띄고, 그토록 힘들게 사건을 조사하고 추리를 하는 사람들은 진정으로 아미카와 고이치를 이기지도 압도하지도 못한다. 그러나 소설을 자세히 읽고 분석해 보면, 우리는 미야베 미유키에게 범인을 대하는 어떤 특수하고도 숨겨진 서사 수법이 있음을 발견하게 된다. 미야베 미유키는 구리하시 히로미와 아미카와 고이치를 동일한 방식으로 쓰지 않았다. 심지어 아미카와 고이치가 다른 등장인물 42명에게 그리고 독자에게 자기 자신을 이야기하고 드러낼 동등한 기회도 주지 않았다.

'절대악'을 대표하는 아미카와 고이치에 대해 미야베 미유키는 그가 대체 어떻게 자랐는지, 성장하면서 어떤 일을 당했기에 '절대악'을 믿고 추구하게 되었는지 전혀 설명하지 않는다. 중간에 우리가 알게 되는 것은 구리하시 히로미가 자신의 관점으로 전해 말하는 내용이다. 소설은 끝날 무렵에야 후루카와 마리코의 조사 그리고 아미카와 고이치가 경찰과 나누는 대화를 통해 아미카와 고이치의 파란 많은 삶을 정리한다. 그러나 그 삶의 대강을 나열하는 식으로 훑고 지나갈 뿐 더 이야기하지도 않고 자세한 내용은 더더욱 다루지 않는다. 아미카와 고이치는 자신의 어머니를 죽였지만 소설에는 단 한 줄로 나온다. 앞으로 돌아가 대조해 보자. 구리하시 히로미와 구리하시 스미코 모자에 대해 미야베 미유키는 얼마나 많은 양을 써서 얼마나 많은 내용을 상세히 이야기했는가!

미야베 미유키는 어째서 아미카와 고이치와 그 어머니의 일에 대해 쓰지 않았을까? 벌써 1,400쪽이나 써서 지친 나머지, 같은 방식으로 이 내용을 처리할 경우 500쪽쯤 더 써야 할 일이 무서워서? 내게 조금 다른 생각이 있는데, 이 생각은 소설의 기본 가치로 돌아간다.

소설의 기교는 표현이나 묘사뿐 아니라 독자의 반응, 즉 독자가 누구에게 이입할지, 누구를 반대할지, 누구를 탓하고 이해할지를 예상하고 조종한다. 소설 기법에서 오랜 세월에 걸쳐 검증된 하나의 원칙은 한 사람의 어린 시절에 대해 쓰면, 그 사람은 용서할 수 없는 나쁜 사람이 될 수 없다는 것이다. 어쩔 수 없다. 어린 시절, 아이였을 때에는 누구나 천진하고 스스로를 책임질 수 없기 때문이다. 어린 시절은 한 사람의 나쁜 성향이 아직 드러나지 않은 때이고, 천진이 악으로 변하는 이유와 요소가 나타나는 때이다. 이러한 이유와 요소가 그의 책임에 한계가 있다는 걸 의미한다는 사실을 알게 되면, 우리는 그의 나쁜 행동이 그 자신만의 문제가 아니라고 생각하게 된다.

그렇게 이해하고 나면 그를 멸시하고 미워할 수 없게 된다. 미야베 미유키는 일부러 독자가 아미카와 고이치의 어린 시절을 이해하도록 두지 않았다. 어떤 악은 일정 정도에 이르고, 일정 정도를 넘어서면 이런 방식으로 해석될 수 없다. 해석할 수 없는 게 아니라 도덕적으로 해석을 선택해서는 안 된다. 해석하지 않음은 하나의 가치 태도다. 악에는 반드시 인과관계가 있지만 어떤 행위의 한계선은 해석과 합리화가 섞이는 것을 절대 거부하도록 한다. 우리가 해석할 능력이 없어서가 아니라 일단 해석을 하면 이 사건 나름의 논리가 가진 의미를 따라갈 수밖에 없고, 악에 대한 우리의 절대적인 경악과 혐오와 비난 또한 감소하게 된다. 소설에는 도덕적 책임이 있고, 적어도 소설가로서 미야베 미유키는 의식적이든 무의식적이든 이런 도덕적 입장을 선택했다.

아미카와 고이치가 지나온 삶의 역정을 자세히 기술하지 않고, 그가 어떻게 한 개인에서 악인으로 변했는지 쓰지 않은 것은 미야베 미유키가 쓸 수 없어서가 아니라 쓰지 않기로 했기 때문이다. 미야베 미유키는 악이 우리에게 주는 충격을 유지하고자 했고, 악이 가져온 수많은 고통과 괴로움이 다른 무엇에 섞이고 바래는 일 없이 똑똑하게 기억되기를 바랐다. 소설가이자 서술자로서 미야베 미유키는 스스로 창조한 허구의 사회를 온전히 이해할 권리를 가지고 있음에도 나는 이런 악을 이해하고 싶지 않다, 그에게 충분히 이해받을 기회를 주는 걸 거절한다고 주장한다.

이 소설은 허구를 통해 절대악을 보게 하고 악의 극한을 마주하고 경험하는 기회를 제공한다. 이런 극단적인 상황에 들어갔다가 현실로 돌아온 우리의 이 세계에 대한 인식은 한 단계 늘어나고 가늠할 수 없는 깊이를 더한다.

은[3]낙[4]이[2]『원[5]뒤[1]』

뒤이은「낙원」

이 소설에는 주인공도, 명탐정도 없다. 가장 많은 분량을 차지하는 등장인물은 범인이지만, 미야베 미유키는 절대 독자를 범인에게 이입하게 하지 않는다. 대신 소설 속에 대리 영웅을 내세우는 방식을 취한다. 그들은 진짜 영웅도 아니고 주인공도 아니지만 관심과 정의와 용기 같은 긍정적 가치에 대한 우리의 굶주림을 채워 준다.

아리마 요시오, 아리마 요시오에게 감화되어 바뀐 쓰카다 신이치와 미즈노 히사미 세 사람에 더하여 마에하타 시게코는 사악과 비극으로 가득한 소설 속에서 우리를 위로하는 인물이다. 이 세상에는 그렇게 거대하고 깊은 어둠이 있을지언정 사라지지 않는 것이 있다.

소설에서 아리마 요시오는 탐정이 아니기에 아미카와 고이치의 진짜 맞수가 되고 대척점이 된다. 마에하타 시게코는 상식적이고 평범해서 실수나 잘못을 저지르기도 하는 정의의 힘과 소박한 의분, 용기를 대표한다.

마에하타 시게코는 나중에 미야베 미유키가 쓴 중후한 소설 『낙원』에 다시 등장한다. 이토록 복잡하고 농축된 방식으로 쓴 소설 『모방범』에 다음 편이 있으리라고는 상상하기 어렵다. 그러나 미야베 미유키는 마에하타 시게코를 주인공으로 하는 또 다른 소설 『낙원』을 써서 『모방범』의 다음 편으로 삼았다. 『낙원』 또한 현재 일본의 부서진 가정, 소년 범죄 그리고 세대간 갈등이 빚어내는 거대한 위험과 비극을 탐색한다.

『낙원』은 『모방범』에 비하면 더욱 추리소설 같지 않다. 이야기의 시작이 시체 발견도 아닌 데다 살인 사건의 현장에 대한 설명도 아니고 심령 현상이기 때문이다. 한 불쌍한 어머니가 죽은 자신의 아들이 시공을 초월한 영시靈視 능력을 가진 게 아니었는지 고집스럽게 알고 싶어 한다. 아들이 남긴 그림은 환상일까 아니면 영시 능력이 보여 준 먼 곳의 진실일까?

또한 『낙원』은 『모방범』보다 훨씬 따뜻하다. 미야베 미유키는 『모방범』 독자에게 '거품 경제 이후' 일본의 모든 어둠과 갈등을 훑어보게 하지만, 소설이 끝날 때 아리마 요시오를 아미카와 고이치에 맞서는 인간성의 기념비로서 세우는 것 외에는 사회 문제와 위기에 대해 어떤 대답도 내지 않는다. 상대적으로 『낙원』에서 미야베 미유키는 일본에서 '거품 경제 이후' 새롭게 일어나고 있는 긍정적 힘을 비교적 낙관적으로 제시한다.

앞부분에서 미야베 미유키가 '국민 작가'에 거의 이르

렸다고 말한 이유는 1990년대 이후의 일본 사회에 대해 대단히 정확하게 묘사했고, 그것을 무척 효과적인 글쓰기 스타일로 일본 독자에게 전달해 독자가 그것을 이해하고 응시하도록 만들었기 때문이다. 그러나 마쓰모토 세이초나 요시카와 에이지 혹은 시바 료타로와 비교하자면, 미야베 미유키는 이런 시대 문제에 대해 새로운 가치 방향을 제시하고 새로운 사회 신념을 세우기는 했으나 아직 그렇게 확고한 성과를 이루지는 못했다. 그렇지만 『모방범』에서 『낙원』까지 보았을 때, 이제 겨우 오십 대에 이른 미야베 미유키를 낙관적으로 기대해도 좋지 않을까.

미야베 미유키에 대해

미야베 미유키宮部みゆき는 1960년 일본 도쿄에서 태어났다. 창작 범위는 추리소설, 시대소설, SF, 판타지소설을 아우르며 '헤이세이 국민작가'라는 평을 듣는다.

1987년에 데뷔한 이래로 20여 년간 60편이 넘는 작품을 출간했다. 평균 1년에 두세 편의 작품을 내며, 짧은 시간에 긴 대작을 완성하는 작가로 창작의 질과 양이 모두 놀라울 정도다. 빠른 글쓰기 능력은 젊은 시절에 법률 사무소에서 속기원으로 일했던 경력과 관계가 있다고 한다. 법률 사무소의 작업은 미야베 미유키에게 다양한 인생의 현실과 접촉하게 했고, '도쿄가스'로 전직해 수금원이 되고서는 보통 직업을 가진 사람은 만나기 어려운 사회의 여러 면을 목격하였다. 일에서 얻은 경험은 모두 미야베 미유키의 창작에 깊은 영향을 미쳤다.

미야베 미유키는 재학 중에는 글쓰기 경험이 전혀 없었고 사회에 나온 후 퇴근한 다음 고단샤의 소설 작법 교실에서 글쓰기를 공부했다. 1987년, 단편소설 「우리 이웃의 범죄」로 제26회 '올요미모노' 추리소설 신인상을 받았고 그 이후로 일본의 크고 작은 각종 상을 휩쓸었다. 1989년에는 『마술은 속삭인다』로 제2회 일본추리서스펜스 대상을, 1999년에는 『이유』로 제120회 나오키상을 받아 베스트셀러 추리 작가의 입지를 확립했다. 2002년에는 『모방범』으로 시바료타로상을 수상했다. 수많은 일본 작가가 미야베 미유키를 요시카와 에이지, 마쓰모토 세이초, 시바 료타로를 이을 작가로 인정해 '헤이세이 국민작가'라고 부르며, 작가 하야시 마리코는 그를 '마쓰모토 세이초의 딸'이라고 칭했다.

미야베 미유키의 창작 연표

(*는 국내 미출간 도서)

1987년 1월, 우리 이웃의 범죄 我らが隣人の犯罪

1989년 2월, 퍼펙트 블루 パーフェクト・ブルー

1989년 12월, 마술은 속삭인다 魔術はささやく

1990년 4월, 도쿄 살인 만경 東京殺人暮色 (2011년에 『형사의 아이』로 제목이 바뀌었고 한국에는 이 제목으로 출간되었다.)

1990년 9월, 레벨7 レベル7

1991년 2월, 용은 잠들다 龍は眠る

1991년 3월, 혼조 후카가와의 기이한 이야기 本所深川ふしぎ草紙

1991년 9월, 대답은 필요 없어 返事はいらない

1992년 1월, 말하는 검 かまいたち

1992년 2월, 오늘 밤은 잠들 수 없어 今夜は眠れない

1992년 6월, 스나크 사냥 スナーク狩り

1992년 7월, 화차 火車

1992년 9월, 나는 지갑이다 長い長い殺人

1992년 9월, 홀로 남겨져 とり残されて

1993년 3월, 스텝파더 스텝 ステップファザー・ステップ

1993년 9월, 흔들리는 바위 震える岩

1993년 10월, 쓸쓸한 사냥꾼 淋しい狩人

1994년 4월, 지하도의 비 地下街の雨

1994년 7월, 신이 없는 달 幻色江戸ごよみ

1995년 5월, 꿈에도 생각할 수 없어 夢にも思わない

1995년 7월, 맏물 이야기 初ものがたり

1995년 9월, 비둘기피리 꽃 鳩笛草

1996년 1월, 인질 카논 人質カノン

1996년 9월, 가모우 저택 사건 蒲生邸事件

1996년 10월, 인내 상자 堪忍箱 *

1997년 11월, 미인 天狗風

1997년 11월, 명탐견 마사의 사건 일지 心とろかすような マサの事件簿

1998년 5월, 이유 理由

1998년 6월, 미야베 미유키 에도 산책 平成お徒歩日記

1998년 10월, 크로스 파이어 クロスファイア

2000년 4월, 얼간이 ぼんくら

2000년 7월, 괴이 あやし～怪～

2001년 3월, 모방범 模倣犯

2001년 8월, *R.P.G.*

2001년 11월, 드림 버스터 ドリームバスター

2002년 3월, 메롱 あかんべえ

2003년 3월, 브레이브 스토리 ブレイブ・ストーリー

2003년 3월, 드림 버스터 2 ドリームバスター 2

2003년 11월, 누군가 誰か *Somebody*

2004년 6월, 빵 테두리 학 편· 거북이 편 ぱんぷくりん 鶴之巻・亀之巻 *

2004년 6월, 이코 – 안개의 성 *ICO* – 霧の城

2004년 12월, 하루살이 日暮らし

2005년 6월, 외딴집 孤宿の人

2006년 3월, 드림 버스터: 대항해시대 온라인 ドリームバスター*in*

大航海時代Online *

2006년 3월, 드림 버스터 3 ドリームバスター 3

2006년 8월, 이름 없는 독 名もなき毒

2007년 5월, 드림 버스터 4 ドリームバスター 4

2007년 8월, 낙원 楽園

2008년 7월, 흑백 おそろし

2009년 2월, 영웅의 서 英雄の書

2010년 5월, 고구레 사진관 小暮写眞館

2010년 7월, 안주 あんじゅう

2011년 3월, 그림자 밟기 ばんば憑き

2011년 7월, 눈의 아이 チヨ子

2011년 9월, 진상 おまえさん

2012년 2월, 이곳은 보쓰코니안 1 ここはボツコニアン 1 *

2012년 8월, 솔로몬의 위증 1 ソロモンの偽証 1

2012년 9월, 솔로몬의 위증 2 ソロモンの偽証 2

2012년 10월, 솔로몬의 위증 3 ソロモンの偽証 3

2012년 11월, 이곳은 보쓰코니안 2 ここはボツコニアン 2 *

2013년 2월, 벚꽃, 다시 벚꽃 桜ほうさら

2013년 6월, 피리술사 泣き童子

2013년 8월, 이곳은 보쓰코니안 3 ここはボツコニアン 3 *

2013년 12월, 십자가와 반지의 초상 ペテロの葬列

2014년 8월, 괴수전 荒神

2014년 9월, 이곳은 보쓰코니안 4 ここはボツコニアン 4 *

2015년 1월, 비탄의 문 悲嘆の門 *

2015년 4월, 사라진 왕국의 성 過ぎ去りし王国の城

2015년 9월, 이곳은 보쓰코니안 5 ここはボツコニアン 5 *

2016년 6월, 희망장 希望荘

역자 후기

아직 추리소설 독자가 아니더라도, 이미 추리소설 독자라도

스스로 생각해도 '계절이 무슨 상관이야' 싶지만, 여름이 되면 평소보다 좀 더 추리소설이 읽고 싶어진다. 나름대로 세뇌의 효과일까, 파블로프의 개처럼 여름이 되고 날이 더워질수록 시원한 곳에서 커피나 맥주를 놓고 뒹굴거리며 재미있는 추리소설을 읽고 싶구나 하고 바라게 된다. 골든에이지 시절에 나온 고전을 읽어도 좋고, 가장 최근에 나온 화제작도 좋다. 읽고 나서 시원하게 뒤통수를 맞고는 "캬아!" 하는 감탄사와 함께 맥주를 들이켜도 좋고, "거 봐, 내 그럴 줄 알았다니까" 하고 허세를 부리며 낄낄 웃어도 좋다. 여름의 추리소설은 왠지 막무가내로 즐거울 것만 같은 기분이 든다. 새파란 하늘에 높게 솟은 새하얀 적란운처럼.

사실 추리소설을 많이 읽었다고 할 수도 없고 잘 안다고 할 수도 없지만, 좋아한다. 당연히(?) 시작은 셜록 홈스였다. 내가 어릴 때는 추리소설이라고 하면 대개 홈스나 뤼팽이었다(그 시절을 지나니 애거사 크리스티가 기다리고 있었다). 특히 홈스는 지금도 얼마나 여기저기에서 다시 만들고 언급하는지 책을 읽지 않은 사람이라도 홈스를 모르기는 어려울 것 같다. 그렇게 어린 시절에 읽은 홈스는 내게 확고하게 인상을 주어서, 난 지금도 역시 추리소설은 명탐정이 사건을 모두 풀고 사건의 전말과 범인을 밝히는 '추리쇼'를 읽을 때가 제일 신난다. 물론 명탐정이 활약하는 게 아닌 사회파나 하드보일드도 재미있다. 마쓰모토 세이초의 소설을 처음 읽었을 때 느꼈던 먹먹함이란. 명탐정이 나오는 추리소설이라고 늘 끝이 상쾌한 건 아니지만, 마쓰모토 세이초의 소설이 주는 울림은 조금 많이 달랐다.

사실 나는 이 책의 작업에 들어가기 전까지 미야베 미유키의 『모방범』을 읽지 않은 상태였다. 화제작을 뒤로 미루는 성격 탓에 시기를 놓쳤다. 불타오르는 타이밍을 놓치고 『모방범』은 먼 훗날의 인연을 기다리고 있었다. 그리고 인연이 왔다.

나는 『모방범』을 아직 읽지 않은 독자가 만약 이 책을 집어 들었다면 4장부터 읽어 보시라고 권하고 싶다. 이 부분을 번역하면서, 번역하느라 자료를 찾다가, 무엇보다 양자오의 말솜씨에 휘말려, 이 일을 다 마치면 제대로 읽으려던 『모방범』을 일하는 도중에 읽기 시작했다.

양자오는 '고전'이라 불리는 책을 이야기할 때 고전의 본문을 축약하고 설명하고 독자와 함께 읽는 행동을 하지 않는다. 그보다는 그 고전의 역사 맥락과 문화 배경을 말해준다. 양자오의 설명을 읽고 있으면 그가 말하고자 하는 고전이 깊은 호수 밑바닥에서 영적인 힘을 받아 떠오르는 레어아이템처럼 솟아올라 찬란하게 빛난다. 그리고 그때 그는 말한다. '끝내주지? 이래도 읽지 않을래?' 양자오는 책 내용을 설명하는 사람이 아니라 책 자체를 읽게 하는 호객꾼이다. 나는 지금까지 양자오의 이 솜씨 좋은 호객 행위에 여러 번 홀렸던 사람이기도 하다. 타이완에서 책 읽기를 주제로 하는 강좌를 그토록 오래도록 유지하는 데는 다 그만한 이유가 있는 게 아닐까.

그런 양자오가 『모방범』에서는 아낌없이 내용을 설명한다. 아마 『모방범』의 양이 압도적으로 많아서 설명을 해봐야 온전히 하기 어려운 일이기도 하거니와 소설이란 줄거리 요약을 들은들 아무 의미가 없다는 걸 잘 알기 때문일 것이다. 소설의 핵심은 줄거리가 아니라 디테일에 있으니까. 그래도 나는 여기서 양자오의 어떤 설명에 마음이 동했는지 일일이 적지는 않을 예정이다. 적어 봐야 의미가 없고, 선입견만 드리는 일이 될 테다.

하지만 언제나 그렇듯, 양자오는 특유의 박학다식과 통찰을 이용해 우리가 대상에 대해 나름대로 갖고 있는 지식에 새로운 무엇을 얹어 준다. 나는 양자오가 코넌 도일의 서사 방식과 캐릭터 배치를 이야기할 때도, 레이먼드 챈들러 부분의 계란 비유와 마지막 장 이야기에서도, 움베르토 에코의 시대와 사건 설정에 대한 자신의 고찰을 말할 때도 중간중간 무릎을 치며 감탄했다. 그리하여 뻔뻔하게 추측건대 (실은 바라건대), 이 책은 각각의 소설을 다 읽고 작가에 대해서도 잘 아는 독자뿐 아니라, 셜록 홈스를 최근에 만들어진 영국과 미국의 드라마 혹은 할리우드 영화 같은 걸로만 아는 독자에게도 소설을 읽을 동기를 부여해 줄 것이고, 무라카미 하루키의 팬에게는 그의 소설 주인공의 원형을 발견하는 재미를 줄 것이며, 과거의 화제작 댄 브라운의 『다빈치 코드』를 재미있게 읽은 독자라면 양자오의 글에서 『장미의 이름』을 읽어야 할 것만 같은 의무감과 오기를 느낄 수 있을 것이다. 그리고 나처럼 미야베 미유키의 『모방범』을 이런저런 핑계로 읽지 않은 독자는 저절로 도서관이나 서점으로 발길을 옮기는 경험을 하게 될지 모른다.

이 책을 읽은 독자 가운데 누구라도 나처럼 여기에서

못 읽은 책을 발견하고 읽기로 결심하게 된다든가, 이미 읽은 책이지만 양자오의 설명을 듣고 보니 다시 한 번 읽어야겠다는 마음이 든다고 한다면 무척 기쁠 것이다. 추리소설 안내뿐 아니라 이 책 자체가 주는 독서의 즐거움이 꽤 커서, 작업하는 내내 다른 독자와 이 즐거움을 나눌 수 있기를 바랐기 때문이다. 그러므로 추리소설을 사랑하는 독자이자 추리소설 애독자가 늘어나기를 바라는 사람으로서, 이 책이 조금이라도 추리소설 읽기에 재미와 자극을 줄 수 있다면 영광이겠다.

추리소설 읽는 법
: 코넌 도일, 레이먼드 챈들러, 움베르토 에코, 미야베 미유키로 미스터리 입문

2017년 8월 24일 초판 1쇄 발행
2018년 11월 14일 초판 2쇄 발행

지은이 양자오
옮긴이 이경민

펴낸이 조성웅
펴낸곳 도서출판 유유
등록 제406-2010-000032호(2010년 4월 2일)
주소 경기도 파주시 책향기로 337, 301-704 (우편번호 10884)

전화 070-8701-4800
팩스 0303-3444-4645
홈페이지 uupress.co.kr
전자우편 uupress@gmail.com

페이스북 www.facebook.com/uupress
트위터 www.twitter.com/uu_press
인스타그램 www.instragram.com/uupress

편집 전은재
독자 교정 이재만
디자인 이기준

제작 제이오
인쇄 (주)민언프린텍
제책 (주)정문바인텍
물류 책과일터

ISBN 979-11-85152-68-4 03800

이 도서의 국립중앙도서관 출판예정도서목록(CIP)은 서지정보유통지원시스템 홈페이지(seoji.nl.go.kr)와 국가자료공동목록시스템(www.nl.go.kr/kolisnet)에서 이용하실 수 있습니다.(CIP제어번호: CIP2017019498)

유유 출간 도서

1 **단단한 공부** 윌리엄 암스트롱 지음. 윤지산 윤태준 옮김 12,000원
2 **삼국지를 읽다** 여사면 지음. 정병윤 옮김 13,000원
3 **내가 사랑한 여자** 공선옥 김미월 지음 12,000원
4 **위로하는 정신** 슈테판 츠바이크 지음. 안인희 옮김 10,000원
5 **야만의 시대, 지식인의 길** 류창 지음. 이영구 외 옮김 16,000원
6 **열린 인문학 강의** 윌리엄 앨런 닐슨 엮음. 김영범 옮김 16,000원
7 **중국, 묻고 답하다** 제프리 와서스트롬 지음. 박민호 옮김 15,000원
8 **공부하는 삶** 앙토냉 질베르 세르티양주 지음. 이재만 옮김 15,000원
9 **부모 인문학** 리 보틴스 지음. 김영선 옮김 15,000원
10 **인문세계지도** 댄 스미스 지음. 이재만 옮김 18,500원
11 **동양의 생각지도** 릴리 애덤스 벡 지음. 윤태준 옮김 18,000원
12 **명문가의 격** 홍순도 지음 15,000원
13 **종의 기원을 읽다** 양자오 지음. 류방승 옮김 12,000원
14 **꿈의 해석을 읽다** 양자오 지음. 문현선 옮김 12,000원
15 **1일1구** 김영수 지음 18,000원
16 **공부책** 조지 스웨인 지음. 윤태준 옮김 9,000원
17 **번역자를 위한 우리말 공부** 이강룡 지음 12,000원
18 **평생공부 가이드** 모티머 애들러 지음. 이재만 옮김 14,000원
19 **엔지니어의 인문학 수업** 새뮤얼 플러먼 지음. 김명남 옮김 16,000원
20 **공부하는 엄마들** 김혜은 홍미영 강은미 지음 12,000원
21 **같이의 가치를 짓다** 김정헌 외 지음 15,000원
22 **자본론을 읽다** 양자오 지음. 김태성 옮김 12,000원
23 **단단한 독서** 에밀 파게 지음. 최성웅 옮김 12,000원
24 **사기를 읽다** 김영수 지음 12,000원
25 **하루 한자공부** 이인호 지음 16,000원
26 **고양이의 서재** 장샤오위안 지음. 이경민 옮김 12,000원
27 **단단한 과학 공부** 류중랑 지음. 김택규 옮김 12,000원
28 **공부해서 남 주다** 대니얼 플린 지음. 윤태준 옮김 12,000원

29 **동사의 맛** 김정선 지음 12,000원

30 **단단한 사회 공부** 류중랑 지음. 문현선 옮김 12,000원

31 **논어를 읽다** 양자오 지음. 김택규 옮김 10,000원

32 **노자를 읽다** 양자오 지음. 정병윤 옮김 9,000원

33 **책 먹는 법** 김이경 지음 10,000원

34 **박물관 보는 법** 황윤 글. 손광산 그림 9,000원

35 **논픽션 쓰기** 잭 하트 지음. 정세라 옮김 17,000원

36 **장자를 읽다** 양자오 지음. 문현선 옮김 10,000원

37 **찰리 브라운과 함께한 내 인생** 찰스 슐츠 지음. 이솔 옮김 15,000원

38 **학생이 배우고 익히는 법** 리처드 샌드윅 지음. 이성자 옮김 9,000원

39 **내 문장이 그렇게 이상한가요?** 김정선 지음 12,000원

40 **시의 문장들** 김이경 지음 13,000원

41 **내 방 여행하는 법** 그자비에 드 메스트르 지음. 장석훈 옮김 12,000원

42 **옥스퍼드 중국사 수업** 폴 로프 지음. 강창훈 옮김 17,000원

43 **우정, 나의 종교** 슈테판 츠바이크 지음. 오지원 옮김 14,000원

44 **필사의 기초** 조경국 지음 10,000원

45 **맹자를 읽다** 양자오 지음. 김결 옮김 10,000원

46 **방귀의 예술** 피에르 토마 니콜라 위르토 지음. 성귀수 옮김 9,000원

47 **쓰기의 말들** 은유 지음 13,000원

48 **철학으로서의 철학사** 훌리안 마리아스 지음. 강유원 박수민 옮김 47,000원

49 **성서를 읽다** 박상익 지음 14,000원

50 **후 불어 쩝쩝 먹고 꺽!** 장세이 지음 14,000원

51 **한밤중, 내 방 여행하는 법** 그자비에 드 메스트르 지음. 장석훈 옮김 11,000원

52 **사회학 공부의 기초** 앨런 존슨 지음. 이솔 옮김 16,000원

53 **서평 쓰는 법** 이원석 지음 10,000원

54 **소설의 첫 문장** 김정선 지음 14,000원

55 **일본 1인 출판사가 일하는 방식** 니시야마 마사코 지음. 김연한 옮김 16,000원

56 **공부가 되는 글쓰기** 윌리엄 진서 지음. 서대경 옮김 16,000원

57 **단어의 배신** 박산호 지음 12,000원

58 **읽는 삶, 만드는 삶** 이현주 지음 13,000원

59 **어린이책 읽는 법** 김소영 지음 10,000원

60 **문구의 과학** 와쿠이 요시유키, 와쿠이 사다미 지음. 최혜리 옮김 15,000원

61 **만화 동사의 맛** 김영화 지음. 김정선 원작 12,000원

62 **오토바이로, 일본 책방** 조경국 지음 16,000원

63 **추리소설 읽는 법** 양자오 지음. 이경민 옮김 15,000원

64 **발도르프 공부법 강의** 르네 퀘리도 지음. 김훈태 옮김 10,000원

65 **묵자를 읽다** 양자오 지음. 류방승 옮김 9,000원

66 **소농의 공부** 조두진 지음 12,000원

67 **옛 그림 읽는 법** 이종수 지음 14,000원

68 **읽기의 말들** 박총 지음 14,000원

69 **공부의 말들** 설흔 지음 13,000원

70 **번역청을 설립하라** 박상익 지음 9,000원

71 **단단한 삶** 야스토미 아유무 지음. 박동섭 옮김 12,000원

72 **동화 쓰는 법** 이현 지음 10,000원

73 **번역가 되는 법** 김택규 지음 10,000원

74 **리뷰 쓰는 법** 가와사키 쇼헤이 지음. 박숙경 옮김 13,000원

75 **어휘 늘리는 법** 박일환 지음 10,000원

76 **책벌레의 공부** 이인호 지음 13,000원

77 **출판사에서 내 책 내는 법** 정상태 지음 10,000원

78 **미국의 민주주의를 읽다** 양자오 지음. 조필 옮김 15,000원

79 **미국 헌법을 읽다** 양자오 지음. 박다짐 옮김 15,000원

80 **책 정리하는 법** 조경국 지음 12,000원

81 **장인의 공부** 피터 콘 지음. 원성완 옮김 15,000원

82 **시애틀의 잠 못 이루는 서점** 이현주 지음 15,000원

83 **고전학 공부의 기초** 브루스 손턴 지음. 이재만 옮김 9,000원

84 **심리학 공부의 기초** 대니얼 로빈슨 지음. 이재만 옮김 9,000원

85 **역사학 공부의 기초** 존 루카치 지음. 이재만 옮김 9,000원

86 **정치철학 공부의 기초** 하비 맨스필드 지음. 이재만 옮김 9,000원

87 **미국 정치사상 공부의 기초** 조지 캐리 지음. 이재만 옮김 9,000원

88 **사적인 서점이지만 공공연하게** 정지혜 지음 14,000원

동양고전강의 시리즈

삼국지를 읽다

중국 사학계의 거목 여사면의 문학고전 고쳐 읽기

여사면 지음, 정병윤 옮김

중국 근대사학계의 거목이 대중을 위해 쓴 역사교양서. 이 책은 조조에 대한 새로운 관점을 처음 드러낸 다시 읽기의 고전으로, 자기 자신의 눈으로 문학과 역사를 보아야 한다고 역설하는 노학자의 진중함이 글 곳곳에 깊이 새겨져 있다.

사기를 읽다

중국과 사마천을 공부하는 법

김영수 지음

28년째 『사기』와 그 저자 사마천을 연구해 온 『사기』 전문가의 『사기』 입문서. 강의를 모은 책이라 쉽고 재미있게 읽을 수 있다. 지금까지 중국을 130여 차례 답사하며 역사의 현장을 일일이 확인하고, 그 경험을 바탕으로 연구한 전문가의 강의답게 현장감 넘치는 일화와 생생한 지식이 가득하다. 『사기』에 관심이 있는 독자라면 남녀노소 누구나 어렵지 않게 읽을 수 있는 교양서.

논어를 읽다

공자와 그의 말을 공부하는 법

양자오 지음, 김택규 옮김

『논어』를 역사의 맥락에 놓고 텍스트 자체에 집중해, 최고의 스승 공자와 그의 언행을 새롭게 조명한 책. 타이완의 인문학자 양자오는 『논어』 읽기를 통해 『논어』라는 텍스트의 의미, 공자라는 위대한 인물이 춘추 시대에 구현한 역사 의미와 모순을 살펴보고, 공자라는 인물을 간결하고도 분명한 어조로 조형해 낸다. 주나라의 봉건제로 돌아가기를 꿈꾸면서도 신분제에 어긋나는 가르침을 펼친 인물, 자식보다 제자들을 더 아껴 예를 어겨 가며 사랑을 베풀었던 인물, 무엇보다 사람이 사람다워야 함을 역설했던 큰 인물의 형상이 오롯하게 드러난다.

노자를 읽다

전쟁의 시대에서 끌어낸 생존의 지혜

양자오 지음, 정병윤 옮김

신비에 싸여 다가가기 어렵다고 여겨지는 고전 『노자』를 문자 그대로 읽고 사색함으로써 좀 더 본질에 다가가고자 시도한 책. 양자오는 『노자』를 둘러싼 베일을 거둬 내고 본문의 단어와 문장 자체에 집중한다. 그렇게 하여 『노자』가 나온 시기를 새롭게 점검하고, 거기서 끌어낸 결론을 바탕으로 『노자』가 고대 중국의 주류가 아닌 비주류 문화인 개인주의적 은자 문화에서 나온 책이라고 주장한다. 더불어 『노자』의 간결한 문장은 전쟁을 종결하고 백성을 편하게 하고자 군주에게 직접 던지는 말이며, 이 또한 난무하는 제자백가의 주장 속에서 살아남기 위한 전략이라고 말한다.

장자를 읽다

쓸모없음의 쓸모를 생각하는 법

양자오 지음, 문현선 옮김

장자는 송나라 사람으로 알려져 있다. 송나라는 주나라에서 상나라를 멸망시킨 뒤 후예들을 주나라와 가까운 곳에 모아 놓고 살도록 만든 나라다. 상나라의 문화는 주나라와 확연히 달랐고, 중원 한가운데에서, 이미 멸망한 나라의 후예가 유지하는 문화는 주류 문화의 비웃음과 멸시를 받았다. 그러나 춘추전국 시대로 접어들면서 주나라의 주류 문화는 뿌리부터 흔들렸다. 그런 주류 문화의 가치를 조롱하는 책이며 우리에게도 다른 관점으로 지금을 되돌아볼 수 있는 기회를 준다.

책의 앞머리에서 고대 중국의 주류 문화와 비주류 문화의 간극을 설명하고, 장자의 역사 배경과 사상 배경을 훑고 『장자』의 판본이 어떻게 달라졌는지 살펴본 다음, 『장자』의 「소요유」와 「제물론」을 분석한다. 저자는 허세를 부리는 듯한 우화와 정신없이 쏟아지는 궤변, 신랄한 어조를 뚫고 독자에게 『장자』의 핵심에 접근하는 방법을 알려 준다. 중국의 문화 전통에서 한쪽에 밀려나 잊혔던 하나의 커다란 맥을 이해하고 새롭게 중국 철학과 중국 남방 문화를 일별하는 기회를 얻는 동시에 다시금 '기울어 가는 시대'를 고민하는 기회를 갖게 될 것이다.

맹자를 읽다

언어의 투사 맹자를 공부하는 법

양자오 지음, 김결 옮김

유가의 이념을 설파하는 위대한 성인 맹자를 추앙하고 그 사상을 설명하는 책이 아니다. 양자오는 여태 우리가 간과했던 맹자의 '말솜씨'를 콕 찍어 끌어낸다. 중국 전국 시대에 이미 낡은 것으로 치부되던 유가의 사상을 견지하고, 인간을 믿었던 맹자는 빼어난 말솜씨로 각국의 왕을 설득하여 전쟁을 멈추고 사람이 살 수 있는 나라를 만들고자 노력한다. 웅변의 시대에 홀로 선 투사로서.

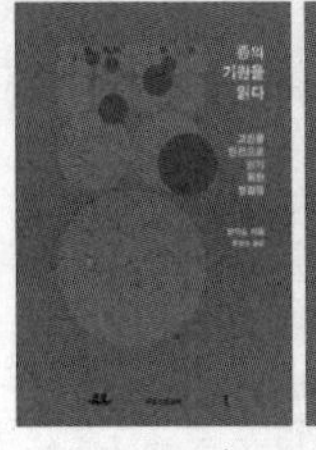

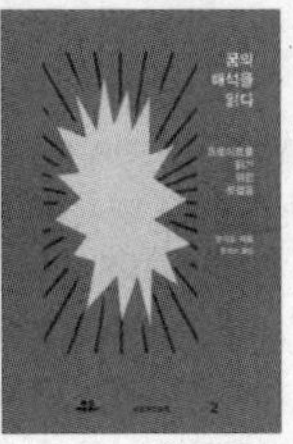

서양고전강의 시리즈

종의 기원을 읽다

고전을 원전으로 읽기 위한 첫걸음

양자오 지음, 류방승 옮김

고전 원전 독해를 위한 기초체력을 키워 주는 서양고전강의 시리즈 첫 책. 인간과 자연의 관계를 변화시킨 『종의 기원』에 대한 새로운 해설서다. 저자는 섣불리 책을 정의하거나 설명하지 않고 책의 역사적, 지성사적 맥락을 흥미롭게 들려줌으로써 독자들을 고전으로 이끄는 연결고리가 된다.

꿈의 해석을 읽다

프로이트를 읽기 위한 첫걸음

양자오 지음, 문현선 옮김

인간과 인간 자아의 관계를 바꾼 『꿈의 해석』에 관한 교양서. 19세기 말 유럽의 독특한 분위기, 억압과 퇴폐가 어우러지며 낭만주의가 극에 달했던 그 시기를 프로이트를 설명하는 배경으로 삼는다. 또한 프로이트가 주장한 욕망과 광기 등이 이후 전 세계 문화와 예술에 미친 영향을 들여다보며 현재의 우리에게는 어떤 의미인지 점검한다.

자본론을 읽다

마르크스와 자본을 공부하는 이유

양자오 지음, 김태성 옮김

마르크스 경제학과 철학의 탄생, 진행 과정과 결과에 이르기까지 역사의 맥락과 기초 개념을 짚어 가며 『자본론』의 핵심 내용을 간결하고 정확한 시각으로 해설한 책. 타이완에서 자란 교양인이 동서양의 시대 상황과 지적 배경을 살펴 가면서 썼기에 비슷한 역사 경험을 가진 한국인의 피부에 와 닿는 내용이 가득하다.

성서를 읽다

역사학자가 구약성서를 공부하는 법

박상익 지음

『어느 무교회주의자의 구약성서 읽기』 개정판. 한반도에서 사는 지금의 우리는 서양의 정신과 제도의 영향을 받으며 살아간다. 당연히 서양 문명의 뿌리 중 하나인 헤브라이즘을 모르고는 우리의 상황을 온전히 이해할 수도, 미래를 설계할 수도 없다. 조선 후기부터 천주교의 형태로 헤브라이즘의 영향을 받기 시작한 한반도에 20세기 초에는 개신교 형식의 헤브라이즘이 유입되었고, 광복 후 미국의 압도적인 문화적 헤게모니 속에서 개신교가 폭발적인 성장세를 보였다.
그러나 이런 양적 성장과 비교하면 질적 수준은 향상되지 않았다. 저자 박상익은 서양의 정신적 토대로 역할을 수행한 그리스도교가 한국에 와서 대중의 조롱을 받고 있는 현실을 통탄하면서, 21세기를 헤쳐 나가야 할 한국인에게 서양 정신사의 한 축인 헤브라이즘을 제대로 이해하려는 노력이 필요하며, 이를 위해서는 히브리 종교의 핵심 내용이 담긴 「구약성서」를 제대로 읽어야 한다고 힘주어 말한다.